青少年必知的文学经典

本书编写组◎编

QINGSHAONIAN
BIZHI DE
WENXUE
JINGDIAN

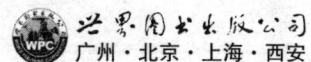
世界图书出版公司
广州·北京·上海·西安

图书在版编目（CIP）数据

青少年必知的文学经典/《青少年必知的文学经典》
编写组编 . —广州：广东世界图书出版公司，2009. 11 （2024.2 重印）
ISBN 978 - 7 - 5100 - 1237 - 2

I. 青… II. 青… III. 文学欣赏 – 世界 – 青少年读物
IV. I106 – 49

中国版本图书馆 CIP 数据核字（2009）第 204837 号

书　　　名　青少年必知的文学经典
　　　　　　QINGSHAONIAN BIZHI DE WENXUE JINGDIAN
编　　　者　《青少年必知的文学经典》编写组
责任编辑　刘国栋
装帧设计　三棵树设计工作组
出版发行　世界图书出版有限公司　世界图书出版广东有限公司
地　　　址　广州市海珠区新港西路大江冲 25 号
邮　　　编　510300
电　　　话　020–84452179
网　　　址　http://www.gdst.com.cn
邮　　　箱　wpc_gdst@163.com
经　　　销　新华书店
印　　　刷　唐山富达印务有限公司
开　　　本　787mm × 1092mm　1/16
印　　　张　10
字　　　数　120 千字
版　　　次　2009 年 11 月第 1 版　2024 年 2 月第 10 次印刷
国际书号　ISBN　978–7–5100–1237–2
定　　　价　48.00 元

出 版 缘 起

CHUBAN YUANQI

在人类文明发展史上，每个时代都有一批在各个领域创作出惊世之作的伟人，他们所留下的一份份宝贵的文化遗产和精神财富，既没有时空界限，也没有地域之分，像星斗辉煌于当时，也像阳光灿烂于今天。在人类历史上，他们是为数不多的一群人，但也是值得关注、值得崇拜、值得追随的一批人。他们用真理的力量统治我们的头脑，他们所留下的杰作已成为全人类共同的宝贵财富。这些人，我们称之为"大师"，这些伟大的作品，我们称之为"经典"。

人类文明史的一页页是由许多大师承接起来的。莎士比亚、贝多芬、达尔文、弗洛伊德、甘地、毕加索、海明威、钱钟书……每个名字都如雷贯耳，都代表着一个知识领域的高峰，正是他们不同凡响的创造，成就了人类文化的鸿篇巨制。有人说，"阅读大师经典之作，读懂读不懂都有收获"。尽管很多大师与我们生活在不同的时代、不同的国度，说着不同的语言，却时刻伴随在我们的精神世界中，遥远而又亲近。每一位大师都是一座丰碑，他们是精神的引领者和行为的楷模。阅读他们的经典之作，可以使我们变得深沉而非浮躁、清醒而非昏聩、深刻而非肤浅，可以使我们的人格得到提升，生命得到重塑。

读书可以经世致用，也可以修身怡心，而阅读经典、了解大师，是人生修养所应追求的一种境界。千百年来，大师们的经典著作影响了无数人。然而行色匆匆，为事业、生活忙碌奔波的现代人，几乎没有闲暇静下心来解读这些大师们给予我们的忠告和教诲，我们难以感受到伟大作品的力量。更为遗憾的是，伟大的作品又常常晦涩难懂，一些只有专业人士才肯翻阅的书令很多人望而却步，甚至敬而远之。在一切讲求快节奏的今天，每个人都希

望能在最短的时间内获得最多的知识,为了帮助广大朋友寻找到一种最省时、最有效的方式,去阅读那些经典著作,我们跨越时空地域的界限,从人类文明发展史中采撷菁华,在参考诸多名家推荐的必读书目的基础上,组织数十位中青年专家学者编写了这套丛书。

生命的质量需要锻铸,阅读是锻铸的重要一环。真正的经典都有一种强大的精神力量,指引我们如何为人处世。站在大师的肩上,我们能够看得更远;沿着他们开拓的道路,我们能够前进得更快。本丛书用最浅显的文字诠释大师们的深邃思想,用最易懂的字句传递原著中绞尽脑汁才能读懂的理论,以最简洁的话语阐述伟大作品的精华,让读者在最短的时间内汲取大师身上沉淀出的宝贵经验与智慧,走进一个神圣的精神殿堂。

阅读的广度改变生命历程的长短,阅读的深度决定思想境界的高低。大师经典带来的影响,不只是停留在某个时代,而是穿越时空渗透到我们的灵魂中。英国著名诗人拜伦曾经说过:"一滴墨水可以引发千万人的思考,一本好书可以改变无数人的命运。"的确,读书对于一个人的文化水平高低、知识多少、志向大小、修养好坏、品行优劣、情趣雅俗,往往起着至关重要的作用。我们精心编写的这套丛书品位高雅,内容丰富,设计、装帧精美而时尚,不仅具有较高的阅读欣赏价值,还可以收藏,或作为礼物馈赠亲朋好友,是一套能让读者从中获益良多的读物。

一本好书是一个由优美语言与闪光思想所构成的独特世界,选择一本好书,不仅可以品味一时,更可以受益一生。

目　录

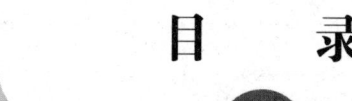

CONTENTS

青少年必知的文学经典

神　曲

但丁·阿利基埃里　Dante Alghieri(意大利　1265 年－1321 年)

封建的中世纪的终结和现代资本主义纪元的开端,是以一位大人物为标志的。这位人物就是意大利人但丁,他是中世纪的最后一位诗人,同时又是新时代的最初一位诗人。他的《神曲》是一部不朽的经典。

——恩格斯

13 世纪末,意大利文艺复兴的前夜,佛罗伦萨诞生了一位伟大的诗人,这位由中世纪过渡到现代资本主义时期的文学大师、意大利文艺复兴的先驱,就是但丁。他以一部《神曲》闻名于世,世界文学史家将他与荷马、莎士比亚和歌德并称为世界四大文豪。

《神曲》是一座伟大的丰碑,它是中世纪贵族文化的终结,又是未来资产阶级新文化的序曲。无论是在思想上,还是在艺术方面,《神曲》都达到了当时文学的最高水平,并为文艺复兴时代文学的发展开辟了道路,被后人誉为"中世纪的史诗",并对当时的文坛和后来的世界文学艺术发展产生了深远的影响。它是意大利民族文学的骄傲,也是世界文学宝库中的珍品。自文艺复兴之后,后世许多诗人、画家、音乐家从《神曲》中汲取创作的养料,很多人在《神曲》艺术形象魅力的

鼓舞下,创作出杰出作品。如巴尔扎克的《人间喜剧》就是仿效《神曲》的形式,而歌德的《浮士德》则更有异曲同工之妙。但丁的《神曲》还直接促成意大利民族语言的形成,使他成为意大利文学史上第一位民族诗人。总之,《神曲》在欧洲文学史上承上启下,继往开来,不愧为旷世奇作。

K 旷世杰作

《神曲》是世界文学巨匠但丁耗费了 15 年的时间完成的长篇诗作,也是他最具价值的作品,是世界文学宝库中最伟大的不朽之作之一,被誉为"中世纪的史诗"。《神曲》原名为《喜剧》,后来薄伽丘在《但丁赞》中称其是"神圣的",1955 年威尼斯版第一次以《神圣的喜剧》为标题,后被普遍采用,中文译本通称为《神曲》。

《神曲》是一部比较特殊的史诗，整首诗叙述的都是诗人自己想象中的经历。全诗采用的是中古时期流行的梦幻文学形式，但丁就是个伟大的梦游者，他的梦境历时7天，中间经历了地狱、炼狱和天国三个境界。

但丁的梦开始于他35岁（诗中称为"人生旅程的中途"）的时候，也就是1300年复活节前的那个星期五凌晨，他在一座黑暗的森林里迷了路。这时三只张牙舞爪的野兽（母豹、雄狮、母狼，分别象征了淫欲、强暴、贪婪）拦住了唯一的出口。正在诗人惊慌失措之时，古罗马时代的伟大诗人维吉尔出现了。他受但丁青年时期所爱恋的对象贝雅特丽齐的嘱托前来搭救但丁，并作为他的向导带他游历了地狱和炼狱。

在诗人的描绘中，地狱是漏斗形，分为九层，其中第一层为"候判所"，这是一个光明的区域，聚集了古代许多因为诞生在耶稣之前未接受洗礼而被视为异教徒的诗人和哲学家，比如诗人荷马、哲学家柏拉图、亚里士多德、苏格拉底等等。从第二层到第八层分别关押着好色之徒的鬼魂、贪食者的鬼魂、贪财者和挥霍者的鬼魂、易怒者的鬼魂、邪教徒、暴力者的鬼魂和生前犯有欺诈罪的鬼魂，他们根据所犯的不同罪行受到不同的惩罚。地狱的第九层是最底层，也是罪大恶极的鬼魂在受刑的一层。三个鬼魂是出卖耶稣的犹大、谋杀古罗马皇帝恺撒的叛徒卡西奥和布鲁托，由此可见但丁认为背叛是最重的罪恶。

接下来，但丁随着维吉尔穿过冰湖之底来到了炼狱之山。能够进入炼狱的，是那些生前的罪恶能够通过受罚而得到宽恕的灵魂。炼狱山共分七级，分别洗净傲慢、嫉妒、暴怒、怠慢、贪财、贪食、贪色七种人类大罪。灵魂在洗去一种罪过的同时，也就上升了一级，如此可逐步升向山顶。山顶上是天主恩赐于人类的天国乐园。当一个灵魂洗清罪孽的时候，便可进入天国。维吉尔把但丁带到这里后就离开了。

此时贝雅特丽齐缓缓降临，她引导着但丁游览了各处胜境。但丁经过"忘川"和"优乐埃"的洗礼后，和贝雅特丽齐一起升入了天国并到达了上帝的面前。在他沉思冥想上帝的荣耀的时候，但丁一刹那间瞥见了最伟大的秘迹，即三位一体和人与神的结合。作品至此戛然而止。

阿根廷著名作家博尔赫斯说过这样一句话：一本书代表一个国家。但丁的《神曲》就代表了意大利，代表了意大利民族精神。这部问世于14世纪初叶的史诗对从中世纪向近代世界转折的历史时期的社会政治变革和精神道德情状，作了真切、广阔地反映，透露了新时代的新思想——人文主义的曙光。《神曲》第一次把人置于中心的位置，以崭新的形式，予以深刻、生动的表现。它是西方文学史上一座划时代的里程碑，标志着欧洲近代文学的开端。而它所表现出的思想和艺术形式不仅对意大利，而且对欧洲后世的文学创作也有着极其深远的影响。

一部人间的"神曲"

但丁的《神曲》，同许多中古文学作品一样，全书的情节充满了寓意。但整个作品的主题思想非常明确，就是在新旧交替的时代，个人和人类从迷惘和错误中经过苦难和考验，到达真理和至善的境界。围绕着这个中心思想，《神曲》广泛地反映了现实，一方面给中古文化以艺术性的总结，另一方面又显现出文艺复兴时代人文主义思想的曙光。

DANTE ALIGHIERI

The Divine Comedy
Inferno

《神曲》英文版封面

《神曲》是一部具有强烈政治倾向性的作品。为了唤醒人心，给改革铺平道路，但丁在作品中广泛、深刻地揭露了当时的政治和社会现实。他严厉谴责皇帝鲁道夫一世和阿尔伯特一世父子只顾在德国扩充势力，不来意大利行使皇帝的权力，并忠实地描绘了佛罗伦萨从封建关系向资本主义关系过渡时期的社会和政治变化，对教会的揭露和批评尤其尖锐。《神曲》对现实的揭露一般都是通过人物形象进行的。揭露者和被揭露者大多是历史上或当代的著名人物，因为但丁相信，只有通过著名的人物和事件，才能打动人心，促使改革早日实现。

《神曲》通过但丁和他与在地狱、炼狱、天国中遇到的著名人物的谈话，反映出中古文化领域的成就和重大问题。因此，《神曲》起到了传播知识的作用，带有"百科全书"的性质。但这在一定程度上损害了这部作品的艺术性。

《神曲》肯定现世生活的意义，认为它不只是来世永生的准备，而且有其本身的价值。诗中显示出但丁对现世生活、斗争的兴趣。诗中强调人富有理性和自由意志，对自己的行为负有道德责任，在生活和斗争中应遵循理性指导，要像一座坚塔一般。要"克服惰性，因为人在世上留下的痕迹，就如同空中的烟雾、水上的泡沫一样"。这种追求荣誉的思想，是但丁作为新时代最初一位诗人的特征之一。诗中热烈歌颂古今英雄人物，作为在生活、斗争中的光辉榜样。

《神曲》还表现了但丁作为文艺复兴的先驱，反对中世纪的蒙昧主义，提倡发展文化、追求真理的思想。诗中赞美人的才能和智慧，对古典文化推

崇备至:称亚里士多德是"哲学家的大师",荷马是"诗人之王",称维吉尔是"智慧的海洋"、"拉丁人的光荣"等。

《神曲》描写的虽然是来世,但正是现世的反映:地狱是现世的实际情况,天国是争取实现的理想,炼狱则是从现实到达理想必经的苦难历程。书中暴露了现实,也着重描写了生活的理想,这说明《神曲》并不纯粹是现实主义,也是浪漫主义的。在黑暗的现实中,诗人渴望一个没有黑暗和罪恶的世界。

《神曲》中的人物形成一座丰富多彩的画廊。作为《神曲》的主人公,诗人自己的性格和精神面貌描绘得最为细致入微。维吉尔和贝雅特丽齐这两个向导虽然具有象征的意义,但并没有概念化和抽象化,显示出了不同程度的鲜明性格。

《神曲》对于地狱、炼狱、天国的描写,构思明确,想象丰富。诗人把地狱、炼狱、天国三个境界细分为若干层,体现出作者根据哲学、神学观点所要阐明的道德意义。三个境界的性质不同,色调也不相同。在《地狱》里,但丁借自然景象来描绘人物受苦的场面,在《炼狱》里才直接描写了自然景色,《天国》描写的是非物质的、纯精神的世界。这些境界的描述都非常真实,使人如身历其境。对自然的描写也往往富有高度的画意,足见但丁对自然之美极为敏感。这一点也是他作为新时代诗人的特征。

《神曲》是一部长篇史诗,《地狱》、《炼狱》和《天国》各有 33 章,加上全书序曲共 100 章,长达 14 233 行,每部曲最后一行都以"星"字作韵脚。这种匀称的布局以及诗中三个境界的匀称的结构,都是建立在中古关于数字的神秘意义和象征性的概念上的。

《神曲》是用三韵句写成,这是但丁以民间诗歌中流行的一种格律为基础创制的新格律。更重要的是,《神曲》用意大利俗语写成,对于解决意大利的文学用语问题,和促进意大利民族语言的统一起了很大的作用,这使但丁成为意大利第一个民族诗人。(田德望)

《神曲》的影响

《神曲》问世后不久,人们争相传诵,在佛罗伦萨和意大利的其他城市,人们把它视作一部圣书,由文人在教堂向公众宣讲和进行评论。当时,即使是一些没有什么文化修养的下层市民,也能背诵《神曲》中的精彩片断,有人甚至干脆把《神曲》称为《但丁》。所有这些,都因为《神曲》中带有中世纪浓厚的宗教色彩和人文主义萌芽思想,并生动地反映了中世纪后半叶意大利社会生活的各个侧面,拨动着读者的心弦,勾起他们对来世无穷的遐想。在较长的一段时间内,在意大利半岛上的通衢巷陌,到处可听到长诗的颤音。

18 世纪初叶,那不勒斯著名唯心主义哲学家维柯对但丁的《神曲》予以高度的评价,并将他誉为意大利的荷马和一位把整个中世纪文明史反映在作品中的伟大诗人。从此以后,《神

曲》誉满全球，后来为意大利的统一而浴血奋战的英雄儿女，也极力赞扬这部不朽的经典著作。实际上，在维柯之后，但丁的名字始终同荷马、莎士比亚并列，成为西方文明史上三颗永不陨落的巨星。（张世华）

D 大师传奇

但丁·阿利基埃里是意大利中世纪过渡到文艺复兴时期最伟大的诗人，是意大利文学的奠基人，也是世界公认的文学巨匠之一。

1265 年 5 月下旬，但丁诞生在意大利佛罗伦萨的一个没落贵族家庭。其高祖父曾参加过第二次十字军东征，立下战功并被封为骑士。但丁幼年丧母，父亲是一个高利贷者。但丁少年时代就勤奋博学，善于思考，早年师从著名学者布鲁内托·拉蒂尼，系统地学习了拉丁文、修辞学、诗学以及古典文学，对罗马大诗人维吉尔推崇备至，并结交了柔美新诗体的代表诗人卡瓦尔坎蒂等人。不仅如此，但丁在绘画、音乐领域也显示出了非凡的造诣。除此之外，但丁还精心研究神学和哲学，并深受古代教父圣·奥古斯丁思想的影响。1295 年，但丁遵照父亲的意愿同杰玛·多纳蒂结婚，并有三个孩子。

但丁的人生经历是同意大利的命运息息相关的。当时的意大利正处于四分五裂的状态，而"教权是民族统一的障碍"，"使意大利的统一事业在事实上不能实现"。（《马克思恩格斯选集》）但丁不仅仅是一位文学大师，也是一个爱国志士。他曾参与了前线的战斗，并成为人民首领特别会议的成员和百人会议的成员。1300 年当选为行政长官。在任职期间，他因为坚持佛罗伦萨的独立自由和意大利的统一，坚决维护佛罗伦萨共和政权，反对教权凌驾皇权之上干涉内政而迁怒于教皇。1302 年教皇唆使法庭以"诈骗"和"反对教皇"的罪名判处但丁放逐两年的徒刑并处以罚金。坚持真理的但丁对莫须有的罪名不屑一顾，拒不忏悔认罪。结果但丁于同年 3 月被重新审判，不仅被没收了全部家产并被判处终身流放，不得回国，否则处以火刑。在此后的近 20 年时间里，但丁虽然也做过多次努力想重返故里，但都没有成功，最后在 1321 年 9 月 14 日客死于拉文那。在放逐期间，但丁对去波伦亚任教的诚意聘请婉言谢绝，对"加冕诗人"的桂冠也嗤之以鼻，唯独对返回故乡佛罗伦萨的夙愿至死不渝。

但丁生活在一个变革的时代，时代磨炼了但丁，也造就了但丁。辛酸的流亡生活使他扩大了视野，增长了阅历，丰富了经验。但丁在流亡期间广泛地接触到社会各阶层的民众，对意大利动荡的社会现实有了更深刻的认识，并逐渐将自己的命运融合在对民族前途的深沉思考中。但丁的重要作品几乎全部是在流亡中写成的，中世纪的史诗《神曲》三部曲就是其中最为著名的作品。

但丁的主要作品还有意大利文学史上第一部用通俗语撰著的学理作品《飨宴》（1304 年－1307 年）、意大利文学史上第一部用拉丁语写成的论述语言问题专著《俗语论》(1313年)和他最伟大的论战性论文《帝制论》(1313年)以及不同时期写的以爱情诗和寓意诗为主的各种体裁的诗歌集《诗集》等。

延伸阅读 YANSHEN YUEDU

《新生》 但丁的处女作和成名作。1274年,但丁邂逅了美丽端庄的少女贝雅特丽齐,从此在但丁颠沛流离的一生中,她就作为他的精神寄托和理想化身始终是他思想上的指路人和前进的动力。后来贝雅特丽齐奉父命嫁给了银行家希蒙尼,并不幸因病早逝。但丁遂将自己对贝雅特丽齐倾诉缠绵悱恻的爱恋的31首抒情诗以散文连缀结集为抒情诗集《新生》。但丁在诗中抒发了对贝雅特丽齐无尽的眷恋和赞美之情,诗句质朴清丽,婉约细腻,在"温柔的新体"这一诗派的诗歌中达到了最高的成就。而女主人公贝雅特丽齐也成为中外文学中最富有魅力的女性形象之一。

* * * *

《伊利亚特》和《奥德赛》 两部早期史诗杰作,传说是公元前9世纪至公元前8世纪之间一位名叫荷马的天才诗人根据民间流传的诗歌加工、锤炼、整理而成。《伊利亚特》取材于有关特洛伊战争的传说,以反映古希腊人的战时生活为主,被欧洲誉为史诗的典范。《奥德赛》以表现古希腊人的和平生活为主,反映了古希腊氏族社会向奴隶社会过渡时期的家庭关系、社会生活和维护私有财产的斗争。

十 日 谈

乔万尼·薄伽丘 **Giovanni Boccaccio**(意大利 1313年－1375年)

> 《十日谈》是继但丁《神曲》之后的"人曲",薄伽丘是替代欧洲中世纪道德秩序的新道德秩序的先驱;在《十日谈》中那些轻佻甚至放荡至极的篇章背后表现的是对精神世界的颂扬,以及对道德价值的肯定;《十日谈》有意表现人们与命运抗争并学会去征服命运,宣布了欧洲已经进入一个以人和现实生活为中心的崭新时代。
> ——意大利19世纪著名文学评论家 德·桑克提斯

意大利是文艺复兴的发源地,伟大的人文主义先驱——薄伽丘是其最早的代表人物之一。有人曾经说,没有薄伽丘,意大利文艺复兴的文学巅峰便是不可理解的。薄伽丘开辟了文学世界的一条新路,这条道路一直延续到乔叟、莎士比亚和巴尔扎克,使欧洲文学成为更加完整意义上的文学。

欧洲文学史上第一部现实主义巨著《十日谈》是薄伽丘的代表作。全书自始至终都贯穿着人文主义思想,揭开了欧洲文艺复兴运动的序幕。《十日谈》为意大利散文奠定了基础,是近代短篇小说的奠基之作,在叙事文学的发展上占据着重要地位。《十日谈》出版后,立即被译成西欧各国文字,对十六七世纪西欧现实主义文学产生了很大影响,在欧洲文学史上具有重要意义,开辟了欧洲近代短篇小说的先河。后来的许多著名文学家如乔叟、莎士比亚、莫里哀、莱辛、济慈、丁尼生等都曾从《十日谈》中取得他们作品的题材。可见,《十日谈》的影响是超越国界的,是属于整个世界的杰作。

K 旷世杰作 KUANGSHI JIEZUO

德·桑克提斯曾经说:"薄伽丘是14世纪的伏尔泰。"因为伏尔泰对天主教会所庇护的封建思想进行了深刻、彻底的批判,而这些批判几乎都可以在几个世纪前的《十日谈》中找到它们的先声。罗马天主教会是各国最大的封建地主,也是封建制度的最顽强的精神支柱,而薄伽丘的《十日谈》是欧洲中世纪以来第一部用现实主义笔法反映出广阔的社会生活画面的文学作品,尤其可贵的是作者所表现出的人道主义精神和对人的命运的关注——人们怎样试图摆脱封建教会的精神枷锁,掌握自己的命运,并且揭露了教会的黑暗。

《十日谈》是薄伽丘以1348年佛罗伦萨的一场可怕的瘟疫为背景,借鉴阿拉伯故事集《一千零一夜》的手法构思创作出来的短篇小说故事集。在开篇的《序曲》中介绍了逃出瘟疫的七女三男聚集在郊外一处优雅的别墅里,他们为了消磨时光,除了唱歌跳舞以外,还约定每人每天讲一个故事,十个人十天正好讲了100个故事,所以称为《十日谈》。这些故事的材料来源是多种渠道的会合,其中有法国的传说,东方的民间故事,佛罗伦萨的市井传言,以及部分现实的或历史的真人真事。尽管如此,百篇故事所贯串的思想却是一致的:对现世幸福的热情肯定,对虚伪禁欲主义的尖锐批判,对人性力量的讴歌赞美。而且,这些故事反映了当时意大利广阔的社会现实,将人间百态尽情展露。

薄伽丘在《十日谈》中对当时炙手可热的天主教会进行讽刺、揭露,尽情地嘲讽了教会的黑暗、罪恶,抨击了僧侣的奸诈和伪善。这种批判表达了当时的平民阶级摆脱中世纪教会和宗教的束缚的要求,如第一天第二故事、第二天第十故事、第六天第十故事等等。作者还在一些故事里对封建教会的蒙昧主义进行批判,如第二天第一故事、第六天第十故事等等。这些故事代表了整个作品,以至一个时代的批判精神。

作为人文主义先驱,作者在反对天主教会的同时大胆地提倡"人性"、"人道"和"个性解放",他在作品中描绘和歌颂了现世生活,赞美爱情是才智和高尚情操的源泉,谴责禁欲主义,如第五天第一故事。一些故事颂扬青年男女大胆冲破封建礼教和金钱关系的羁绊,谋取幸福的斗争,曲折感人,如第四天第五故事。对于封建贵族的堕落、腐败,作者也予以无情的揭露和鞭挞。他赞赏平民、商人的聪明、机智,维护社会平等和男女平等,如第六天第七故事。不少故事说明人的高贵不取决于出身,而取决于人的才智,如第四天第一故事、第六天第七故事。书中有一些故事还塑造了多才多艺、和谐健美、全面发展的新兴资产阶级的理想人物。

就艺术而言,作者"讲故事"的本领是一流的,他反潮流而行之,采用佛罗伦萨方言来"讲故事",同时每一个故事又连成一个有机的整体。正是在这个意义上,作者以其贴近市民的文风,开创了欧洲现实主义小说的先河。

幸福在人间

如果说但丁是对爱情表示同情,彼特拉克仅仅表现为对爱情的抽象和一般的赞美,那么薄伽丘则具体地描写了人的爱情生活,并由此提出了闪烁着人文主义思想光芒的"幸福在人间"的观点。作者的构思独具匠心,设计巧妙,题材广泛,内容丰富,几乎包括了作者所处社会的每一个生活侧面。绘声绘影的叙述,栩栩如生的描写,千姿百态的人物,曲折离奇的情节,妙趣横生,引人入胜,给人留下难以泯灭的印象,它不愧是冲破中世纪寒意而傲然绽开的一朵奇葩。《十日谈》中有福星高照的幸运儿,有结局欢乐或悲伤的爱情历险故事,有闪耀智慧火花的美丽格言,也有怪诞荒诞的逸事和赞美骑士勇敢、豪放精神的传奇故事,无论内容或文体,都与中世纪传统的文学作品大相径庭。

《十日谈》英文版封面

正如薄伽丘本人所说,从总体上看,《十日谈》是一部运用喜剧语言写成的文学作品。作者在语言的运用上刻意求工,擅长选择一些生动形象的日常用语,从侧面点染和烘托人物的不同性格,使作品富有浓郁的生活气息。另外,薄伽丘在写作过程中,还恰如其分地糅进一部分法语、普罗旺斯语、意大利各地的方言以及高雅的文学语言,描绘出一幅幅闪烁着艺术光辉的生动画卷。值得一提的是,他有意识地运用手中之笔努力提高通俗语文学作品的威望,为它们的合法地位大声疾呼。薄伽丘采用了多种多样的讽刺隐喻手法,语言鲜明生动,文笔精练,以《天方夜谭》式的框架结构将一百个故事组织得浑然一体。作为欧洲文学史上第一部现实主义小说,《十日谈》揭示了作者所处时代的社会特征,表达了人民的意愿,不仅为意大利的散文创作奠定了基础,也为近代短篇小说树立了典范。

在14世纪中叶的整个欧洲,以封建教会和世俗封建主为代表的封建势力,在政治、经济乃至思想领域内,依然占据着全面的统治地位。薄伽丘正是在中世纪开始向近代资本主义过渡的历史时期中,写下他的扛鼎之作《十日谈》。全书自始至终都贯穿着人文主义思想,统治了西欧1 000余年的天主教会的权威,第一次在文艺领域遭受如此严重的挑战。可以说,欧洲文艺复兴运动正是以《十日谈》的嘹亮号角揭开序幕的。

薄伽丘是一位伟大的人文主义作家。他在被称为"人生百面图"的现实主义小说《十日谈》中,勇敢地向主宰人们精神世界的天主教会发起了一场进攻战,无情地鞭挞了一部分天主教神父虚伪狡黠和阴险可恶的本性,对荒谬诡谲的中世纪禁欲主义进行了有力的抨击。诚然,薄伽丘毕竟是一位生活在中世纪末期的意大利文人,他没有从本质上揭露罗马教廷的腐朽。薄伽丘自己也是一个笃信上帝的信徒,与但丁不同的是,他不承认上帝有主宰世界的神威,也不为一个人离开尘世后的命运担忧或操心,因为在他看来,幸福和欢乐就在人间。

薄伽丘在《十日谈》中提出了自己的人文主义思想体系,主张一切以"人"为本,用人性来反对神性,提倡人道与神道抗衡,顽强地表现了新兴资产阶级欲摆脱封建约束和宗教枷锁的世俗愿望。而人性,在作者的笔下突出地表现在世俗爱情上。他赋予爱情以全新的诠释,将它视作一种新的道德,新的人伦。在他看来,纯洁的爱情是男女之间高尚情愫的流露,理应得到大家的祝福,因为这种真实的情感乃人生中的一个积极因素,是幸福的源泉。

正因为如此,《十日谈》自1471年在威尼斯初版之后,在天主教会发动的一次宗教狂热活动中,《十日谈》的不少珍贵版本,连同其他一些文艺作品,作为"邪书"被扔在佛罗伦萨的广场上付之一炬。尽管如此,《十日谈》在15世纪的印行达10版以上,在16世纪又出了77版。从以上的两个数据,我们清楚地看到,这部以新颖的文学形式写成的短篇小说集在当时深受欢迎的盛况。(张世华)

为人类悬置希望的坐标

接受美学的创始人姚斯说过:"一部文学作品并不是一个自身独立向每一个时代的每一个读者均提供同样观点的客体。它不是一尊纪念碑,形而上地展示其超时代的本质。它更多地像一部管弦乐谱,在其演奏过程中不断获得读者新的反响,使文本从词的物质形态中解放出来,成为一种当代的存在。"

的确,一部作品的魅力会在某个特定的时期凸显出来。现在重读《十日谈》,我们更能深味其中的道理。

公元1348年,意大利的佛罗伦萨盛行黑死病,病毒蔓延,十室九空。当时欧洲正处于中世纪时期,基督教占绝对统治地位。基督教强调神权至上,彼岸天国,要求人禁欲赎罪,以求来世。面对突如其来的灾难,许多人束手无策,等待上帝的拯救。此时,三个有教养的男青年和七个女青年躲避到郊外一座别墅,他们没有怨天尤人,而是用乐观的心态对待这场灾难,等待灾难的过去。他们每天选举一个"国王",除了唱歌跳舞之外,每人每天讲一个故事消遣。讲到第十天时,这场瘟疫过去了。这便是意大利著名人文主义小说家和诗人乔万尼·薄伽丘的小说集《十日谈》的梗概。

这一百个故事多描写修道院里的偷情、贵族府第的通奸、市民家庭中的"红杏出墙"以及性的启蒙、性的欺诈、爱的机智、爱的圈套等等,反映了当时意大利的社会现实。这一系列妙趣横生的通俗故事揭露、批判了教会的丑恶行径和虚伪，歌颂爱情，呼吁人人平等，肯定了人的价值，具有强烈的人文主义色彩。

薄伽丘是欧洲那场大瘟疫的亲历者。在《十日谈》中，不仅对其可怕的情景做了真实的描写，而且也暗示了这场瘟疫所造成的人们思想观念的变化："有些人以为唯有清心寡欲才能逃避这一场瘟疫"，也有些人的想法恰好相反，以为唯有纵情欢乐，豪饮狂歌，"什么都一笑了之，才是对待瘟疫的有效手段。"薄伽丘正是用辛辣而幽默的嘲讽，达到了"一笑了之"的效果。

我们不能想见这场灾难给薄伽丘带来的危难，但有一点是可以肯定的，他用达信、乐观战胜了这场灾难。是的，正如法国启蒙学者伏尔泰所说："人类最宝贵的财富是希望。"同样面对灾难，我们不能用不幸的眼光只看到当前的困难，如果那样，我们只会沉沦和堕落。重读《十日谈》，你一定不会空手而归的。（杜　娜）

薄伽丘

薄伽丘1313年诞生于佛罗伦萨，也有人说是一个叫切塔尔多的小市镇。他是一个商人的私生子，母亲身份不明，大概是个社会地位低微的女人。薄伽丘从小在商人和市民的圈子中间长大，自幼爱好文艺，喜欢读书。14岁的时候，父亲不顾儿子的志趣带他到那不勒斯学习经商，后来又学习教会法典，薄伽丘却对两者都毫无兴趣，只是白白耗费了12年大好光阴。但是在此期间，薄伽丘有机会同王公贵族和人文主义者接触并且开始研读古代文化典籍。

大师传奇

乔万尼·薄伽丘是一位杰出的人文主义者和意大利文艺复兴运动的先驱。他与但丁、彼特拉克同属意大利城邦时代的三位伟大的文学大师，而后两位大师的作品更多地属于知识阶层和上流社会，而薄伽丘的文学却倾向于广大的市民阶层和普通人。这与薄伽丘的出身和人生经历有着密切的关系。

薄伽丘早期写的第一部比较成熟的作品是长篇小说《菲洛柯洛》（1336年），用托斯卡尼语散文写成，可以说是欧洲文学中第一部长篇小说。还有被称为是"雏形的《十日谈》"的牧歌《亚美托的女神们》（1341年－1342年）、在欧洲文学中第一次出现的"心

理小说"——书信体小说《菲亚美达》（1343年－1344年）、长篇叙事诗《菲索拉诺的仙女》（1344年－1346年）、叙事诗《菲洛特拉托》（1336年）和《苔塞依达》（1339年）。这些作品为他写下巨著《十日谈》做好了准备。

1339年，薄伽丘的父亲遭到了经济上的打击，薄伽丘结束了衣食无忧的悠闲生活，并于1340年末回到佛罗伦萨。在这个城市激烈的政治斗争中，他坚定地站在共和政权一边，反对封建专制制度。他参加了行会，曾在佛罗伦萨共和政体中担任掌管财政的职务，并七次代表共和政权出使其他城邦。1350年，他和杰出的人文主义作家彼特拉克开始交往，两人从此结下生死不渝的友谊。

在写了杰作《十日谈》之后，薄伽丘的思想产生了动摇。大约在1356年写了短篇小说《不祥之鸦》，诅咒了爱情的罪恶，和前期的思想唱起了反调，并表示今后要埋头研究学问。这是他的最后一部文艺作品。从此，薄伽丘转向了学术研究工作。他晚年潜心钻研古典文学，同时在佛罗伦萨为公众讲解但丁的《神曲》，而且写了《但丁传》。他还提出了"诗学即神学"的观点，阐述了诗歌应当模仿自然，反映生活，强调文学的启迪和教育作用，并要求诗人从古希腊、罗马文化中汲取营养，讲求虚构和想象。他的这些文艺理论为文艺复兴时期诗学的发展奠定了基础。

1374年，薄伽丘的好友彼特拉克病逝，这给薄伽丘精神上以沉重的打击。1375年12月21日，薄伽丘在贫困和孤独中离开人间。

《Y 延伸阅读 YANSHEN YUEDU

与薄伽丘同属于意大利文艺复兴先驱的还有一位文学大师——彼特拉克。他的著名抒情诗集《歌集》是一曲人间幸福的赞歌，表现了人文主义者以个人幸福为中心的爱情观。这部由336首十四行体抒情诗组成的诗体日记，记载了诗人对恋人劳拉忠贞不渝的爱情，歌咏了美丽的自然风光，抒发了渴望祖国统一的理想，并且创造了独特的抒情风格，在艺术上有很高造诣，对后世有很大影响。

* * * *

乔叟的《坎特伯雷故事集》是一部在西方中世纪和文艺复兴时期独一无二的故事集。一群香客汇集在伦敦泰晤士河南岸的一家小旅店里，他们准备去坎特伯雷城朝拜殉教圣人托马斯·阿·贝克特的圣祠。他们和旅店的主人约定好，在去坎特伯雷来回的路上，每个人讲两个故事，讲得最好的人可以免费吃一顿好饭。于是代表英国社会各个阶层的31位香客开始讲述故事。这些故事真实广阔地反映了当时的社会生活，寓教于乐，体现出乔叟的人生准则和艺术风格，为英国文学开创了现实主义文学传统。

堂 吉 诃 德

米盖尔·德·塞万提斯 Miguel de Cervantes
（西班牙 1547 年－1616 年）

在欧洲所有一切著名文学作品中,能够把严肃和滑稽、悲剧性和喜
剧性、生活中的琐屑和庸俗与伟大和美丽如此水乳交融……这样的范
例仅见于塞万提斯的《堂吉诃德》。

——俄国批评家 别林斯基

16 世纪中叶到 17 世纪初期被称为西班牙文学史上的"黄金时代",其中一个重要原因就是在这个时期出现了迄今为止西班牙文学史上最伟大的文学家——塞万提斯。他因为创作了世界经典巨著《堂吉诃德》而举世闻名,成为和巴尔扎克并列的小说大师。

《堂吉诃德》是文艺复兴时期欧洲最重要的长篇小说之一,标志着欧洲长篇小说的创作跨入了一个新的阶段,在欧洲小说史上具有划时代的意义。小说真实全面地再现了 16 世纪末到 17 世纪初西班牙的社会现状,揭露了正走向衰落的西班牙王国的各种矛盾,在谴责贵族阶级的荒淫无耻的同时对人民的苦难生活寄予了深切的同情。而小说中成功塑造的两位主人公堂吉诃德和桑丘早已成为世界文学中两个令人难忘的典型人物形象,深

受世界各国人民的喜爱。《堂吉诃德》从问世至今,原著和几乎包括世界各种文字的译本共出了 1 300 多版,是一部国际声望最高、影响最大的西班牙文学巨制。

旷世杰作

在西班牙的文学史上,想入非非的骑士传奇和玩世不恭的流浪汉小说在 16 世纪盛行一时,而就在这时出现了一部世界巨著,它在把二者的传统融为一体的同时又对荒唐透顶、矫揉造作的骑士传奇进行了无情的鞭挞,让伤风败俗的流浪汉小说自惭形秽,它将声嘶力竭、奄奄一息的西班牙文学拖进了 17 世纪,一个充满科学知识、人文主义和动荡变换的世纪,这就是塞万提斯的《堂吉诃德》。《堂吉诃

德》的成功,使小说这种形式的名声为之大振——在塞万提斯时代,与诗歌相比,小说仍被视为低人一等的创作形式。

《堂吉诃德》全名为《奇情异想的绅士堂吉诃德·德·拉·曼却》,共有两部。第一部于1605年出版,出版后立即风行一时,仅在几个星期内就销售一空,一年之内再版了6次。1614年,一个叫做阿维拉尼达的人出版了一部《堂吉诃德》续集,恶毒辱骂塞万提斯,严重歪曲堂吉诃德和桑丘这两个人物形象。塞万提斯极为愤慨,他加紧写作,于1615年出版了《堂吉诃德》第二部。

《堂吉诃德》故意模拟骑士传奇的写法,描写堂吉诃德和他的侍从桑丘·潘沙的"游侠史"。第一部叙述主人公堂吉诃德是拉·曼却地方的一个穷乡绅,本姓吉哈达,因为读骑士传奇入了迷,梦想当一个游侠骑士。他拼凑了一副破烂不全的盔甲,自名为堂吉诃德,骑上一匹瘦马,取名为"驽马辛难得",并仿照骑士的做法,物色了邻村一个挤奶姑娘为自己的意中人,给她取个贵族名字叫杜尔西内娅·台尔·托波索,决心终身为她效劳。于是,堂吉诃德开始了三次骑士之旅。第一次,他单枪匹马出游,向商人挑战,被打得遍体鳞伤,只得返回家中。后来,他找了邻居桑丘做侍从一同出去。堂吉诃德满脑子都是骑士传奇中的古怪念头,以为处处是妖魔鬼怪,是他冒险的机会。他把风车当巨人,把旅店当城堡,把理发师的铜盆当做魔法师的头盔,把羊群当军队,把苦役犯当做受迫害的骑士,把皮酒囊当

做巨人头,不顾一切地提矛杀去,结果闹出无数荒唐可笑的事情。这些行动不但害了别人,也使自己挨打受苦,弄得头破血流。但是他执迷不悟,直到几乎丧命,才被人抬回家去。

第二部叙述堂吉诃德和桑丘·潘沙第三次出游。堂吉诃德的邻居参孙·加尔拉斯果学士为了医治堂吉诃德的精神病,故意怂恿他再次外出,然后自己也扮成骑士,准备打败他,迫使他放弃荒唐的念头,回家养病。不料交手后反被堂吉诃德打败。参孙于三个月后重新找堂吉诃德决斗,终于打败了他。根据事前商定的条件,他在一年之内不许摸剑,不许外出,只可在家休养。堂吉诃德回到家中便病倒在床。临终时,他醒悟过来,痛斥骑士小说并立下遗嘱,不许他的唯一的继承人侄女嫁给骑士,否则她就得不到遗产。

《堂吉诃德》在欧洲小说史上具有划时代的意义,它总结了中世纪以来长篇叙事作品的成就,又为近代小说的发展奠定了基础,对于欧洲近代长篇小说的发展具有重大的影响。

欧洲长篇小说的里程碑

塞万提斯写作《堂吉诃德》的宗旨是"把骑士小说的那一套扫除干净",但是,这部作品的社会意义却远远超出了对骑士小说的嘲讽和抨击,而成为16世纪末至17世纪初西班牙封建

青少年必知的文学经典

社会状况的真实而全面的反映。小说中出现将近七百个人物，有贵族、教士、地主、市民、士兵、农夫、囚徒、强盗、妓女等等。描写的生活面十分广阔，从贵族的城堡到外省的小客店，从农村到城镇，从平原到深山，从大路到森林，展现了一幅完整的社会生活画卷，揭露了正在走向衰落的西班牙王国的各种矛盾，谴责了贵族阶级的荒淫腐朽，对人民的疾苦表示深切的同情。此外，小说还广泛地触及当时的政治、经济、道德、文化和风俗等方面的问题。

堂吉诃德这个人物已成为世界文学中一个著名的典型。他的性格是复杂的。他一方面脱离现实，终日耽于幻想，对自己的力量缺乏足够的估计，屡遭失败；另一方面，他的动机纯真善良，立志铲除世间的恶魔，反对压迫，锄强扶弱，充满了无私无畏的精神。凡是骑士以外的问题，他的议论清醒而深刻，明确而富有哲理。作者塑造了一个令人感到可笑、可叹、可悲而又可敬的人物形象。堂吉诃德这种性格上的矛盾，反映出作者的人文主义思想与西班牙现实之间的矛盾。堂吉诃德的清廉公正的社会理想，不可能通过复活骑士制度予以实现。马克思曾经说他"误认为游侠生活可以同任何社会经济形式并存，结果遭到了惩罚"。因此，塞万提斯在嘲笑骑士制度的同时，以理想化的骑士精神来反对没落的封建阶级。他揭露了西班牙的丑恶现实，然而他的理想却是回复到古代淳朴的社会中去。

小说中的另一个重要人物仆人桑

《堂吉诃德》英文版封面

丘·潘沙，与堂吉诃德相辅相成。主人耽于幻想，仆人处处求实；主人急公好义，仆人胆小怕事。在第二卷里，桑丘的性格有了进一步的发展。他当海岛总督时断事公平合理，为官清正，为人民做了许多好事。这一情节突出地表现了他的智慧和才能，在他身上体现了西班牙"黄金世纪"的民主精神。

在创作方法上，塞万提斯善于运用典型化的语言行动刻画主角的性格，反复运用夸张的手法强调人物的个性，大胆地把一些对立的艺术表现形式交替使用。既描写平凡的生活琐事，也叙述奇特幻异的想象；既有发人深省的悲剧因素，也有引人发笑的喜剧成分。尽管小说的结构还不够严密，有些细节前后矛盾，然而不论在反映现实的深度和广度上，还是在塑造

人物的典型性上，都比欧洲在此以前的小说前进了一大步，标志着欧洲长篇小说的创作跨入了一个新的阶段。（赵德明）

骑士堂吉诃德

不论《堂吉诃德》的题材（理想与现实的冲突）多么永恒，堂吉诃德的性格如何复杂，这部作品之所以成为世界最佳，其根本原因在于作者塑造了堂吉诃德和桑丘这样两个具有典型性的人物形象。

塞万提斯笔下的堂吉诃德不仅是一个夸张滑稽的闹剧角色，《堂吉诃德》也不仅是一部夸张滑稽的闹剧作品。单纯的闹剧角色，不能充当一部长篇小说的主人公，读者对他的兴趣也不能持久。塞万提斯不是把堂吉诃德写成佛尔斯塔夫（Falstaff）式的懦夫，来和他主观上的英勇骑士相对比，而是把他写成夸张式的模范骑士。凡是堂吉诃德认为骑士应有的学识、修养以及大大小小的美德，他自己身上都有，不但有得充分，而且还过度一点。他学识非常广博，常使桑丘惊佩倾倒。他不但是武士，还是诗人；不但有诗才，还有口才，能辩论，能说教，议论滔滔不断，振振有理。他的忠贞、慷慨、斯文、勇敢、坚毅，都超过常人，并且坚持真理，连性命都不顾惜。

堂吉诃德虽然惹人发笑，他自己却非常严肃。小丑可以装出严肃的面貌来博笑，正所谓冷面滑稽。因为本人不知自己可笑，就越发可笑。堂吉诃德不止面貌严肃，他严肃入骨，严肃到灵魂深处。他要做游侠骑士不是做着玩儿，却是死心塌地、拼生舍命地做。他表面的夸张滑稽一直贯彻在他的思想感情中。他哭丧着脸，披一身杂凑破旧的盔甲，待人接物总按照古礼，说话常学着骑士小说里的腔吻；这是他外表的滑稽。他的思想感情和他的外表很一致。他认为最幸福的黄金时代，人类只像森林里的素食动物，饿了吃橡实，渴了饮溪水，冷了还不如动物身上有毛羽，现成可以御寒。他所要保卫的童女，作者常说是"像她生身妈妈那样童贞"。他死抱住自己的一套理想，满腔热忱，尽管在现实里不断地栽筋斗，始终没有学到一点乖。堂吉诃德的严肃增加了他的可笑，同时也代他赢得了更深的同情和尊敬。

《堂吉诃德》里历次的冒险，无非叫我们在意想不到的境地，看到堂吉诃德一些新的品质，从他的行为举动，尤其是和桑丘的谈论里，表现出他的奇情异想，由此显出他性格上意想不到的方面。我们对堂吉诃德已经认识渐深，他的勇敢、坚忍等美德使人敬重，他的学识使人钦佩，他受到挫折也博得同情。作者在故事的第一部里，有时把堂吉诃德作弄得很粗暴，但他的嘲笑，随着故事的进展，愈变愈温和。

堂吉诃德究竟是可笑的疯子，还是可悲的英雄呢？从他主观出发，可以说他是个悲剧的主角，但主观上的悲剧主角，客观上仍然可以是滑稽的闹剧角色。塞万提斯能设身处地，写出他的可悲，同时又客观地批判他，写

青少年必知的文学经典

出他的可笑。堂吉诃德能逗人放怀大笑，但我们笑后回味，会尝到眼泪的酸辛。作者嘲笑堂吉诃德，也仿佛在嘲笑自己。

作者已把堂吉诃德写成有血有肉的活人。堂吉诃德确是个古怪的疯子，可是我们会看到许多人和他同样的疯，或自己觉得和他有相像之处；正如桑丘是个少见的傻子，而我们会看到许多人和他同样的傻，或自己承认和他有相像之处。堂吉诃德不是怪物，却是典型人物，他的古怪只增进了他性格的鲜明生动。

我们看一个具体的活人，不易看得全，也不能看得死，更不能用简单的公式来概括。对堂吉诃德也正如此。这也许说明为什么《堂吉诃德》出版近400年了，还不断地有人在琢磨这部小说里的人物性格。（杨 绛）

DASHI CHUANQI 大师传奇

米盖尔·德·塞万提斯·萨阿维德拉是西班牙伟大的作家、戏剧家、诗人，也是欧洲文艺复兴时期重要的现实主义作家。但是塞万提斯一生历尽坎坷，穷困潦倒，并不被人重视。所以关于他的生平，历来争论很多。

塞万提斯生于1547年马德里附近的阿尔加拉台艾那瑞斯城，祖父是个破落贵族，当过律师，父亲是潦倒终生的外科医生。由于家庭贫困，他只受过中学教育，以后跟随父亲过着颠沛流离的生活。1569年充当红衣主教的随从从西班牙来到了文艺复兴的发源地意大利，期间接触了当时的许多文人学士，阅读了大量文艺复兴时期的作品。1570年，年轻的塞万提斯怀着满腔的爱国热情加入了西班牙驻意大利的军队。第二年，他参加了抗击土耳其军队的勒班多海战，勇敢无畏，身负重伤，左手残疾。1572年伤愈，重返军队。1575年，他退出军队，在回国途中，遭到土耳其海盗袭击，被掳至阿尔及尔。在阿尔及尔做了5年奴隶后，1580年才由西班牙三位一体会修士为他募化得500艾斯古多，把他赎回西班牙。

塞万提斯

塞万提斯从1582年开始创作。1587年由于家境贫困，他上书请求差务，被委派担任"无敌舰队"的采购员，有机会接触到许多城镇各行各业的人。在负责粮油采购工作中，受到乡绅的诬陷，1593年被控非法征收谷物而入狱。获释后，改任税吏。1597年，因储存税款的银行倒闭，无力赔偿欠款，又被革职入狱。获释后，仍旧从事

税吏工作,直至1603年。

1602年,塞万提斯开始创作《堂吉诃德》。1605年,他58岁时,《堂吉诃德》第一部出版,深受读者欢迎。上至宫廷,下至市井,街谈巷议,到处传诵。然而塞万提斯只得到很少的稿酬,依然贫穷。1605年,塞万提斯以门前有人被刺涉嫌下狱。1611年,又为女儿陪嫁一事被控告,出庭受审。同年,法院又责令偿还当税吏时所欠公款。虽然屡遭不幸,但他仍然坚持文学创作。1614年,他忽然发现别人写的《堂吉诃德》续篇,就加紧创作第二部,于1615年出版。1616年4月23日,因患水肿病去世,葬在三位一体修道院的墓园里,没有人知道他的坟墓所在。

塞万提斯的文学创作深刻地反映了当时西班牙的社会现实,暴露了封建制度的黑暗并宣传了人文主义思想。他的文学成就突出表现在小说方面。德国诗人海涅认为:"塞万提斯、莎士比亚、歌德成了三头统治,在叙事、戏剧、抒情这三类创作里分别达到登峰造极的地步。"

塞万提斯的主要作品还有牧歌体传奇《咖拉泰》第一部(1584年)、剧本《努曼西亚》(1584年)、《阿尔及尔的交易》(1585年)、《八出喜剧和八出幕间短剧》(1615年)、短篇小说集《训诫小说》(1605年—1613年)、长篇小说《贝雪莱斯和西吉斯蒙达历险记》(1616年),还有长诗《帕尔纳索斯游记》(1613年)等。

延伸阅读 YANSHEN YUEDU

16、17世纪,西班牙流行以流浪者的生活及遭遇为题材的小说,即流浪汉小说。其中以《小癞子》为首创。其作者不明,成书年代约为1553年。《小癞子》以主人公小癞子自述的方式记叙了流浪汉挨饿遭罪、行骗偷窃的流浪史,并讽刺了他的几个主人贪婪、吝啬、欺诈、愚蠢的性格。小说在一定程度上展示了16世纪西班牙下层社会的面貌,并大胆地揭露了教会的丑恶。小说语言简洁自然,笔调辛辣幽默,对人物的刻画栩栩如生,对后世欧洲文学有相当影响。

* * * *

英国著名作家笛福的代表作《鲁滨逊漂流记》继承了西班牙流浪汉小说的传统,描写了主人公鲁滨逊从小向往遨游四海的生活,并因此离家出走,开始了漂流生活。他先后去了伦敦、萨利、巴西等地。后来在一次航行中遇到飓风,鲁滨逊几经周折孤身一人来到了一个荒岛上。他利用聪明才智和辛勤劳动独自生活,后来还和野人星期五成为好朋友。直到28年后,他们搭乘英国船只离开了小岛,最终回到了英国。鲁滨逊在困境中仍然不放弃希望的这种生存勇气永远感动和激励着世界各国的读者。

哈 姆 雷 特

威廉·莎士比亚　William Shakespeare(英国　1564年－1616年)

> 莎士比亚的《哈姆雷特》这个剧本中有许多东西,可以叫做人类心灵方面的新发现,他的文学活动把共同的认识推进了好几个阶段,在他之前没有一个人达到过这种阶段,而且只有几个哲学家能够从老远的地方把它指出来。这就是莎士比亚所以拥有全世界的原因:……但丁、歌德、拜伦的名字常常和他的名字结合在一起,可是很难说,他们每个人都是像莎士比亚似的这样充分地标示出全人类发展的新阶段。
>
> ——前苏联著名文艺评论家　杜勃留洛勃夫

英国的大文豪莎士比亚是欧洲文艺复兴时期最重要的作家之一,他也是整个欧洲文学史上少数几个最杰出的作家之一。可以说,如果没有莎士比亚,无论是文艺复兴还是西方文学史都会逊色不少。恩格斯曾盛赞其作品的现实主义精神与情节的生动性、丰富性,而马克思则称莎士比亚为"人类最伟大的天才之一"。

莎士比亚一生创作颇丰,他的悲剧反映了文艺复兴时期作为资产阶级先进知识分子的人文主义者的软弱性和不可解决的矛盾,具有深刻的批判性。《哈姆雷特》是他最优秀的悲剧作品之一,也是西方戏剧史上的奇观。《哈姆雷特》为后世创立了悲剧的典范,对后世影响深远。据统计,从1877年以来,在欧洲平均每隔12天就有一部(篇)研究《哈姆雷特》的论作问世,历久不衰。

旷世杰作

在莎士比亚时期,英国舞台上的"复仇剧"风靡一时,已经有人在莎士比亚之前写出了《哈姆雷特》。但是,莎士比亚赋予这个古老的故事以深刻的内容和崭新的思想,并且在艺术上达到了前所未有的高度。因此,在莎士比亚的《哈姆雷特》剧本问世之后,再无人尝试改编,因为人们没有希望写得比莎士比亚更好。莎士比亚的《哈姆雷特》和后来写出的《奥赛罗》、《李尔王》、《麦克白》一起被称为莎士

青少年必知的文学经典　QINGSHAONIAN BIZHI DE WENXUE JINGDIAN

比亚最著名的"四大悲剧"。

《哈姆雷特》（1601年）以12世纪末的丹麦历史为蓝本改编而成。整个戏剧由五幕剧组成。故事主要情节是：丹麦王子哈姆雷特在德国人文主义中心维登堡大学读书，他的叔父克劳狄斯趁着丹麦国王老哈姆雷特在花园午睡的时候，把毒液注入他的耳朵内而害死了他。之后克劳狄斯不仅篡夺了王位，而且很快就娶了他的嫂嫂，即哈姆雷特的母亲。哈姆雷特回国后对父亲突然死亡、母亲快速改嫁给叔叔、叔叔继承统治大权的过程很疑惑，因此闷闷不乐。这时，父亲的鬼魂告诉他自己死亡的原因，并交代给他复仇的责任。哈姆雷特遵照鬼魂的嘱咐，决定为父亲报仇。

哈姆雷特深知邪恶势力之大，为了不引起叔父的怀疑只好装疯卖傻。国王已经开始怀疑哈姆雷特，在大臣波洛涅斯的建议下，利用大臣的女儿、哈姆雷特的情人奥菲利娅去试探他，又指使哈姆雷特的两个同学罗森格兰兹和吉尔登斯吞去试探他，都被他识破。哈姆雷特利用一个剧团到宫廷演戏的机会，安排他们上演了《贡扎古之死》，并按照父亲的鬼魂的话亲自加了几段杀兄篡位的情节，把戏名改成《捕鼠机》。在演出过程中，做贼心虚的叔父惊惶失措，起身走开，从而证实了鬼魂的话。当天晚上，哈姆雷特在去见母亲的途中，看到了克劳狄斯正在祈祷。这是一个复仇的好机会，但哈姆雷特怕在他祈祷的时候杀死他，会使他的灵魂升上天堂，而没有下手。哈姆雷特劝说母亲离开克劳狄斯，这时

帐后突然有人惊呼起来，哈姆雷特误把偷听者——自己的情人奥菲利娅的父亲波洛涅斯错当国王杀死。克劳狄斯以此为借口派哈姆雷特的两个同学赍诏书去英国索讨贡赋，想借英王之手除掉哈姆雷特，哈姆雷特发现阴谋，中途矫诏，折回丹麦。

奥菲利娅的哥哥雷欧提斯从国外回来，雷欧提斯决心为父亲报仇。老奸巨猾的克劳狄斯把他父亲的死推在哈姆雷特身上。这时善良的奥菲利娅因为父亲被情人杀死和情人的出走，精神失常，误入河中淹死。在奥菲利娅的葬礼正在进行时，哈姆雷特恰好经过墓地。悲痛的哈姆雷特和奥菲利娅的哥哥雷欧提斯在墓穴中厮打起来。国王借机挑拨波洛涅斯的儿子雷欧提斯以比剑为名，设法用毒剑刺死哈姆雷特。

在决斗开始时，哈姆雷特占了上风。克劳狄斯怕哈姆雷特胜利，就斟上一杯毒酒以示祝贺。哈姆雷特的母亲在不知情的情况下代替儿子喝了有毒药的酒。雷欧提斯在克劳狄斯的煽动下，一剑刺中了哈姆雷特，同时也在争斗中被毒剑刺中。这时，王后中毒身亡。奄奄一息的雷欧提斯在最后一刻良心发现，当众揭发了克劳狄斯的阴谋。王子哈姆雷特在最后的时刻奋力刺死了叔父，为父亲报了仇，并把国事托付给挪威王子小福丁布拉斯。

《哈姆雷特》是莎士比亚的代表作，剧中人物性格鲜明、形象饱满，戏剧冲突尖锐、曲折复杂，语言富有特色、生动丰富，具有独特的艺术魅力。

说不尽的哈姆雷特

关于悲剧《哈姆雷特》的评论，在西方历代的莎士比亚研究中占据着特殊的重要地位，不仅浩如烟海，而且众说纷纭。其中，如何认识和评论哈姆雷特这个人物，可以说是古往今来许多学者、读者、观众的无休止的争辩的焦点。关于哈姆雷特的思想、性格的剖析，以及关于这一人物的典型意义与审美价值的估量，就是十分繁复的。在近400年的岁月里，哈姆雷特评论史上歧义颇多，真正是所谓有1 000个演员扮演哈姆雷特，就有1 000个哈姆雷特；有1 000个观众看哈姆雷特，就有1 000个哈姆雷特；有1 000个评论家评论哈姆雷特，就有1 000个哈姆雷特。说不尽的莎士比亚，说不尽的哈姆雷特。

如此情况，使哈姆雷特的形象几乎成为一个亟待破译而尚未破译的"密码"。即使在马克思之后的莎学中，人们也为难以解开的"密码"的魅力所吸引，纷纷追求"阿里阿德涅的线团"，祈望借此引导自己走出丹麦王子其人其事所构筑的这座既神秘而又符合模糊美学原理的"悲剧迷宫"。为什么哈姆雷特的悲剧形象经历了几百年还能深深地震撼人心，具有那么强烈的超时空效应与反馈作用？究其主因，显然在于哈姆雷特就是"人"、"人的生命"。他十分活跃的自我意识、自我观照、自我求证，也就是人的自我意识、自我观照、自我求证。而且，戏剧诗人还把他在英国文艺复兴时期所感受到的人文主义人性观注入这一人物形象的思想与活动中，使之成为混合着多方面素质的艺术晶体。

电影《哈姆雷特》海报

无论从哪一视觉考察，哈姆雷特形象所表现出来的莎士比亚的人文主义人性观，绝非剧作家单一的人性观，它融化了此前人们的人性观，也在超前意识中预示了后世人的人性观。它不属于一个世纪，而是属于所有的世纪。别林斯基把哈姆雷特当做"人"的代表，或许道出了莎士比亚塑造这一形象的本意："它是伟大的、深刻的，它是人的生命，它就是人，它就是你，就是我，就是我们每一个人！"雨果也认为："哈姆雷特不是某一个人，而是人。"如果莎士比亚活在今天，或许他

和现代美国剧作家奥尼尔一样,公开宣称自己描写的心爱人物象征"整个人类"。(王忠祥)

哈姆雷特的力量

《哈姆雷特》问世以来,人们对主人公哈姆雷特形象的认识和评论不尽相同,但一个主导的共同之处是:在哈姆雷特身上寻找普遍人性的东西,把他看做是永恒人性的代表。

哈姆雷特思想充实,敏于思考,勤于思考,这几乎是大家公认的。这是他复仇延宕的原因,同时也正是这一形象艺术力量的所在。哈姆雷特显然是作者全力肯定的正面形象。他多才多艺,疾恶如仇。作为一个推崇仁慈、平等、善良的人文主义者,面对复仇问题时,哈姆雷特是思索的、谨慎的,他至少想到了两个方面:其一,他没有把与叔叔之间的敌对仅仅视作私仇,而是马上想到这是一个社会、一个时代的问题。作为一个将善恶视作社会发展的关键的人文主义者,当他看到母亲受驱于情欲,迅速再婚,叔叔狂欢淫乐,嗜杀乱伦,于是便感到这个社会是丑恶的、颠倒的,而他有责任来重整乾坤。其二,他不能错杀无辜。鬼魂的话是否可信,需要证实,证实之前不能动手复仇。以上两个方面使他的复仇与雷欧提斯截然不同。雷欧提斯就没有那么多的考虑,没有那么多的内心冲突。他要报的就是个人私仇。因此他听说父亲被杀,便从法国回来,并煽动叛军冲进王宫威胁国王。后来又不

假思索,听信国王,当了国王的炮灰。通过与雷欧提斯比较,我们看到了哈姆雷特的迟迟不走向行动,同时,也看到了他的力量——思想的力量、人格的力量。(张志庆)

一面时代的镜子

《哈姆雷特》是莎士比亚最著名的一部悲剧,它突出地反映了作者的人文主义思想。莎士比亚说过,他的作品就是"给自然照一面镜子,给德行看一看自己的面目,给荒唐看一看自己的姿态,给时代和社会看一看自己的形象和印记"。《哈姆雷特》正是一个时代的缩影。

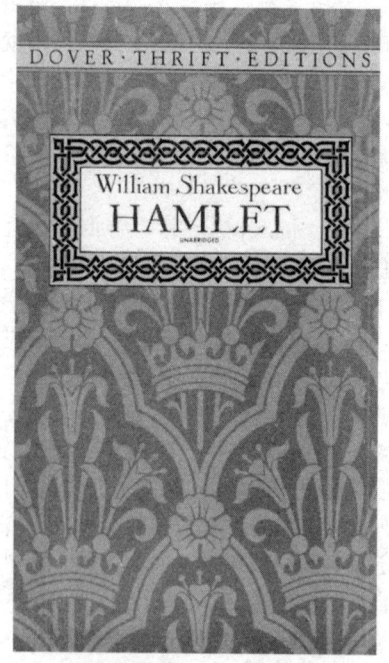

《哈姆雷特》英文版封面

哈姆雷特是文艺复兴时期人文主义者的理想人物。他是王子，按照传统，是王权的当然继承者。但是，他的美好前途被颠倒了的时代颠倒了。戏一开头，作者就展现了一幅丑恶的社会画面：国家发生宫廷政变，国王被害，阴谋家窃取了王位；王后改嫁；满朝臣子趋炎附势；等等。世界仿佛到了末日。于是这个王子喊出了"时代整个儿脱节了"的吼声。人们强烈地感受到这是"时代的灵魂"本身在呼喊。哈姆雷特本是个正直、乐观、有理想的青年，在正常的环境下，他可以成为一位贤明君主；但是现实的社会迫使他不得不装疯卖傻，进行复仇。他是英国那个特定的动荡不安的时代的产物。

在《哈姆雷特》这部戏剧中，处处可以看出作者着意把自己心目中的典型人物塑造成一个英雄形象的匠心。哈姆雷特很有心计，在敌强我弱的恶劣情况下，他敢于针锋相对地进行斗争，他击破了奸王设下的一个个圈套：先是戳穿了波洛涅斯和罗森格兰兹等人进行刺探和监视的把戏；又使王后发现天良；接着采用"调包计"除掉了奸王的两个走卒，把奸王"借刀杀人"的阴谋击得粉碎；最后"以其人之道还治其人之身"，把双重陷阱——毒剑和毒酒还给了奸王。在每一回合的斗争中，哈姆雷特都显得形象高大。所以有评论说，《哈姆雷特》是一出"巨人型"的悲剧，此话不无道理。

但哈姆雷特绝非"完人"。他虽然善于思索，却优柔寡断；他虽然受到人民的爱戴，却并不相信人民。他说：

"时代变得越发不像样子，一个农民的脚趾竟然这么靠近一个朝臣的脚后跟，擦伤了后者的冻疮。"可见哈姆雷特的社会改革与农民所要求的变革相距甚远。尽管哈姆雷特有令人钦佩的才能，竭力想除旧布新，但他总是郁郁不乐，迟疑不决，他始终是孤立的。这就注定了他与丑恶同归于尽的悲惨命运。

《哈姆雷特》描写人物心理的语言十分丰富，这在莎士比亚所有悲剧中也是十分突出的。如哈姆雷特的性格大部分是以"疯话"表达出来的，他的"满口荒唐言"就像迸发出来的火花。克劳狄斯阴阳怪气的语言则反映出了他口蜜腹剑的丑态。波洛涅斯爱用诗体语言，给人以滑稽可笑的印象。

总之，《哈姆雷特》是一出人文主义思想家的悲剧，是欧洲文艺复兴土壤里长出来的一朵长开不败的艺术之花，直至今天，还在散发着它所特有的馨香。（佚　名）

D 大师传奇

威廉·莎士比亚是欧洲文艺复兴时期最有成就的作家之一，在他的作品里，资产阶级人文主义思想表现得最为充分，为资产阶级的兴起做了最有力的舆论准备。同时，艺术性也最高，莎士比亚是一位杰出的语言大师，他的许多词句脍炙人口并成为英国全民语言的一部分。

1564 年 4 月 23 日，莎士比亚出生于沃里克郡埃文河上的斯特拉特福镇。父亲约翰是沃里克郡的自耕农，

莎士比亚

1551年移居斯特拉特福镇，做过商人，有人说他还当过屠户。1568年约翰被选为镇长。威廉是长子，曾被送到当地的文法学校学习拉丁文和古代历史、哲学、诗歌、逻辑、修辞等等。十三四岁时，家道中落，莎士比亚被迫辍学帮助父亲料理生意。1582年11月同邻乡富裕自耕农的女儿结婚。大约在1585年，他离开家乡到伦敦谋生。传说他曾经在剧院门前为贵族顾客看马，逐渐成为剧院的杂役、演员、股东。这期间，他广泛地接触到了社会各阶层的生活，加深了对社会的认识。他开始写剧本时多半是改编旧剧或同其他作家合作，后来才独立创作。莎士比亚发表的第一部作品是长诗《维纳斯与阿多尼斯》（1593年）。他的剧团从1594年开始一直受到宫内大臣的庇护，称为"宫内大臣剧团"，1603年詹姆斯一世登位又改称"国王的供奉"。他一生的最后几年在家乡度过。1616年4月23日去世，葬于镇上的"三一"

教堂。

莎士比亚共写了37部戏剧、2首长诗和154首十四行诗。创作早期（1590年－1600年）主要作品是2首长诗和十四行诗，以及9部以英国历史为题材的历史剧。莎士比亚的历史剧在当时盛行的历史剧中成就最高，其中《亨利四世》是他最有代表性的历史剧，写出了封建制度没落的趋势，表现了作者对封建割据局面的批判，并形象地描绘了如何通过道德改善而产生理想君主的过程。在这一时期，莎士比亚还创作了大约10部喜剧和一部悲剧。其中《罗密欧与朱丽叶》（1595年）、《仲夏夜之梦》（1596年）、《威尼斯商人》（1597年）、《温莎的风流娘儿们》（1598年）、《无事生非》（1599年）、《皆大欢喜》（1600年）以及《第十二夜》（1600年）等都是大家熟知的优秀戏剧。

第二时期（1601年－1607年）是莎士比亚创作最光辉的时期。莎士比亚最伟大的"四大悲剧"《哈姆雷特》（1601年）、《奥瑟罗》（1604年）、《李尔王》（1605年）、《麦克白》（1606年）正是这一时期的产物。他在悲剧中塑造了一系列能够体现出文艺复兴时期巨人性格的艺术形象，并反映出社会现实。这些悲剧是他对他那个时代的重大问题深入思考的成果，也是新兴资产阶级思想最生动的形象的再现。除此之外还有喜剧《终成眷属》（1603年）、《一报还一报》（1603年）等。

最后一个时期（1608年－1613年），莎士比亚转向了神话剧的创作，主要作品有《辛白林》（1609年）、《冬天的故事》（1610 年）和《暴风雨》（1611年）。这些作品都以宽恕和解为主题，虽然他把希望寄托于乌托邦式的理想世界和未来的青年一代身上，但是莎士比亚仍然保持了人文主义者的信念，相信人类有前途。

莎士比亚的剧作是西方戏剧艺术史上难以企及的高峰。在他的戏剧中，展开了如此广阔的生活画面：上至王公贵族，下至生活在社会底层的平民百姓，社会各个阶层的人物都在剧中婆娑起舞，而每个人又有各自的爱憎、伤悲与欢乐，每个人都具有鲜明的个性特征。

莎士比亚剧作的语言，完全是诗化的语言，柔婉如同淙淙流水，激荡如惊涛拍岸，令人回味无穷，许多莎士比亚戏剧中的语言已经成了英文中的成语、典故，极大地丰富了英语辞藻。

莎士比亚在世界文化史上地位崇高，影响巨大，他的戏剧生动地描绘了欧洲 17 世纪的社会生活、政治思想和民族风情，受到世界各国各时代人民的普遍喜爱，是全世界出版最多、流行最广、演出也最多的戏剧。同时，莎士比亚也是被各国专家学者研究得最多的戏剧家，这使得"莎学"成为世界上一门广有影响的"显学"。

YANSHEN YUEDU 延伸阅读

《李尔王》 被誉为莎士比亚"最伟大的悲剧"。李尔王是一个封建君主，他按照封建继承法把国土分封给三个女儿，但是他要求自己的女儿们表达对自己的爱和忠诚。大女儿和二女儿用虚伪的甜言蜜语骗取了父亲的信任，而小女儿考狄利娅因为诚实地说出"我爱您只是按照我名分，一分不多，一分不少"而被赶出家门。李尔王把国土分给两个大女儿和她们的丈夫后变得一无所有。两个女儿开始嫌弃父亲，最后李尔王愤然出走，流浪荒野。在一个暴风雨之夜他幡然悔悟。后来，两个大女儿为了男人和权力的重新分配互相残杀。李尔王终于和讨伐两个姐姐的考狄利娅见面，并得到了谅解。最后，作恶的大女儿和二女儿受到正义的惩罚毙命，而作为爱的化身的考狄利娅也被绞死。李尔王认识到了代表仁爱、宽恕等原则的考狄利娅才是正确的，抱着小女儿的尸体心碎而死。

* * * *

埃斯库罗斯是古希腊最著名的三大悲剧诗人之一，为悲剧艺术的发展和完善做出了突出的贡献，被称为"悲剧之父"。他的名作《被缚的普罗米修斯》讲述了善良勇敢的天神普罗米修斯不忍心看到人间的黑暗、冰冷，于是从天上偷来火种送给人类，却不料惹怒了上帝宙斯。漠视人类苦难的宙斯因此将普罗米修斯钉在悬崖上、暴露在风霜雨雪和烈日下，并警告他不要再给予人类同情。在这部伟大的悲剧作品中，作者歌颂了普罗米修斯为了正义英勇顽强的战斗精神，赞扬了他为了人类的幸福和光明所做的巨大贡献。诗剧场面宏伟，风格粗犷，并带有很浓郁的抒情风格。

失 乐 园

约翰·弥尔顿 John Milton(英国 1608年－1674年)

> 在《失乐园》中,弥尔顿在不知不觉中反映了那个时代的革命精神,特别是在骄傲而阴沉的撒旦的形象中,写出了敢于和权威抗争的崇高精神境界。
>
> ——俄国著名文艺批评家 别林斯基

17世纪英国进步文学的主流是资产阶级革命文学。诗人约翰·弥尔顿是资产阶级革命文学的主要代表,对英国资产阶级共和国的成立做出了重大贡献。王朝复辟后,他受到迫害,在困苦的生活中,他以悲愤的感情从《圣经》中取材,写成《失乐园》、《复乐园》和《力士参孙》三部风格雄伟的重要诗作,宣传资产阶级革命的思想。

《失乐园》是弥尔顿的代表作,美国传记作家亨利·托马斯和黛娜·莉·托马斯称创作《失乐园》时的弥尔顿是"一个邀请众神和天使们下凡的基督教的荷马"。长诗主要描写撒旦领导众天使因反抗上帝遭到失败,他被迫离开天庭,虽然受地狱之火的煎熬却并未屈服。歌颂撒旦的反叛行为的诗行既是《失乐园》中最精彩的篇章,也是英国资产阶级革命的生动记录。因此,《失乐园》被认为是英国近代的著名英雄史诗。《失乐园》使弥尔顿流芳后世,以至于雪莱的《诗辩》里只提到了三个伟大的史诗诗人——荷马、但丁、弥尔顿,这么高的荣誉是得之不易的。《失乐园》凝结了诗人饱满的革命激情和独特的艺术才华,它既是当年英国资产阶级革命的回声,又是百年之后法国大革命惊雷的前奏,被认为是世界文学史上"文人史诗的典范"。

旷世杰作

约翰·弥尔顿是继莎士比亚之后英国最伟大的诗人,他的著作和影响在英国文学、文化与自由思想的历史中占有重要地位,并以长诗《失乐园》闻名于世。诗中堕落天使撒旦成为反抗精神的化身,这个形象的塑造是世界文学最高成就之一。

弥尔顿年轻时一直想写一部《荷

马史诗》那样的诗体巨著。英国资产阶级革命失败后，他放弃了写英国史诗的计划，转而从《圣经》中选用最重要的题材：人类如何失去上帝的恩宠而堕落。"失乐园"这个故事早已家喻户晓，但他对这一题材作了生动而有独创性的处理。《失乐园》中引用《旧约》900余处，引用《新约》近500处，但逐字引用的只有《创世记》一至三章，其余都经过他的创造生发，呈现出迥然不同的面貌。

大天神撒旦的力量堪与上帝匹敌，他不服上帝的专制统治，率领部下造反作乱。开始时曾经一度得逞，终于被神子借助天威打入地狱。撒旦在地狱建造万魔宫，召集大小魔王召开会议，商量对策。此后，撒旦独自去找传闻中上帝要创造的那个新世界和新生命，企图报复。他出地狱，越洪荒，化作小天使瞒过天神，最后来到亚当和夏娃居住的伊甸园。撒旦偷听到上帝不许亚当和夏娃吃知识树上的果子，吃了就会死亡。于是他化作一只癞蛤蟆，乘夏娃熟睡之机在她耳边絮语，让她在梦中偷吃禁果。但这时，撒旦潜入伊甸园的事情已经被发现，天神踵而至，将他赶走。上帝还派了大天使拉斐尔来伊甸园，提醒亚当要谨防受敌人的诱惑，并追忆了天国战争，叙述创世情况。

拉斐尔回天国述职复命去了。撒旦又悄悄潜回来，附在狡黠的蛇身上。他进了伊甸园，夏娃碰巧在独自劳动。蛇对夏娃说，自己吃了知识树的果子就能够说人话，由此类推，人吃了就能够得到知识而成神。时值中午，夏娃

饥肠辘辘，信以为真，于是伸手摘来吃了，并告诉亚当，劝他也吃。亚当听说之后又急又怒，十分失望，但决心与夏娃生死与共。此时天使迈克尔奉上帝命令惩罚背叛者，撒旦及其同伙全都变成了蛇。迈克尔向亚当宣示了未来：洪水泛滥，世界毁灭，挪亚乘方舟得救，基督降世赎罪，普救人类的景象。而亚当和夏娃因为违反了禁令，被逐出伊甸乐园。

《失乐园》是诗，像小说，又像戏剧。全诗结构宏大，主次分明，从倒叙开始，异峰突起，着力描绘撒旦这一动能最大的角色，紧紧吸住了读者。虽然撒旦是叛神之首，却令人不由得随着他的思绪情感而心潮澎湃。撒旦是超人，具有权威、勇气、领袖才能和政治家风度，这种形象只有在英雄史诗里才能够找到。但弥尔顿在撒旦身上又加上了作威作福的骄矜与妄图争得最高权力的野心；他在塑造这种性格时，夹叙夹议，或借用英雄人物以及各种凶猛野兽作比喻，有时也通过戏剧性的独白，使读者自然地联想到莎士比亚笔下的悲剧人物。《失乐园》中的撒旦，是世界文学史上刻画得最为成功的人物之一。

一部伟大的史诗

《失乐园》长约一万行，分12卷，故事取自《旧约》。夏娃和亚当因受撒旦引诱，偷吃知识树上的禁果，违背了

上帝旨令，被逐出乐园。撒旦原是大天使，但他骄矜自满，纠合一部分天使，和上帝作战，于是被打到地狱里遭受苦难。他这时已无力反攻天堂，才想出间接报复的办法，企图毁灭上帝创造的人类。上帝知道撒旦的阴谋，但为考验人类对他的信仰，便不阻挠撒旦。撒旦冲过混沌，潜入人世，来到亚当居住的乐园。上帝派遣拉斐尔天使告诉亚当面临的危险，同时把上帝创造世界和人类的经过告诉他。但是亚当和夏娃意志不坚，受了撒旦的引诱，吃了禁果。上帝决定惩罚他们，命迈克尔天使把他们逐出乐园，在放逐之前，迈克尔把人类将要遭遇的灾难告诉了他们。

《失乐园》英文版封面

诗人写这首诗的目的在于说明人类不幸的根源。他认为人类由于理性不强，意志薄弱，经不起外界的影响和引诱，因而感情冲动，走错道路，丧失了乐园。夏娃的堕落是由于盲目求知，妄想成神。亚当的堕落是由于溺爱妻子，感情用事。撒旦的堕落是由于野心勃勃，骄傲自满。诗人通过他们的遭遇，暗示英国资产阶级革命也由于道德堕落、骄奢淫逸而惨遭失败。

弥尔顿继承了 16 世纪的人文主义思想，接受了 17 世纪新科学的成就，同时对它们采取批判的态度。他肯定人生，但否定无限制的享乐。他肯定人的进取心、自豪感，但否定由此演变出来的野心和骄傲。他肯定科学，但认为科学并不是一切，有科学而没有正义和理想，人类不会得到和平与幸福。弥尔顿的这种思想也就是革命的清教思想的反映。

弥尔顿在思想上要批判骄矜的撒旦，感情上却同情他所处的地位，因为撒旦受上帝惩罚，很像资产阶级受封建贵族的压迫。在描绘地狱一场时，弥尔顿虽然口口声声说撒旦骄傲、野心勃勃，但在对话里，在形象上，撒旦又完全是一个受迫害的革命者。这个形象十分雄伟，在凶险的地狱背景的衬托下，他的战斗决心表现得更鲜明。撒旦说：

战场上虽然失利，怕什么？

这不可征服的意志，报复的决心，切齿的仇恨，和一种永不屈膝，

永不投降的意志——却都未丧失。

同时通过和撒旦一起被贬入地狱的天使们的形象，诗人描绘了当年愤

怒的革命战士：

对最高的掌权者，

他们发出了怒吼，并用手中的枪，

在他们盾牌上，敲出猛烈的声响，

愤愤然向头上的天穹挑战。

这是英国资产阶级革命的不可磨灭的记录，是卓越的艺术成就。而诗中的上帝却显得冷酷无情，缺乏生气。

弥尔顿在这首诗里对于封建贵族的放荡生活也给予了尖锐的批评。

在《失乐园》里，弥尔顿显示了高超的艺术水平。诗人的革命热情和高远的想象使他雕塑出十分雄伟的人物形象，如撒旦、罪恶、死亡等，描绘了壮阔的背景，如地狱、混沌、人间等。他的诗歌风格是高昂的。诗中运用了璀璨瑰丽、富有抒情气氛的比喻，独特的拉丁语的句法，和雄浑洪亮的音调等。在结构上，《失乐园》承继着古希腊、罗马史诗的传统，成为英国文学中一部杰出的史诗。（佚　名）

《失乐园》中撒旦的形象

在《失乐园》所塑造的人物中，撒旦的形象历来受赞扬最多，同时争议也最大。

浪漫主义诗人布莱克、拜伦、雪莱等对这个形象所体现的英雄气概和崇高美更是推崇备至。他们相信撒旦在史诗中被作者塑造成了真正的英雄。布莱克认为，撒旦代表情欲，代表人类富于想象的灵魂。他说，弥尔顿写到天使和上帝时，感到缩手缩脚，但写到恶魔和地狱时却发挥得淋漓尽致，这

是因为弥尔顿是一个真正的诗人，自己站在恶魔一边却不自知。

《失乐园》插图

当然，许多人不同意这种看法，因为在后面各卷中，撒旦的形象越来越渺小、猥琐，直到在第十卷中变成一条嘴里嚼着苦灰的令人厌恶的蛇。需要指出的是，撒旦那具有崇高美的叛逆者形象并非完全是弥尔顿的创造。在大约写于8世纪的宗教诗《凯德蒙的圣诗》中，作者就成功地塑造了一个不愿做奴仆、不向上帝折腰、只要自己做神的颇具叛逆精神的撒旦形象。弥尔顿的撒旦无疑受到了它的影响。

但无论怎样看，撒旦仍是一个塑造得十分成功的艺术形象。特别是在前两卷里，他被赶出天堂，扔到地狱的火海中后，仍然充满不屈不挠的精神，发誓要继续与万能的上帝对抗。他说：

我们损失了什么？

并非什么都丢光：不挠的意志，

热切的复仇心，不灭的憎恨，

以及永不屈服，永不退让的勇气，还有什么比这些更难战胜？

读到这些充满豪气的语言，看到他那克服一切困难去实现自己计划的不屈意志，人们不禁会感到，布莱克的话不无道理。撒旦能得到浪漫主义诗人和众多读者的赞叹，很大程度上就在于这个形象体现了意志的自由。

不论撒旦后来变得多么渺小可憎，也不论他内心多么痛苦乃至悔恨，有一点他从未改变，那就是，他无论在什么情况下都未屈服。恐怕正是这种不屈的自由意志在浪漫主义诗人和革命者弥尔顿心中引起了共鸣，以至弥尔顿在塑造这个形象时有时竟"站在恶魔一边而不自知"。

不过，撒旦这个人物主要是在史诗的前两卷中具有叛逆者的英雄气概。当史诗的重心从地狱转到伊甸园，从撒旦转到亚当和夏娃时，这个艺术形象的崇高美便消失了。外表上，他从一个伟岸的天使军统领变成一个卑鄙的窥视者，一只丑陋的蟾蜍，一条令人厌恶的蛇，最后在火海中满嘴嚼着苦灰。从内在本质看，他则从一个敢于向万能上帝挑战的叛逆英雄堕落为一个不敢直接向上帝复仇而去伤害两个从未得罪过他而且永远不会也不能加害于他的弱小生灵的懦夫。他外表上的变化正是他本质上堕落的反映。一个无法改变的事实是，撒旦堕落是因为他骄傲，不愿当上帝的奴仆。可是如果我们仔细体会，会感到撒旦的真正堕落似乎并不是他反叛上帝，而在于他引诱人类犯罪从而毁灭他们。在前两卷，我们看到撒旦在被赶出天堂坠入地狱之后，仍然保持着大天使的气概和叛逆者的英雄形象，只是在实施毁灭人类的罪恶计划并取得成功后，他的形象才变得丑恶。这便很好体现了弥尔顿所要提出的主要思想，即真正的忠诚与真正的堕落都是在自由意志下完成的。（佚　名）

《D大师传奇 DASHI CHUANQI

弥尔顿于1608年12月9日生于伦敦，父亲是伦敦公证人，收入颇为丰厚，擅长音乐，也很有文学修养。弥尔顿出身于这样的家庭，自小就热爱读书。1620年左右进入圣保罗学校，刻苦攻读，尤其喜爱文学。1625年考入剑桥大学，开始用拉丁文和英文写诗。1632年取得硕士学位之后，原本应该担任教会牧师，但当时的英国国教日益转向反动的天主教，他没有同意任职，而是在父亲的霍顿别墅里进修了6年，准备写一部荷马式史诗，以流传后世。他曾说："我要创作一首伟大的诗篇，那不应是一般粗鄙的恋爱诗人或江湖上舞文弄墨之辈，在酒酣耳热之余所写的狂言乱语。"这期间他曾写过一些成熟优美的抒情短诗，如《科玛斯》和《利西达斯》等篇。

1638年，弥尔顿前往当时欧洲文化中心的意大利旅行，受到当地文人的欢迎和赏识，并与当时处于天主教囚禁中的伽利略会晤。第二年，他得知英国革命即将爆发，便终止计划中的希腊之行，火速返国。他说："国内同胞今天正为自由而战，我不该这样优哉游哉，逍遥国外！"1641年，他参加宗教论战，站在革命的清教徒一边，主张取消主教制，写了《反对教会管理的主教制》。在一年多的时间内他连续发表5本小册子，对保皇党和英国国教给予有力打击。1644年弥尔顿又为争取言论自由的权利而发表重要的《论出版自由》。

弥尔顿

1649年，查理一世在和国会的斗争中彻底败下阵来，革命阵营中的独立派将国王处死，成立共和国，全欧洲为之震动。弥尔顿为提高人民的信心和勇气，在处死国王后两周，发表题为《论国王与官吏的职权》的论文。克伦威尔的革命政府在1649年2月邀他参加革命政府，担任国务院拉丁文秘书职务。在任职期间，弥尔顿为政府做了许多重要的宣传工作。当时英国曾广泛流传《国王书》，表白查理在世时如何虔诚圣洁，关怀百姓，来动摇民心。弥尔顿写了《偶像破坏者》一文加以反击。查理一世的儿子（即后来的

查理二世）流亡在国外，请欧洲著名的学者撒尔梅夏用拉丁文写了一本《为查理一世声辩》的小册子，向欧洲各国控诉英国的"弑君者"，企图在国际上威胁与孤立英国共和政府。1650年，弥尔顿也用拉丁文写了《为英国人民声辩》加以驳斥，文字犀利幽默，气势惊人，造成极大的影响。但因劳累过度，1652年，弥尔顿不幸双目失明。但他并不因此而沮丧，1654年又发表了《再为英国人民声辩》。

克伦威尔死后，革命势力日渐消沉。国内的资产阶级和流亡国外的查理二世已在进行和解谈判。但在1660年查理二世复辟前，弥尔顿还发表了小册子《建立共和国的简易办法》。这表明他是绝不妥协的民主革命派。两个月后，查理二世回到伦敦，王朝复辟。1660年5月，作为"弑君者"的辩护人，弥尔顿被捕入狱，但不久后便被释放。有人说是因为他的好友，诗人马韦尔等人在暗中搭救，还有人认为是由于复辟王朝认为一个失明的文人已不足为患，所以放过了他。但弥尔顿毕竟是个不同凡响的斗士，临出狱，在别人庆幸保全性命，唯愿一走了之的时候，弥尔顿却通过马韦尔在下院控告狱卒多收了他的费用。争取自由、捍卫权利、无所畏惧的精神于此可见一斑。

出狱之后，弥尔顿深居简出，专心写诗，准备完成他青年时期的抱负。这时他双目失明，这个打击对他而言是巨大的。他的心顿时陷入黑暗的幽谷当中，但是他并没有向黑暗屈服，伽利略的精神一直在鼓励着他。眼睛虽

QINGSHAONIAN BIZHI DE WENXUE JINGDIAN 青少年必知的文学经典

然失明，但是他要在心中建立属于他自己的天堂。于是《失乐园》在他的口述下诞生了。在回忆这段经历时他说："心灵有它自己的地盘，在那里可以把地狱变成天堂，也可以把天堂变成地狱。"弥尔顿以自己不屈的奋斗使"地狱变成了天堂"。后来，在几个女儿和一些青年的帮助下，他又完成了另外两部长诗：《复乐园》和《力士参孙》。

1674 年 11 月 8 日，这位终身抗争的"撒旦"在伦敦与世长辞。

延伸阅读 YANSHEN YUEDU

《复乐园》 共 4 卷，根据《新约·路加福音》描述耶稣被诱惑的故事改编而成。耶稣在约旦河畔由圣徒约翰施洗后，准备公开布道，这时圣灵引他到荒郊，先要给他一次考验。这考验就是撒旦对他的引诱。撒旦第一天以筵席，第二天以城市的繁华和古希腊、罗马的文学艺术引诱耶稣，都遭到拒绝。第三天撒旦使用暴力，把耶稣放在耶路撒冷的庙宇的顶上，他也毫不畏惧。后来天使们把他接下来，认为他胜利地经受了考验，于是他开始布道，替人类恢复乐园。

* * * *

《力士参孙》 取材于《旧约·士师记》，是以希腊悲剧为典范的伟大的英国诗剧，有些读者认为这是弥尔顿长诗中最有力量、最令人满意的作品。大力士参孙在为以色列民族反抗菲利士人的斗争中被俘，并被挖掉双眼。当参孙成为奴隶后，他从不屈服妥协。一次在敌人威逼他表演武艺时，参孙拉倒神庙的支柱，使大厅倾覆，与敌人同归于尽。《力士参孙》采用了崇高严肃的题材，具有汹涌澎湃的感情，质朴有力的语言，活泼有节的音律。这一悲剧是弥尔顿艺术的新发展。

伪 君 子

莫里哀　Moliere(法国　1622 年－1673 年)

> 莫里哀如此伟大,每次读他的作品,每次都重新感到惊奇。他是一个独来独往的人,他的喜剧接近悲剧,戏写得那样聪明,没有人有胆量想模仿他。
>
> ——歌　德

莫里哀是 17 世纪法国古典主义作家中最有突破性、最有民主倾向的作家,他也是继莎士比亚之后,欧洲戏剧史上成就最大、影响最深的戏剧家之一。1985 年,莫里哀被评选为欧洲五个文学大国公众心目中已故的十位欧洲最伟大的作家之一。他肯定了喜剧的地位和作用,并把欧洲的喜剧提高到真正近代喜剧的水平。莫里哀不仅对法国的戏剧发展做出了卓越的贡献,而且也是整个欧洲戏剧事业发展的推动者,欧洲整个 18 世纪的喜剧都是从他这里派生出来的。莫里哀是欧洲现实主义喜剧的奠基人,他把喜剧看做是在笑中打击恶习,在娱乐中使人们改正弊病的有力武器。

莫里哀对现实大胆的揭露和嘲讽也是后来的喜剧家无法企及的,这突出地表现在他的现实主义杰作《伪君子》中。《伪君子》是莫里哀的最高成就,在欧洲喜剧的发展史上占有很高的地位。莫里哀在剧中大胆地讽刺了宗教的伪善,并成功塑造了主人公“达尔杜弗”这个伪善者的典型形象,富有现实意义。该剧在 1669 年第一次公开演出时就获得很大的成功,虽然因为得罪了当权者而屡遭禁演,但这并没有妨碍《伪君子》作为莫里哀最受观众欢迎的剧本,被广泛翻译出版并在各国的舞台上进行演出。

K 旷世杰作
KUANGSHI JIEZUO

《伪君子》又名《达尔杜弗》或《骗子》,共五幕。主人公达尔杜弗是个手段灵活的宗教骗子,他披着虔诚的天主教徒的外衣,进入了奥尔恭的家。因为他表面上的清心寡欲和乐善好施蒙蔽了奥尔恭和他的母亲柏奈尔夫人。他们把他奉为圣人,颂扬他,供养

他。达尔杜弗则尽其所能,在一些琐屑事情上表现他的"崇高"的宗教德行:有一天他祷告的时候捉住了一个跳蚤,事后还一直埋怨自己不该生那么大的气竟把它捏死。奥尔恭对他五体投地,打算把爱女嫁给他,把财产托付给他,把不可告人的政治秘密告诉他。由于达尔杜弗的"教导",奥尔恭说,他可以看着他的兄弟、子女、母亲、妻子一个个死去而无动于衷。

然而,奥尔恭想不到他所敬爱的"上帝的意旨"的执行者原来是一个卑鄙肮脏的人。达尔杜弗竟然想勾引奥尔恭的妻子欧米尔,并对欧米尔说:"如果上帝是我的情欲的障碍,拔去这个障碍对我算不了一回事。"奥尔恭的儿子达密斯和欧米尔向奥尔恭告发达尔杜弗的丑行,但狡猾的达尔杜弗却以退为进,以一个圣徒的姿态为自己辩驳。结果,奥尔恭不仅更加信任达尔杜弗,而且狠心地驱逐了儿子,并剥夺了他的继承权,而且还让达尔杜弗和欧米尔"要更加亲近"。

欧米尔为了使奥尔恭认识达尔杜弗的真实面目,设下一个圈套:她约达尔杜弗来幽会,而让愚蠢的丈夫藏在桌子底下偷听。直到达尔杜弗厚颜无耻地让欧米尔用"实实在在的好处"来满足他的情欲时,奥尔恭才真正醒悟了。然而在达尔杜弗的罪行被揭穿后,他不但企图霸占奥尔恭的全部财产,还打算利用奥尔恭出于信任而交给他的政治秘密文件来陷害他。他厚颜无耻地说,他所以这样做,都是为了上帝,为了国王。他用上帝和国王来遮盖他邪恶的心灵。后来多亏国王明

察,解救了奥尔恭一家。这也体现出17世纪法国资产阶级需要依附王权、乐于歌颂国王的政治倾向。

整出喜剧都围绕着讽刺宗教伪善的主题,天主教会因此极力阻止此剧的演出,并对莫里哀进行恶毒的人身攻击,要求对莫里哀处以极刑,甚至火刑。而剧中伪善信士达尔杜弗的典型形象更是给人以深刻的印象。

正如20世纪前苏联体验派著名导演史坦尼斯拉夫斯基所说:"他所写的达尔杜弗决不只是一个达尔杜弗先生,而是全人类的达尔杜弗的总和。"直到现在,在欧洲许多国家的语言中,"达尔杜弗"这个名字都成为"伪善"的同义语。

《伪君子》一剧结构严谨,层次分明,矛盾冲突尖锐,在思想内容上达到了法国其他古典主义戏剧家不可企及的高度。

JINGDIAN DAODU 经典导读

《伪君子》:对教会的有力一击

教会是欧洲封建社会的灵魂。莫里哀抨击封建制度,势必碰到教会的设施。《伪君子》的主要人物就是伪信士和溺信受害的上层资产阶级家庭,攻击是正面的,形象是具体的,影响到教会的威信和教会统治人物本身的尊严和利益,他们自然就要全力以赴,当做洪水猛兽来对付。

从1664年《伪君子》前三幕在路易十四的游园会上演开始就受到以宣

扬天主教为中心任务的反动集团的宗教谍报机关"圣体会"的百般阻挠。直到教皇颁布了"教会和平"的诏书，教派纠纷暂时平静下来，一切迫害的行为不得不稍稍敛迹。1669年2月5日莫里哀终于得到了正式开演的旨令。演出盛况空前。

《伪君子》英文版封面

莫里哀用心创造达尔杜弗这个典型人物。他很可能是塞纳河下游两岸什么乡镇的一个小贵人，只有他是贵人出身，他的形象才更符合历史的真实。封建贵族死心塌地地拥护路易十四，因为他不维持他们，他们就要像外省小贵人一样，呼吁无门，走投无路。他们日暮途穷，有的强调特权，纠集同伙，打家劫舍，过强盗生涯；有的不嫌丢人，廉价出卖采邑，因而丧失爵位；有的不惜降低身份，和富商结亲，他们

过去可能就是自己的佃户。有的一身傲骨，度日维艰，只得挎着篮子去赶集；有的像达尔杜弗，看中良心导师这种有利可图的宗教职业，装出一副虔诚模样，专门哄骗奥尔恭那种大富大贵的信士。

达尔杜弗有本事哄骗年老的一代。伪装的谦虚让他的阴谋接近成功。过去一连串的成功（混入奥尔恭的家庭以前）和目前的成功给他带来自信心和贪心。达尔杜弗的典型意义正在于他的社会生活是一种多方面的综合。服装朴素，姿态虔诚，语言充满宗教词句，求爱用语和祈祷用语混淆不分，心灵也一定有一部分受到作伪的影响。他狡猾，甚至于油滑，随着情节的发展，还显出毒辣的恶棍本质。不过他缺乏修行人的克制功夫，冷静在他不是"天赋"。他本来可以马到成功，但是他的"弱点"一经对方掌握，他也只有束手就擒了。

莫里哀口口声声说他打击的只是达尔杜弗和"那些故作虔诚的奸徒"。但教会和"正人君子"并不因此感谢他。事实正相反，他们公开咒骂他是魔鬼再世，想尽方法禁演，甚至于在他死后，还阻挠出殡，不给坟地。由于路易十四的干涉，明里许可把莫里哀的遗体埋在教堂公墓的一个角落，和没有领洗的死孩子埋在一起，一年以后，据说在人不知鬼不觉的情况下，暗里刨出棺木，把尸首扔到不知名的乱坟岗去了。莫里哀给法国带来绝高的荣誉，法国教会的报答就是让他死无葬身之地！什么缘故会让教会人物心地这样狭隘，干出这种丑

事来？

一位著名的宣道士抨击莫里哀创造伪信士的形象，认为虔诚的信士不会由于虔诚就另说一种语言，所以打击伪信士，势必映及真信士，因为形象只有一个，语言只有一种。他为我们道破教会人物恼羞成怒的一个主要原因。莫里哀直率多了，在序里转述一位亲王的话，说："莫里哀的喜剧扮演的是他们自己，所以他们就不能容忍了。"敢于这样转述，莫里哀实际上等于承认禁演《伪君子》的教会人物就是达尔杜弗之流。教会不宽恕莫里哀，正因为达尔杜弗不是个别"骗子"，而是影射它的全部特权人物。达尔杜弗的形象点破虚伪和现代宗教的本质关系。往深里看，"骗子"精神正是当时整个统治阶级的本质表现。达尔杜弗之所以能成为伪君子的代用词，说明人物的典型意义，也说明主题的普遍意义。

就整个法国17世纪来说，莫里哀比任何一位作家都更靠近法国资产阶级革命。也正由于他能以他的高超的喜剧艺术，反映他的时代的阶级关系并创造生动的人物形象，莫里哀的喜剧成了宝贵的文学遗产。他不仅在法国，而且在全欧洲，建立现实主义喜剧的写作和演出的传统，同时他的杰作也成为欧洲各国的喜剧作家衡量自己创作的尺度。而欧洲每一位喜剧作家，也只有竭尽智能，表现自己的时代和自己的国家，充满进步意义的时候，才被尊为本国的"莫里哀"。

（李健吾）

莫里哀：喜剧的责任

"我每年都要读几部莫里哀的作品，正如我经常要翻阅版刻的意大利画师的作品一样。因为我们这些小人物不能把这类作品的伟大处铭刻在心里，所以需要经常温习，以便使原来的印象不断更新。"（《歌德谈话录》）当伟大的歌德以如此谦恭的态度来谈论莫里哀的时候，我们便不难想象，这些以饱满的热情、犀利的笔触、超人的勇气而创作出来的喜剧作品在欧洲艺术史上的崇高地位了。在法国，莫里哀几乎成了"法兰西精神"的象征，仅法兰西喜剧院自1680年创建至1980年的300年间，就上演过莫里哀的剧作近30 000场，远远高于排名第二的拉辛和排名第三的高乃依。时至今日，莫里哀的《伪君子》以及《悭吝人》等喜剧作品，几乎被译为所有的重要语言，成为世界各地话剧舞台上的保留剧目。

从文艺理论的角度出发，我们当然可以就夸张的语言、漫画的手法、大胆的想象、巧妙的结局等方方面面来总结莫里哀剧作的魅力所在。然而我以为，最为重要的是，具有批判特征的喜剧作家恰恰最需要有一颗热爱人类的心。唯其如此，激烈的批判才不会失之肤浅，辛辣讽刺才不会失之刻薄。说到底，这批判的背后有着善良的意愿，这讽刺的背后有着博大的胸怀。正像莫里哀本人所指出的那样："喜剧的责任既是在娱乐中改正人们的弊病，我认为执行这个任务最好莫过于通过令人发笑的描绘，抨击本世纪的恶习。"因此，无论是描写奥尔恭的执迷不悟、汝尔丹的醉心于贵族、阿尔冈的无病呻吟，还是阿巴贡的一毛不拔，在谴责和批判的背后，莫里哀都抱有对人类心灵的健全的极大期冀。如果说，悲剧是通过承受人类的苦难而使其认识到自身的伟大，喜剧则是要通过揭露人类的弱点而使其认识到自身的渺小。换言之，只有承受了生活的苦难，人类才能够超越渺小；只有认识到了自身的弱点，人类才能够接近伟大……说到底，在改良人性的意义上，悲剧和喜剧这两种截然不同的艺术形式，实际上是殊途同归的。（张艳华）

莫里哀

大师传奇

DASHI CHUANQI

莫里哀是法国古典主义时期的著名剧作家，是法国现实主义喜剧的首创者，他以巨大的成就影响了整个欧洲的戏剧史。丹麦的霍尔堡、英国的谢里丹、意大利的哥尔多尼等人，都因师法莫里哀而见称于世，但是形象总不及他那样高大。

莫里哀生于1622年1月15日，本名为让-巴蒂斯特·波克兰，莫里哀是他参加剧团以后用的艺名。他出身于资产阶级，父亲是挂毯商和宫廷室内陈设商。莫里哀10岁丧母，外祖父经常带他去看戏。中学读书时，他学习了拉丁文。传说他曾听过唯物主义哲学家加桑迪的讲学。莫里哀喜欢哲学，但他父亲却为了使他成为自己的接班人而要他学习法律，还帮他从外地买了一张法学学士证书。但是莫里哀下定决心以戏剧为终生事业。

1643年，他和一些青年戏剧爱好者一起组织了"盛名剧团"。他把宫廷室内陈设商的继承权转让给他的兄弟，成为一个被教会驱逐出教会的"戏子"。但是由于没有演出经验，没有自己的剧目，他们的剧团负债累累。莫里哀是剧团的对外负责人，所以被送进监牢。后来靠父亲作保才出狱。剧团解散后，莫里哀和几个年轻人离开了巴黎，到西南一带流浪了12年。这12年使他广泛地接触到社会各阶层，锻炼成为一个戏剧事业活动家。1652年，他成为"盛名剧团"的领导人。他们的演剧艺术大大提高，莫里哀开始为剧团编写喜剧。1655年，莫里哀剧团上演他的喜剧《冒失鬼》，这次演出标志着喜剧正式诞生。1656年又上演了同样受到好评的《爱情的埋怨》。1658年，路易十四把罗浮宫剧场拨给莫里哀剧团。1659年，莫里哀写了《可笑的女才子》在巴黎演出。因为讽刺

了当时的贵族而被禁演。后来由于路易十四出面干预才得以继续。《丈夫学堂》(1661年)和《太太学堂》(1662年)标志着莫里哀创作的一个新阶段。他从情节喜剧转向了风俗喜剧。为了反驳沙龙人物的攻击，他又写了两部反批评的、充满战斗性的喜剧：《太太学堂的批评》(1663年)和《凡尔赛宫即兴》(1663年)。

1664年至1669年是莫里哀创作的全盛时期。他的艺术走上了另一个新阶段，把风俗喜剧和性格喜剧结合起来。这时期的代表作《伪君子》(1664年－1669年)和《唐璜》(1665年)、《恨世者》(1666年)、《屈打成医》(1666年)以及《吝啬鬼》(1668年)、《乔治·唐丹》(1668年)都是这一时期的优秀作品，思想性和艺术性都达到了一个高度。

1669年以后，莫里哀还写了一些优秀的喜剧：《贵人迷》(1670年)、《司卡班的诡计》(1671年)、《女博士》(1672年)、《没病找病》(1673年)等。

莫里哀不仅自己编写剧本，而且亲自导演、表演。1673年2月17日，莫里哀在身患肺炎的情况下，为了不影响剧团工人的演出收入，坚持演完《没病找病》。结果回家之后，咳破血管，与世长辞。天主教会因为憎恨莫里哀而不给他坟地，后来路易十四说情，大主教勉强批准把他埋葬在一个小孩子的墓地，而且不允许举行任何仪式。

据说在莫里哀去世后，路易十四曾问著名的文艺理论家布瓦洛，在他统治期间，谁在文学上为他带来了最大的光荣。布瓦洛回答："陛下，是莫里哀。"因此，莫里哀虽非法兰西学院的院士，但学院在大厅里为他立了一尊石像，下面写着这样的话："他的光荣什么也不少，我们的光荣少了他。"

YANSHEN YUEDU 延伸阅读

彼埃尔·高乃依是法国古典主义第一期的重要作家之一。他最优秀的作品《熙德》也是法国第一部古典主义悲剧。主人公罗德里克和施曼娜相爱，而罗德里克奉父命不得不与施曼娜的父亲决斗，并杀死了他。最后国王设计使有情人终成眷属。《熙德》和《贺拉斯》、《西拿》以及《波利厄克特》是高乃依最著名的四部悲剧。高乃依的语言明确有力，和他的悲剧人物的坚强性格是一致的。剧中的诗句以雄辩著名。

* * * *

若望·拉辛是法国古典主义第二期诗人，是最有代表性的古典主义悲剧作家。《安德洛玛刻》是他的代表作。安德洛玛刻是希腊英雄赫克托尔的遗孀，为了挽救儿子，不得不忍辱负重，同敌人皮罗斯结婚，并准备在婚礼结束后自杀。这时，被皮罗斯抛弃的未婚妻爱弥奥娜唆使青年奥雷斯杀死了皮罗斯。而奥雷斯并没有得到爱弥奥娜的爱情，最后发了疯。拉辛的作品揭露了封建统治阶级的黑暗和罪恶，具有鲜明的现实意义。语言自然流畅，质朴动人。

青少年必知的文学经典

忏 悔 录

让·雅克·卢梭　Jean—Jacques Rousseau(法国　1712年—1778年)

> 卢梭是另一个牛顿。牛顿完成了外界自然的科学,卢梭完成了人的内在宇宙的科学,正如牛顿揭示了外在世界的秩序与规律一样,卢梭则发现了人的内在本性。必须恢复人的真实观念。哲学不是别的,只是关于人的实践知识。
>
> ——德国哲学大师　康　德

卢梭是18世纪法国启蒙运动的主将,他是欧洲思想史上一个影响巨大的思想家。他的社会政治著作《社会契约论》是资产阶级民主派中最革命的雅各宾派的政治纲领基础,对法国大革命及整个资产阶级革命都产生了重大影响。同时,卢梭也是欧洲文学史上一个不可忽略的文学家,他是法国文学史上第一个使大自然在文学里占有重要地位的作家,也是19世纪欧洲浪漫主义文学的先驱,被西方文学史称为"浪漫主义文学之父"。卢梭在文学创作中推崇感情、热爱大自然、赞扬自我,开创了新一代文风,他在文学作品中表现出来的精神力量改变了他那个世纪和后一个世纪的社会。

《新爱洛绮丝》、《爱弥儿》和《忏悔录》是卢梭的文学代表作,其中《忏悔录》是一部真诚的自传体小说杰作,名

为"忏悔",实为"控诉",集中体现出资产阶级要求个性解放的反封建精神,是卢梭作品的典范。这部惊世骇俗的奇书闪耀着卢梭伟大的独立人格,他的真诚使一切虚伪的人无地自容。小说风格独特,充分显示出卢梭的小说家天才,为法国文学开拓了浪漫主义道路。其在思维上、艺术上的成就,对法国乃至整个世界的影响,无人能与之相比。

KUANGSHI JIEZUO 旷世杰作

18世纪的启蒙思想使文学真正走向解放,成为自觉的"人学"。法国杰出的思想家卢梭在文学上发展了莎士比亚对人的心灵世界的揭示,成为解放被囚禁的内心情感的先驱。他的忏悔所面对的不再是上帝,而是自然人

性和人类普遍的正义原则——自由、平等和人权。

《忏悔录》记载了卢梭从出生到1766年被迫离开圣皮埃尔岛之间50多年的生活经历。全书分两部。在第一部中,卢梭回忆了自己的童年和青少年时期的生活。他出生在一个钟表匠家庭,一出生,妈妈就离开了人世。他虽然也有着普通孩子的缺点,比如喜欢恶作剧、嘴馋,但是他"本性善良",热爱读书。他从孩提时起就过着寄人篱下的生活,由于不堪忍受粗暴的对待,他在1728年16岁的时候离开了家乡,并认识了德·华伦夫人,她是一位容貌艳丽、性情温柔而又生活自由的寡妇。在他四处流浪的生活中,他耳闻目睹了种种黑暗和不公平。他也做过各种工作,期间曾经偷过一条小丝带并在被发现后嫁祸给一个女佣,还挑逗过打水的姑娘。在他19岁那年,他又回到了华伦夫人身边。两个人过上了悠闲的同居生活,一直到1740年。他和华伦夫人既是情人,又如同母子。在华伦夫人另觅新欢之后,卢梭断绝了同她的关系。

第二部充满了卢梭为自己辩解的内容,气氛沉郁。1752年,他的歌剧《乡村教师》的成功使他成为巴黎文化界的名人,他经常周旋于社会名流之中,并成为贵妇人德比奈夫人家的食客。在德比奈夫人家里,卢梭遇见了泰莱斯。他们曾经在威尼斯见过面。后来,泰莱斯嫁给了卢梭,并生下了5个孩子,但孩子们都被送进了育婴堂。卢梭为自己的弃子行为和与朋友的裂痕作了辩驳。之后,他又爱上了德比

奈夫人的小姑,于是他不得不迁往蒙莫朗西。他又在这里结识了很多上流社会人士。但是,他仍然总是被先前得的"受迫害狂想症"所折磨。1756年,他的《新爱洛绮丝》获得成功,而在此之后的《社会契约论》和《爱弥儿》却受到咒骂。

1766年,在朋友纷纷离去之后,卢梭离开蒙莫朗西,去了英国。

在这部被称为"文学史上的奇书"中,卢梭把自己作为人的标本来剖析,他把自己的灵魂真诚地、赤裸地呈现给读者,其坦率程度是史无前例的。由于作品中所体现出的个性自由的精神,该作品被视为19世纪浪漫主义文学的先兆。

JINGDIAN DAODU 经典导读

两部《忏悔录》:人的价值观念的历史性转折

时至今日,卢梭的《忏悔录》还是惊世骇俗的。试问:当各种污蔑、诽谤如雨点般落在身上时,有几个人敢于在自己撰写的传记中坦然地承认自己有偷窃的习惯:"直到现在,我有时还偷一点我所心爱的小玩意儿。"当自己已经成为名噪全国的学者时,有几个人敢于披露自己曾经撒过谎、诬陷过善良的女仆?有几个男人乐于把那种最难堪的事情——手淫的恶习自供出来让世人嘲骂?又有谁愿意把自己私生活中——和女人之间的肉欲关系和情感关系——加以剖析?对于一个名

噪整个法兰西的思想家来说,主动地披露自己的卑鄙龌龊,带来的后果将是何等可怕? 只有两种人——傻瓜和疯子才会赤身裸体地冲进道貌岸然的人群供他们耻笑与诟骂。卢梭写《忏悔录》时正处在腹背受敌的艰难处境中,哲学家休谟说:"他好像这样一个人:这人不仅剥掉了衣服,而且剥掉了皮肤,在这种情况下被赶出去和猛烈的狂风暴雨进行搏斗。"

《忏悔录》英文版封面

在卢梭的《忏悔录》之前还有过一部影响至广的《忏悔录》,它的作者是著名的教父圣·奥古斯丁,而他的坦诚远不如卢梭的1/10。更为重要的是,教父的坦诚是为了证明人是有原始罪恶的,人本身不值得爱,只有"上帝"才是唯一的"享用"对象。

而卢梭的《忏悔录》向人们宣布了另一种与奥古斯丁全然对立的观念:人的本性是美好的,人的一切自然要求,如对自由的向往、对异性的追求、对精美物品的爱好,都是正常的、合理的。正是社会环境的恶浊"使我染上了自己痛恨的一些恶习,诸如撒谎、怠惰、偷窃,等等"。当我们面对这颗揭去一切面纱的心灵时,首先看到的是孩提时代的卢梭怎样和父亲抢读一本书,以至通宵达旦,听到燕子呢喃时才难为情地睡去。这种对于知识的渴求不正是人之所以为人的美好之处吗? 当他出于维护面子而不肯承认自己偷了丝带反而诬陷是女仆玛丽永后,他竟被自己的罪过折磨了长达40年之久,直至把它披露于世才获得些许良心上的安慰。这种对于过失的忏悔精神不正是人类追求善良的纯真之情吗? 他也曾被肉欲所俘虏,但一种崇高的道德追求使他更重视感情的纯洁、深挚和持久。在他的爱情生活中,特别是同华伦夫人之间那种看似奇特的关系中有着一种近乎无邪、纯洁透明、丰富而热烈的感情。这种对女性的尊重、保护、温柔和体贴,犹如一股新鲜的春风,在18世纪充满淫靡习气的上流社会中是非常罕见的。这位直到老年当他用颤巍巍的嗓音哼起歌曲还会感动得流泪的诗人始终保持着对整个人类的博大深沉之爱。《忏悔录》是一个普通人内心世界的全景式展现,在这块心灵的明镜上溅有种种社会的污斑,也显示出明镜自身的纯洁。

这种袒露自己的勇气,来源于对人的自尊。他坚信人的本性是善的,每一个个体都不应是匍匐于上帝祭坛下的奴隶，而是一个保有自身价值的崇高生灵，人应该崇拜的不是某种传统观念和道德法则，而是他自身。卢梭在人类文化史上第一个把个人的尊严和价值提到如此高度，宣告了一种新的人生观念、文学观念的诞生。这种与圣·奥古斯丁完全对立的新观念，可以用德国人 K. P. Morite（1757年－1793年）的话来概括："人应当重新认识到他是为自身而存在，他应当体会到对于所有能思维的人来说，整体是为每个个人而存在，就如同每个个人是为整体而存在一样。永远不应当把个体的人仅仅当做一个有用的生物，而应当把他看做一个自身具有特殊价值的崇高的生灵。人的精神就是一个自足自在的整体。"

众所周知，卢梭写作《忏悔录》的外部动因是回答来自教会、官方和启蒙学者（伏尔泰、狄德罗）对他的诽谤和攻击。用这种使人惊骇的方式为自己辩护，使卢梭的人格不仅没有受到贬损反而成为一个超乎伏尔泰等人之上的伟大人格典范。产生这种始料不及的后果仅仅是由于惊人的坦诚吗？不！这部书的震撼心灵的力量在于人们阅读它的时候会惊喜地发现：人最值得珍贵的东西就是他们自己。（徐耕葆）

世纪卢梭

卢梭是一个与自己的世纪密切相关的人，他的《忏悔录》除了是个人历史以外，还给我们留下了 18 世纪的一份珍贵的证物。我们跟着他了解到年轻学徒的生活条件，在苛捐杂税下农民和巴黎小市民的生活条件；然后离开市民阶层，我们进入贵族门厅，外交界和财界，甚至接近了宫廷；我们参加了重大的历史事件，看到百科全书派带着他们的优点和缺点列队走过，感受到伏尔泰超群绝伦的地位。卢梭有时用历史学家的笔法重视他的作品产生的情景。他对《新爱洛绮丝》的成功的分析是文学史上的一篇杰作。作品的独特性，作品跟上一代与当代、法国与欧洲的文学的关系，一个时代的心理状态、政治问题和情趣，无不说得清清楚楚。这一切经历固然都是通过卢梭的眼光来看的，但是谁比他更适合去评论这个令他心醉神迷而又感到被排斥在外，他向往而又不忘揭露其固有症结的上流社会呢？谁比他更能体会他所出身的小市民阶层的尊严呢？孟德斯鸠《波斯人信札》、伏尔泰《天真汉》书中的文学虚构情节，却是卢梭的生活现实，他在这个他是局外人的世界上，带着新奇敏锐的目光东张西望。

《忏悔录》开拓了浪漫主义的道路。从此在艺术上描绘自我不再是可憎的，而成了一种乐趣。对大自然的感情，带个人感情的宗教性，包含宿命论的意识，陷入无名的忧郁，这些都是浪漫主义主人公的共性。从夏多布里昂的勒内到雨果的欧那尼，从对卢梭和拿破仑同样热爱崇拜的于连·索雷尔（司汤达《红与黑》）到飞黄腾达的仆从吕·勃拉斯（雨果《吕·勃拉斯》），无不如此。

除了给后世浪漫主义的影响，卢

梭还在一定程度上促成写自传的热潮。这方面他的"后裔"不胜枚举,杰出的有纪德,他的《如果种子不死……》给 20 世纪带来同样的不安、同样的迷惑。卢梭出色的心理本能会随着往事涌现,在不自觉的记忆现象上,他的描写奇怪地超前于弗洛伊德的无意识研究和普鲁斯特对似水年华的追忆。

这些后人都是一代俊才,但是并不能掩盖先驱卢梭的光芒。时隔 200多年,《忏悔录》在现代人读来,还是像作者所追求的那样,是一部戛戛独造、不同凡响的书。(马振骋)

《D 大师传奇 DASHI CHUANQI

让·雅克·卢梭是法国最杰出的启蒙活动家之一,这位欧洲思想史上影响巨大的思想家的政论著作骇世惊俗,大胆激进。同时,他也是一位崇尚自我、感情丰富、热爱自然的文学家。卢梭承认了精神力量对历史、对时代所起的强大作用。他对 19 世纪欧洲浪漫主义文学产生很大的影响,是这一文学流派的先驱。

卢梭 1712 年 6 月 28 日出生在日内瓦,祖籍法国。他出生后不久,母亲就去世了,父亲是耽于幻想的钟表匠。卢梭 6 岁时就同父亲一道阅读,对小说产生了浓厚的兴趣。15 岁开始当学徒,因不堪忍受粗暴的待遇,很快就外出流浪。后来为德·华伦夫人收留,其中曾几次出走,到过巴黎,因不愿当奴仆,又返回。1732 年以后,他过了一段相当平静的生活,有机会弥补学业

上的缺陷,系统地学习了历史、地理、天文、物理、化学、音乐和拉丁文,并接受了伏尔泰哲学思想的影响。

卢 梭

1741 年,他在巴黎结识了年青一代的启蒙思想家狄德罗、格里姆等,并应狄德罗之约,为《百科全书》写稿论述音乐方面的问题。1749 年,他在狄德罗的鼓励下写成了应第戎科学院的征文《论科学和艺术》(1750 年),一鸣惊人。他在论文中提出科学艺术发展并不给人类带来幸福,它们是为腐朽的贵族阶级服务的,并肯定了劳动人民的朴实自然。

1755 年,卢梭写了第二篇论文《论人类不平等的起源和基础》,文中指出人类不平等起源于私有观念的产生和私有财产的出现,并批判了封建专制和暴政,提出以暴力推翻暴政的主张。这篇论文确立了卢梭的声誉。

1756年，卢梭离开了巴黎，隐居在爱弥达日和蒙莫朗西，回到了大自然的怀抱。他先后创作了三部重要作品：《新爱洛绮丝》（1761年）、《社会契约论》（1762年）和《爱弥儿》（1762年）。其中《新爱洛绮丝》以书信体小说的形式批判了封建婚姻，提出了以真实自然的感情为基础的婚姻理想，并对封建等级制度发出强烈的抗议。《社会契约论》体现了天赋人权、自由平等、主权在民的资产阶级进步思想。而《爱弥儿》则讨论了教育问题，认为教育应该"顺乎天性"，尊重个性的发展。《爱弥儿》出版后，卢梭被封建政府和教会迫害，逃往瑞士，后来又到了普鲁士的属地莫蒂耶、圣彼得岛、英国，直到1770年重返巴黎。在流亡中，他感到有为自己辩护的必要，因而写成自传《忏悔录》。

卢梭的晚年是孤独和不幸的。他仍受到当局的监视，过着清贫的生活。1778年7月2日，他在悲愤中结束了生命。1794年法国资产阶级革命后，他的遗体以隆重的仪式移葬于巴黎的先贤祠。

延伸阅读 YANSHEN YUEDU

卢梭的小说《新爱洛绮丝》讲述了贵族姑娘尤丽和她的青年家庭教师圣·普乐相爱的故事。尤丽的父亲是一个封建等级偏见很深的贵族，坚决不肯把女儿嫁给出身低微的圣·普乐，而命令女儿和贵族德伏勒玛结婚。圣·普乐离开了尤丽的家。尤丽在婚后把自己过去的恋爱告诉了丈夫德伏勒玛，丈夫为了表示对他们的信任，请圣·普乐回来。尤丽和圣·普乐两人朝夕相见，极力克制自己的感情，但内心非常痛苦。最后，作者以尤丽的死亡结束了小说。作者通过书信体的形式揭露了封建等级制度压抑人的感情的罪恶，主张感情自由、感情解放，反映了对自由和解放的强烈渴望。《新爱洛绮丝》是法国文学史上第一个把爱情当作人类高尚情操来歌颂的作品，也是第一个把大自然的美丽风光写进小说的作品，对法国文学的发展产生了巨大的影响。

* * * *

卢梭的《爱弥儿》是一部充满了理想主义色彩的哲理小说，也是西方文学史上"教育小说"的滥觞。在这部作品中，卢梭通过对男主人公爱弥儿和他的妻子索菲的教育与培养，以形象化的艺术手法阐述了他激进的自然观、文明观与历史观。这部小说一出版就引起了封建统治阶级与教会势力的恐慌，并遭到查禁。卢梭也因此被通缉，长期流浪在外。但是，他的教育思想却逐渐深入人心，并成为西方现代教育制度的基石。

青少年必知的文学经典

浮　士　德

约翰·沃尔夫冈·歌德　Johann Wolfgang von Goethe
（德国　1749 年－1832 年）

在德国文化领域中，没有比歌德更真实、更伟大、更不朽的人了。别的民族和时代可能有过或将有更伟大的诗人，但歌德对于德国文化，好比太阳对于大地，尽管天狼星具有比太阳更多的光和热，然而照熟大地上葡萄的是太阳，而不是天狼星。如果有什么能称为哲学史诗的话，那么这一术语只能运用于歌德的《浮士德》。把哲学家的深谋远虑同杰出诗人的才能联结在一起的辉煌智慧，在这部史诗中为我们提供了崭新的知识源泉。

——德国文艺批评家　弗朗茨·谢林

歌德是一个巨人。他不仅仅是一个文学家，也是一个思想家，他在自然科学、艺术等众多领域都有所造诣。他对于德国、甚至整个欧洲的影响都是极为深刻的。梅林说："现代的空气里充满了许多新生的萌芽，这都是他那仁慈的手大把大把撒出去的种子萌发出来的。许许多多的人也许连歌德的名字也不知道，可是却感受到了他的精神气息。这样他就永垂不朽，在那个他肉眼从未见过的崭新的世界里他也将永远活下去。"歌德是德国文学的巅峰，在德国文学史上，恐怕没有人比他享有更高的荣誉了。而他的作品不仅在德语文学，而且在世界文学中也占有重要地位。

《浮士德》是歌德最主要的代表作，该书是欧洲资产阶级上升时期从文艺复兴到 19 世纪初期 300 年间文化发展的生动缩影，它与荷马的史诗、但丁的《神曲》以及莎士比亚的《哈姆雷特》并称为欧洲文学的四大名著，既是启蒙主义文学的压卷之作，也是欧洲与世界文学史上最具价值和最富有影响的作品之一。

旷世杰作

《浮士德》是歌德以毕生精力创造出的融诗的巨大力量与哲学思想的无

限深度为一体的杰作。浮士德这个名字在欧洲可以说是家喻户晓。据说他是一个游方学者，精通星象、算命术和点金术，德国民间有许多关于浮士德的传说。这些传说的核心是：浮士德同魔鬼订了契约，借助魔法追求各种知识和生活享乐，约期满后，魔鬼把他的灵魂带走。歌德从根本上改造了这个传说，对这个素材进行了全面深入的挖掘和发挥，前后用了将近60年的时间，写成了诗体悲剧《浮士德》。

《浮士德》是用多种诗体的韵文写成的，共两部。剧中的浮士德是整个人类的代表，是全人类的导师。他所追求的是人类发展的前景。浮士德所经历的发展过程，主要可以分成五个阶段的悲剧：第一部分写知识悲剧和爱情悲剧；第二部分写政治悲剧、美的悲剧和事业悲剧。

在第一部的"天上序幕"中，魔鬼靡菲斯特和天帝打赌：他认为浮士德无限追求，永不满足，他可以引诱浮士德走上魔路。天帝认为人在努力追求的时候总是难免迷误，但好人在黑暗中终会找到光明大道。天帝接受魔鬼的打赌：他认为人的精神容易萎靡，贪求安逸，魔鬼能起刺激作用，而这一赌赛，魔鬼终会失败服输。

悲剧一开始，年已半百的浮士德整天呆在书斋中研究学问。但他越来越认识到知识贫乏，他有了"拨开一切知识迷雾"的冲动，却不知如何处寻求，因此痛苦异常，甚至想饮毒自杀。这就是所谓知识悲剧。魔鬼靡菲斯特乘虚而入，他与浮士德订契约：他充任浮士德的仆人，尽其所能满足浮士德

的一切需要，但是，在浮士德表示满足的一瞬间，奴役便解除，浮士德的灵魂便永远为魔鬼所有。

靡菲斯特带浮士德来到魔女的丹房，浮士德喝药酒后返老还童。浮士德对少女甘泪卿一见钟情，靡菲斯特帮助他获得了爱情。结果使甘泪卿因用药过量而毒死了母亲，她的哥哥为了阻止他们幽会而死在浮士德剑下，甘泪卿神经错乱杀死亲子。这场爱情以悲剧告终。

第二部开始写浮士德来到宫廷，想帮助皇帝改良社会。然而宫廷腐化，皇帝只求享乐，浮士德无法从根本上拯救这个王朝，改变这个社会。这就是"政治悲剧"。

皇帝知道浮士德擅长魔术，就让他召来希腊美女海伦。浮士德借助魔法召来了海伦和帕里斯，并被海伦的美所打动、征服。然而海伦与帕里斯的爱恋使浮士德情不自禁用魔术钥匙触到帕里斯身上，结果一阵轰鸣之后，一切都消失了，浮士德也晕倒在地。

靡菲斯特把浮士德背回书斋。浮士德从前的助教瓦格纳制造出的人造人"霍蒙苦鲁斯"看出浮士德对海伦的梦想，于是带浮士德和靡菲斯特找到了海伦。浮士德和海伦结婚，并生一子——欧福良。但欧福良一出生就不断跳跃，无休止地向上发展，结果坠地而死。海伦作为古典美的象征，浮士德与之结合并以失败告终，这就是美的悲剧。

最后，浮士德借助魔鬼的帮助得到一块封地，浮士德开始改造自然的创造性事业。为了实现他建立乌托邦

青少年必知的文学经典

式人间乐园的决心,他吩咐靡菲斯特用各种方法招募工人。这时的浮士德已经100岁高龄,双目失明。他听到铁锹和铁铲的声音,以为在开挖壕沟,实际上是魔鬼在为他掘墓。他在怀着"自由人民生活在自由的土地上"的美好憧憬中找到了人类的未来和前途,感到了满足。

于是浮士德倒地死亡,魔鬼靡菲斯特想收其灵魂。这时,天使下凡,带走了浮士德的灵魂,说:"凡是自强不息者,到头我辈均能救。"全剧以"永恒之女性,带领我们走"结束。在魔鬼的帮助下,浮士德经历了一番对人生意义和宇宙奥秘的探寻过程,最终他认识到生命的根本意义和最高目的。《浮士德》构思宏伟,内容复杂,结构庞大,风格多变,熔现实主义与浪漫主义于一炉,将真实的描写与奔放的想象、当代的生活与古代的神话传说杂糅一处,善于运用矛盾对比之法安排场面、配置人物、时庄时谐、有讽有颂、形式多样、色彩斑驳,达到了极高的艺术境界。

《浮士德》英文版封面

经典导读

 浮士德精神

整部《浮士德》展现了歌德对人类命运的悲剧性理解,而"事业悲剧"是歌德悲剧精神的最好体现。歌德曾说:浮士德"是表达这样一个精神,他向各方面追求,却越来越不幸地退转回来"。浮士德屡屡追求,屡屡败北,

最后他的创造性事业也没有真正的实绩,无所谓成功。在"事业悲剧"中,歌德真正的兴趣并非在于描绘一幅人类未来的具体蓝图,而在于最后充分地肯定"浮士德精神",即次次失败,却仍积极向上,不断追求!从而使每一次向善而最终失败的追求成为下一个追求的悲壮的前导。浮士德作为一个个体,他的生命是有限的,故而他最终不得不面临着死,不得不停住追求的脚步,然而,在精神上,浮士德是永远不愿意停留的,他要不断地向自由王国迈进。可是,浮士德死后,靡菲斯特说道:"过去和全无,完全一体,/永恒的创造是毫无意义的!/……我所喜欢的是永恒的太虚。"这回应了浮士德在书斋中的思想,他曾感叹:"多好的一场幻景呀!唉!却只是一场幻景!"

"待我们达到了这个世界的善境,更善的又名之为荒诞与非真。"歌德似乎意识到,人类的希望就在于在一代一代人有限的然而却不休止的努力之中日益向自由王国迈进。人生的意义、人类的前途就在于不断地运动、不懈地追求,在于无数个有价值的矛盾的运动过程中。因此,天使说:"凡是自强不息者,到头我辈均能救。"浮士德的灵魂终不能属于魔鬼。不懈地努力,就是人类的自我拯救。这种努力,对于每个个体,对于每一代人来说,是悲剧性的,但却使人类日益接近辉煌灿烂的目标——"在自由的土地上住着自由的国民"。

堂吉诃德精神表现的是一种现实追求(改良社会、大同世界),显现出现实与理想的矛盾。其追求归于失败,头破血流而死。浮士德精神是一种形而上的精神追求,表现为精神矛盾(善与恶、灵与肉),因而不会随浮士德的倒下而结束。前者是历史的现实,后者是永恒的象征。朱光潜在其《悲剧心理学》(1933 年)中说:"悲剧与英雄传奇的区别在于悲剧能激起恐惧,而悲剧与恐怖的区别在于它在使观剧者充满恐惧之后,又能令他振奋鼓舞。悲剧具有令人生畏而使人振奋鼓舞的力量。悲剧与壮烈、崇高感相联系。悲剧感是崇高感的一种,即康德所谓面对某种压倒一切的力量而感到恐惧之后的自我扩张感。"《浮士德》不愧为真正的悲剧,它使人痛苦地意识到一次次的失败,又展现了一种生生不息的振奋人心的力量。它是迄今为止德国文学史上最伟大的作品,也是世界文学史上的经典之作。(张志庆)

"人"的主题

《浮士德》追求中所涉及的社会现实只是一个方面,其中还有另一个重要内容即"人"的主题。浮士德不断追求的动因不是来自社会矛盾的召唤,也不是有些文章认为的来自魔鬼的诱惑,而是来自浮士德内心的不平衡,是他的内心痛苦促使他不断追求。他的痛苦不是源自他对外界与物质的不满足,而是源自他对自身状况的不满足,他想改变自己生存方式中的各种缺憾,追求更符合人性、更为理想与健全的人格。只有从"人"的主题看《浮士德》,才能还《浮士德》以完整性;只有从"人"的主题入手,才是找到了打开《浮士德》的钥匙。

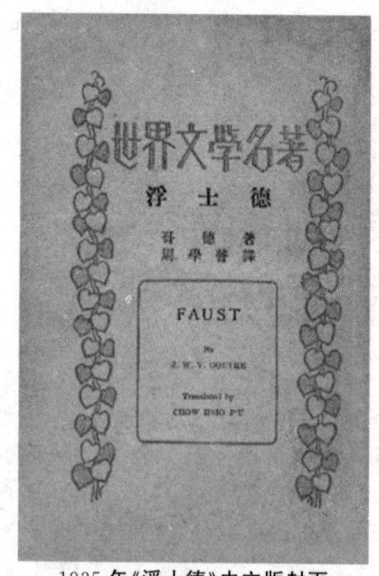

1935 年《浮士德》中文版封面

浮士德的每一次追求都是不了了之的,因为他不是为了寻求社会矛盾的解决,而是追求一种健全而完美的人格。他否定了不完美人格的各个阶段,最后找到了最健全、最完美人格状态的生存方式。"人"的主题,是18世纪德国美学所探讨的主题,也体现了歌德本人的美学思想。如果说现实的内容在《浮士德》中是零散的、被分割的,那么"人"的主题则是一贯的、整体性的,这才是《浮士德》作为一个整体的统一所在。它也极符合歌德本人的创作思想。歌德曾指出,"艺术家应该通过整体向世界说话",而这一整体"他在自然中是找不到的,而是他自己心灵的产物"。根据这段话,我们认为浮士德的活动可以被划分,现实可以被分割和组合,但歌德要表达的思想应该是统一的,浮士德形象应该是作为一个完整的形象出现的。这是符合歌德对人的看法的。他曾说:"人是一个整体,一个多方面的内在联系着的能力的统一体。艺术作品必须向人的这个整体说话,必须适应人的这种丰富的统一体,这种单一的杂多。"如果我们仍然说,浮士德是资产阶级上升时期的代表,应该说,这只说出了浮士德形象的象征意义。其本来意义,即对完美人性、理想人格的追求,如果回到《浮士德》本文的话,将会更为清晰地展示出来。

浮士德出场时是一位老博士,他已精通了当时的哲学、法学、医学和神学四大学科。学识渊博,声望在所有的博士、硕士、法律家和教士之上,可谓功成名就,老博士应当心满意足。可事实恰恰相反,浮士德出场,时值深夜,他中宵倚案、烦恼齐天。他不是对家庭不幸和自然灾祸的烦恼,他的烦恼是他灵魂痛苦的外显。精神劳动这一生存方式的种种缺憾造成了学人理性发达,而感性生活贫乏,使学人遭受了全面人性被片面化的痛苦。浮士德的诸多痛苦是从事精神劳动的人与生俱来的,是知识分子普遍存在的,不能超脱的深层苦难。浮士德的痛苦与追求,常有精神劳动者的普遍特征,甚至扩展为即使对全人类也具有普遍意义。难怪郭沫若先生慧眼独具,称《浮士德》是一部关于人类灵魂的历史。(易晓明)

《D 大师传奇 DASHI CHUANQI

歌德代表着德国资产阶级古典文学的高峰,是公认的世界文学巨匠之一,也是力图像文艺复兴时期伟大的知名人物那样争取成为多面手的最后一个欧洲人。他是一个伟大的诗人,他的诗歌影响了整个19世纪和20世纪初期的德语诗歌,同时他在小说、戏剧、文艺理论、哲学、历史学、造型艺术以及自然科学等领域都很有成就。他把一向地位不高的德国文学推到了一个前所未有的高峰,并获得了不朽的世界性声誉。

1749年8月28日歌德出生于美因河畔的法兰克福,他的父亲是一位热爱艺术、学识渊博的人,担任皇家参议。他的母亲精明活泼、富于幻想,歌德从小就受到了良好的教育。他很早

就学习英语、法语以及希腊、拉丁等古代语言。

歌德

1765年，歌德到莱比锡大学学习法律，并开始早期的诗歌和戏剧创作。1770年，歌德到斯特拉斯堡大学继续求学，期间认识了狂飙突进运动纲领的制定者赫尔德尔，受其影响投入到狂飙突进运动中。1771年，他回到法兰克福任律师。这个时期，他写了历史剧《葛兹·冯·伯利欣根》(1773年)和书信体小说《少年维特之烦恼》(1774年)，并开始创作《浮士德》。1775年深秋，歌德作为一位诗人受魏玛公爵的邀请来到魏玛做客，后来充任枢密院顾问、大臣、首相，一住就是50年。魏玛是一个小国，只有6万人口。歌德在魏玛受到了极大的尊重，享有丰厚的待遇，住房、别墅、高薪。后来，歌德的一些朋友也来到魏玛，剧作家席勒在魏玛当了教授，很快魏玛就成为文艺家的乐园，对德国、欧洲影响巨大，在当时，魏玛成了德国的精神文化中心。今天，魏玛已是德意志民族的文化圣地。没有歌德也可以说就

没有以后的魏玛。当时歌德肩负重任，十分辛苦，枢密院只有4个人，他管军政、外交、财政，也管修路、水利，还管采矿，为民做了不少实事。他的哲学、自然科学思想不少来自于他的实践，他后来的作品《浮士德》如此丰富的内容也与这些实践有关，实践也给他的文学创作提供了许多有价值的资料。由于实际工作，歌德对自然科学产生了浓厚的兴趣，开始研究自然。

1786年，歌德到意大利旅行了一年零九个月。在罗马，他结识了一些德国艺术家、考古学家和作家，并陶醉于希腊罗马的古典艺术世界中。意大利让歌德恢复了创作活力，他写了诗体剧《伊菲革涅亚在陶洛斯》和悲剧《哀格蒙特》。

1788年6月，歌德应召从意大利回到魏玛。他辞去了许多宫廷职务，而只限于领导魏玛剧院并兼管矿业。这时期他的思想矛盾更加尖锐、突出。由于对法国资产阶级革命的不理解，他写了一些剧本讽刺法国大革命，如《市民将军》(1793年)、《激动的人们》(1794年)。

1794年，歌德与席勒订交，开始了两位伟大作家携手合作的光辉的10年。歌德曾不无自豪地说："德国拥有这样两个人，应该感到满足了。"他们共同主办了魏玛的剧院，主编文艺杂志，合写了一批诗歌和谣曲。在此期间，歌德还完成了他的几部重要作品，如《威廉·迈斯特的学习时代》(1795年－1796年)、《赫尔窦绿苔》(1797年)、《浮士德》第一部(1808年)等。

进入19世纪以后，年过半百的歌

德面对时代的巨变显示出了虚怀若谷和自强不息的可贵精神。他对新兴科学和诸如开凿苏伊士运河、巴拿马运河等宏伟工程表现出极大的热情，对圣西门和傅立叶的空想社会主义进行了认真的研究，对当时大量传入欧洲的东方文化，包括中国的文学作品产生了浓厚的兴趣，并提出了"世界文学的时代已快来临"的著名预见。

1805年席勒逝世后，歌德的主要著作《威廉·迈斯特的漫游时代》和《浮士德》第二部都未能继续下去。歌德创作了长篇小说《亲和力》（1809年），并写了自传《诗与真》的前三卷（1811年－1814年，最后一卷于1831年完成）。

19世纪初期的欧洲动荡不安。拿破仑被打垮，欧洲建立了封建的神圣同盟；而资本主义在英、法两国进一步发展，这加剧了它们国内的阶级矛盾。歌德密切注视着时代的变化，思考人类的现状与未来。同时，他还非常注意科学技术的发展，并加紧了自己的自然科学研究。1819年歌德出版了他晚年诗歌中最丰富的收获——《西东合集》，除此之外他还写了《意大利游记》（1829年）和《出征法国记》等作品。从1824年开始，歌德主要致力于两部作品的写作：《威廉·迈斯特的漫游时代》（1829年）和《浮士德》第二部（1831年脱稿）。

1832年3月22日歌德逝世，享年83岁。从其开始创作之时起，他一直都是欧洲文坛的风云人物，可以这么说，自从有了歌德，有了他的作品，整个德语文学才真正开始有了同世界文学抗争的底气。这位全欧最有智慧、最德高望重的伟人将与他的作品一起永远光耀后人。

YANSHEN YUEDU 延伸阅读

歌德是德国最著名的诗人，最早而且长期使歌德享有国际声誉的是一部不满150页的书信体小说《少年维特之烦恼》。1772年5月至9月，歌德在韦茨拉尔帝国高等法学院实习，在一次舞会上与友人克斯特纳的未婚妻夏洛蒂·布甫相遇，对她产生了没有结果的爱情。这促使歌德写下了杰作《少年维特之烦恼》。维特是一个热爱自然，追求个性和情感的自由，反对封建习俗的束缚，憎恶官僚贵族的青年。但他无法改变现实对个性发展的压抑，在生活中处处碰壁，最终陷入了无法自拔的痛苦境地。维特的死就是他对他所处的社会的反抗。整部小说情感细腻、凄婉，语言真切动人，因此被称为"抒情的散文诗式的小说"。

* * * *

"狂飙突进运动"发生在德国18世纪70年代到80年代中叶，是德国资产阶级的第一次带有全德性质的文学运动，是德国启蒙运动的继续和发展。在狂飙运动衰竭之后，德国文学进入了古典时期。德国的两位杰出的文学家歌德和席勒在青年时代都经历了狂飙突进运动，之后又一起成为古典时期的代表人物。

席勒是德国著名的诗人、剧作家。他创作于狂飙突进期间的代表作《阴谋与爱情》是一部具有反封建的现实意义的经典剧作。剧本通过一个无辜

青少年必知的文学经典 QINGSHAONIAN BIZHI DE WENXUE JINGDIAN

的平民少女路易丝和贵族青年菲迪南的爱情悲剧,深刻揭露了德国宫廷的黑暗和丑恶,猛烈抨击了封建贵族的荒淫无耻、专横残暴以及他们对权势的争夺,同时热情地赞扬和歌颂了市民阶层的道德和尊严。恩格斯曾将这部剧作称为"德国第一部有政治倾向性的戏剧"。

青少年必知的文学经典

红 与 黑

司汤达　Stendhal(法国　1783年—1842年)

司汤达的《红与黑》已显示了20世纪小说的方向,进入这本书中,我们就会感受到只有第一流的心理小说家才能给予的震撼,因为它带给我们的是更富真实感的精神内涵。

——美国教授　费迪曼

批判现实主义文学是19世纪法国文学的最杰出成就,这一时期涌现出的巴尔扎克、福楼拜、梅里美是其优秀代表。而司汤达则是其先驱人物,并因为他在小说中对人的内心世界的出色表现而被称为"现代小说之父"。他生前默默无闻,作品不被世人理解,而在死后却因其在作品中对他的时代的深刻表现和对人物心理的揭示而被公认为19世纪法国最有个性的作家之一,并成为法国最受欢迎的古典作家。

司汤达的著作不多,《红与黑》毫无疑问是其中最有魅力的,也是法国批判现实主义第一部成熟的作品。小说通过描写主人公于连个人奋斗的经历,展现了当时的时代风云和社会现实。司汤达是心理描写大师,他善于在情节中用细致入微的笔法,并结合独白和联想的笔法来挖掘人物的心理活动,这种新颖的写法,开创了欧美现代派文学意识流小说的先河。作者凭借最高超的心理刻画技巧,成功地塑造了于连这个人物形象,使这部经典著作至今魅力长存。而它在1831年刚刚出版时反响却并不热烈,面对作品受到的冷遇甚至攻击,司汤达耸耸肩说:"30年后人们将要读我的作品。"事实正如司汤达的预言,《红与黑》被视为最具法国现代气质的著作,赢得了世界各地读者的喜爱,当之无愧地成为世界文学经典名著。

KUANGSHI JIEZUO 旷世杰作

长篇小说《红与黑》是奠定司汤达在文学史上重要地位的巨著。而这部小说一直是读者和文学评论界注意的一个焦点。司汤达在这部小说中成功地塑造了主人公于连的形象,使他笔下的这个人物成为时代精神的高度概括,深刻地反映着法国社会新旧交替时期的观念更新,显示出司汤达作为一位现实主义作家所具有的深刻性。

1827年,司汤达在《法院公报》上看到了一个名叫贝尔德的青年家庭教师枪射击自己女主人的情杀案件的详细报道。不久,他就在这个素材的基础上加工改编,构成了巨著《红与黑》的基本情节。

小说标题的"红",是指红色军装,代表了拿破仑时代;"黑"指教士的黑袍,象征了教会恶势力猖獗的复辟时期。

故事发生在复辟时期。于连虽然只是一个小业主的儿子,但有着出人头地的决心。他从小就崇拜拿破仑,然而生不逢时,无法凭其才华立功疆场而获得远大的前程。在复辟时期,做教士是平民走入上层社会的唯一途径。于连根本不相信上帝,但是为了摆脱卑微贫困的地位,他开始发奋攻读神学。他首先跟随本地西朗神甫学会了拉丁文,并把拉丁文《圣经》背得烂熟。凭着这一本领,于连得到了神甫的信任,被推荐到维立叶尔城的市长德·瑞那先生家当家庭教师。不久与市长夫人发生了暧昧的关系,事情败露后被迫离开市长家。又由西朗神甫介绍,到贝尚松神学院学习。在这里,他投靠了神学院院长彼拉神甫,卷入了教会内部的宗派斗争。彼拉神甫受教会特务组织耶稣会排挤而离开神学院时,把他介绍给巴黎极端保王党的重要人物德·那·木尔侯爵当私人秘书。于连的聪明才干很快又深得侯

爵的赏识,并且他在侯爵策划的政治阴谋中充当了忠实的工具。与此同时,他与侯爵的女儿玛特尔又有了私情。玛特尔怀孕后,侯爵不得不承认既成事实,准备给他一块地产使他成为贵族。正当于连踌躇满志之时,由教会特务一手策划的告密信揭发了从前他和市长夫人的不正当关系,使他的飞黄腾达毁于一旦。他气愤之下开枪打伤被教会特务逼迫写了那封告密信的市长夫人,最后被捕入狱并被判处死刑。

整部小说描述的是主人公于连的个人奋斗史,司汤达对他表现出充分的同情。以此为主线,司汤达广泛地表现了波旁王朝后期从外省到巴黎的尖锐的阶级斗争,赋予小说更深刻的社会意义,使《红与黑》成为一部复辟与反复辟斗争的形象历史。

经典导读 JINGDIAN DAODU

《红与黑》的魅力

小说《红与黑》出版至今已有200余年的历史了,为什么在这风云变幻的200余年中小说仍可以经久不衰?原因在于小说不仅十分成功地塑造了于连·索黑尔这个极富时代色彩,又具有鲜明个性的艺术形象,而且通过主人公的经历,展示了法国复辟王朝时期广阔的时代画卷,触及当时许多尖锐的社会问题。小说主人公于连的经历和遭遇反映了当时广大小资产阶级青年的普遍命运。于连生性聪颖、

高傲、热情、坚毅，但又自私、多疑。在僧侣贵族当政、门阀制度森严的封建社会，因出生平民而备受歧视。这种受压迫的地位使他滋长了对现实的不满情绪；启蒙思想和拿破仑的影响，培养了他的反叛性格。他立志要像拿破仑那样靠个人才智建立功勋，飞黄腾达。但是在复辟时期，拿破仑式的晋身之道已被贵族阶层堵死了。

《红与黑》英文版封面

就在这样的岩石底下，一株小树弯弯曲曲地生长。于连为了博取大家的赏识，明知毫无价值，却还把拉丁文的《新约全书》背得滚瓜烂熟。他那惊人的背诵能力让他跨进了维立叶尔市长家，当起家庭教师来。在那段时期，他与德·瑞那夫人发生了暧昧关系，大部分是为了反抗和报复贵族阶级对他的凌辱。但是，纸醉金迷、利欲熏心

的上流社会也腐蚀了于连的灵魂，助长了他向上爬的欲望和野心。

于连进入阴森恐怖的神学院后，亲眼目睹了勾心斗角、尔虞我诈的丑恶内幕，于是他便耍起了两面派手法，这种表里不一的行为居然得到了院长的青睐和宠幸。神学院的生活进一步扭曲了于连的性格，强化了他向上爬的野心和虚伪的作风。于连给木尔侯爵当私人秘书后虽然还不时流露出平民阶级的思想意识，但在受到侯爵重用，征服玛特尔小姐后，于连的"平民阶级叛逆心"已消失。他成了复辟王朝的忠实走卒。正当于连一步步走向他所向往的"光明"时，因枪击德·瑞那夫人而彻底断送了自己的前程，把自己送上了断头台。

作为一部优秀的批判现实主义小说，《红与黑》并没有从概念出发，将主人公于连图解成一个追求功利的符号。相反，作者却给予了他深切的同情，通过人对欲念的执著追求与追求不到的痛苦来批判那个时代特定的社会现实，这也是《红与黑》流传至今魅力长存的原因。（郭宏安）

"英雄"于连

于连是司汤达呕心沥血塑造的人物形象，是整部《红与黑》的核心，离开这个人物，《红与黑》的魅力就无从谈起。

作为一种社会典型，于连属于法国大革命以后成长起来的一代知识青年，在王朝复辟时期，是被排斥在政权之外的中小资产阶级"才智之士"的代

表,这类人受过资产阶级革命的熏陶,为拿破仑的丰功伟绩所鼓舞,早在心目中粉碎了封建等级的权威,而将个人才智视为分配社会权力的唯一合理依据。他们大都雄心勃勃,精力旺盛,在智力与毅力上大大优于在惰怠虚荣的环境中长大的贵族青年,只是由于出身微贱,便处在受人轻视的仆役地位。对自身地位的不满,激起这个阶层对社会的憎恨;对荣誉和财富的渴望,又引诱他们投入上流社会的角斗场。

显然,于连并不是完人。他的感情并非纯洁无瑕,他的行为和思想充满矛盾。但正因为如此才是一个真实、可信、有血有肉的人。在他身上更多地表现出的,是资产阶级个性中最有活力、最有进取性的一面。他属于资产阶级上升时期那种精力充沛、敢作敢为,具有顽强意志和冒险精神的类型,这种人没有宗教信仰,没有对来世的恐惧,生活对于他们是一场残酷的搏斗,要么为荣誉、地位、财富及一切现世幸福而生,要么粉身碎骨而死。在《红与黑》中,这个人物是法国大革命以来种种新观念的代表,他的对立面是腐朽落后的复辟势力。他以平民阶层的平等意识对抗封建等级观念,以个人价值对抗高贵的出身,他对自身的价值有充分的自信,并认为有权要求自己的社会地位配得上他的价值。他狂热地崇拜拿破仑,因为这个人的成功意味着等级制度的破产和个人价值的获胜。他高傲,敏感,时刻不忘维护自己的尊严。他宁愿在家挨父亲的拳头,也不愿到贵族人家当奴仆,关心和谁同桌吃饭,胜于关心薪金的多寡。他的全部生活目标就是要摆脱低贱的地位,登上社会的顶层。这种不甘屈居人下的思想,支配着他所有的情感和行动。甚至他的两次爱情,最初也都是从"战胜蔑视"的心理出发的。他崇尚绝对的自由和独立,认为人应当拥有对自己的一切权利,个人的行为只需接受自己心灵的指挥,只要认为自己的目的正当,为达目的甚至可以不择手段。因此,任何习俗和社会法规对他都失去了约束力。他只承认自我,只考虑自我,既不顾及传统,也不考虑"道德"。他只对自己负责。或者说,他心目中只有一种"道德",那就是:肯定自己的价值,维护自己的尊严。他为了肯定自己的价值去恋爱,为抗议对自己的侮辱而杀人,最后为保持自己的尊严而拒绝乞求赦免……总之,于连的全部心灵都体现着一种与封建观念相对立的思想体系,一种以个人为核心的思想体系。这种思想体系决定了他和那个行将灭亡的社会之间不可调和的冲突,也决定了他无可挽回的悲剧命运。作者以这个人物作为生气勃勃的平民阶层的代表,并以他的受压抑和抗议来揭示 1830 年七月革命的"因"。虽然这一类型人物作为个人并非不可收买,并非不会堕落,但作为一个被压抑的阶层,却注定是贵族社会的对抗力量,在他们当中总会不断产生丹东和罗伯斯庇尔。

于连之所以比一般的"个人"给予人更强烈的印象,显然不是道德力量引起的美感,而在于他是一种信念和力量的化身。特别因为周围充斥着

青少年必知的文学经典

"世纪病"患者的一片呻吟，这个形象就显得格外突出。他不是一般的资产阶级个性，而是司汤达按自己的理想模式塑造的"英雄"。

从上述观点出发，司汤达笔下的于连必然是一个叱咤风云的正面英雄形象，代表着正义的呼声。尽管这位英雄我们今天看来未必伟大，当年在司汤达心目中却绝不渺小。即使这个人物的行为并非无可指摘，他却是作者所赞赏的那种勇于为自己的幸福去冲锋陷阵的人。他敢于蔑视封建等级和门当户对的婚姻，并以个人的价值及两次"不道德"的爱情对传统观念提出了大胆的挑战。（艾　珉）

司汤达

大师传奇
DASHI CHUANQI

在法国 19 世纪浪漫主义文学处于巅峰的时期，出现了一位有独特艺术魅力的作家，他在作品中所表现出的超前意识使他很难为同时代的大作家所理解，浪漫主义大师雨果甚至不承认他是一位作家。他就是继浪漫主义文学之后杰出的文学流派——批判现实主义文学的先锋人物——司汤达。

司汤达本名亨利·贝尔，于 1783 年 1 月 23 日生于格勒诺布尔城一个资产阶级家庭。早年丧母，父亲是一个富裕的律师，信仰宗教，思想保守。司汤达从小深受家庭的压制和束缚。而他唯一敬爱的外祖父则是一位启蒙思想的信仰者，在他的影响下，司汤达对启蒙思想和文学有着浓厚的兴趣并阅读了法国启蒙思想家的作品，对卢梭尤其崇拜。

司汤达在童年时期经历了资产阶级大革命，并对其支持并向往。1796 年，他到当地的中心学校读书，因为学校中很多老师都是革新派，使司汤达能够受到进步的教育。1799 年，司汤达以优异的成绩毕业于中心学校，来到了巴黎，并在亲戚的介绍下在军事部谋到了一个职务。从此，他跟随拿破仑大军征战南北，直到 1814 年拿破仑失败。在此期间，司汤达阅读了大量哲学、历史和文学著作，逐渐形成了对社会和对人的基本哲学观点。他在文学上欣赏莎士比亚，开始有了现实主义思想。更重要的是，他亲身经历了拿破仑帝国的兴亡，对这段历史有了深刻的认识和感受。

1814 年波旁王朝复辟，司汤达失业了。他愤然离开法国，去了意大利的米兰，直到 1821 年才回到巴黎。这期间，司汤达支持意大利民族解放斗争，关心意大利革命浪漫主义运动，并始终注视着法国的形势和变化。他还

青少年必知的文学经典
QINGSHAONIAN BIZHI
DE WENXUE JINGDIAN

开始了写作生涯，第一部作品音乐家传记《海顿、莫扎特、梅达斯太斯的生平》在1815年出版，1817年又出版了《意大利绘画史》和著名游记《罗马、那不勒斯、佛罗伦萨》，同年，开始写《拿破仑传》。

司汤达回到巴黎后生活清贫，当时法国正处于复辟王朝后期，政治更趋反动，他从1822年开始发表文章对法国社会进行剖析，后来结集出版《英国通讯集》。1822年至1823年，他先后出版了心理分析论著《论爱情》和音乐家评传《罗西尼的一生》。1823年、1825年，他发表了著名的文艺评论集《拉辛与莎士比亚》。1827年，他的第一部小说《阿尔芒斯》问世。司汤达积累了丰富的社会经验和创作经验，于1829年开始写作长篇小说《红与黑》。小说于1830年出版，标志着司汤达创作的最高峰。

七月革命之后，司汤达受政府任命到教皇下辖的濒海小城维达—维基雅当领事，一直到逝世。他把主要精力放在写作上，1836年写作了《回忆拿破仑》，1838年出版了《一个旅游者的见闻录》。1839年，他的另一部反映复辟时期政治斗争的小说《巴马修道院》问世。还有自传性作品《自我崇拜回忆录》和《亨利·布吕拉尔的一生》在他去世后出版。另外，他还留下了多部没有最后完成的作品，其中包括揭露七月王朝社会现实的长篇小说《吕西安·娄万》。

司汤达于1842年中风去世，被安葬在蒙马尔特公墓。

延伸阅读

司汤达另一部杰出的作品《巴马修道院》和《红与黑》一样，表现了由拿破仑时代到复辟时代这一时期政治风云的变幻、社会思潮的起伏以及它们在家庭内部的反映、对个人命运的影响。小说主人公法布里斯·台尔·唐戈仰慕拿破仑的伟大业绩，崇拜拿破仑，梦想参加祖国的解放斗争。然而时代变了，面对复辟时期严酷的政治现实，他只好按照本阶级的要求，走上了教会的道路。但是这与他的理想和爱好相距甚远，他用谈情说爱和游戏人间的胡闹填补内心的烦闷，最后怏怏死去。这个时代造成了他喧哗一时却毫无意义的一生。小说中精彩地再现了滑铁卢战役，表现出了作家的现实主义创作风格，而在对人物的塑造上又带有浪漫主义色彩。《巴马修道院》1838年出版后立即受到巴尔扎克的高度赞扬，是司汤达生前得到成功的唯一作品。

* * * *

狄德罗是法国18世纪启蒙思想家、文学家，《修女》和《拉摩的侄儿》是他的两部代表作。对话体小说《拉摩的侄儿》的主人公拉摩的侄儿一方面是个道德败坏者、无赖、懒惰者，通过他的话可以看出当时社会的不道德；同时又是个优秀的音乐家，他对音乐的见解表现出狄德罗自己的美学见解。他既是丑恶行径的实行者，又是丑恶行径的批评者、揭示者。小说生动地反映了封建制度下人与人的真实关系，并揭示了正在成长中的资产阶级社会的心理特征。

唐　璜

乔治·戈登·拜伦　George Gordon Byron(英国　1788年－1824年)

《唐璜》是彻底的天才的作品——愤世到了不顾一切的辛辣程度，温柔到了优美感情的最纤细动人的地步，……我们感到英国诗歌拥有了德国人从未取得的东西：一个古典的文雅而喜剧的风格。

——歌　德

18世纪末19世纪初是英国浪漫主义文学的兴盛时期。拜伦就是这一时期在欧洲最有影响的英国诗人。歌德称拜伦是"一个天生的有大才能的人。我没有见过任何人比拜伦具有更大的诗才"。诗人拜伦在西方代表了一个时代，构成了一种社会现象，一种关于人的新观念。别林斯基认为拜伦是"高不可及的雄伟诗人"。俄国诗人普希金、莱蒙托夫都是拜伦的崇拜者。法国的雨果、拉马丁、梅里美、缪塞以及德国的海涅都受到了拜伦的深刻影响。卡莱尔说，19世纪初，只有一个人能同拿破仑相比，他就是拜伦。由于他卓越的诗歌创作有力地支持了法国大革命后席卷全欧的民主革命运动，并在一定程度上批判了资本主义社会的种种弊端，因此他成为欧洲文学界的一面旗帜。

传世名作《唐璜》是拜伦创作的最高峰，是其作品中内容最丰富、描绘现实最深广的一部，讲述的是主人公唐璜在欧洲各地旅行的亲身经历和所见所闻。虽然它的故事发生在18世纪，但实质上这是19世纪欧洲各国社会政治生活的一幅广阔的图画。这部未完成的博大精深的现实主义诗作，它所体现出来的对自由和爱情的追求、对现实社会、人生的反映以及浪漫主义气息使它焕发出永久性的魅力，成为世界文学杰作。

KUANGSHI JIEZUO 旷世杰作

英国历史小说家司各特曾说："《唐璜》像莎士比亚一样地包罗万象，它囊括了人生的每一个题目，拨动了神圣的琴上的每一根琴弦，弹出最细小以至最强烈最震动心灵的调子。"拜伦通过对主人公唐璜的经历和情感的

青少年必知的文学经典

QINGSHAONIAN BIZHI DE WENXUE JINGDIAN

描写,对19世纪初期的欧洲现实广为反映和评论,使诗歌内容丰富而且有意义。在写法上富于变化,体现出风格的多样性,并在口语体诗歌语言的运用上达到了前无古人的高峰。

从17世纪开始,欧洲就流传着关于唐璜的传说。传说中的唐璜是一个浮华、玩世不恭的贵族公子,17世纪法国的莫里哀和18世纪德国的霍夫曼都利用这个旧传说进行过文学创作。但拜伦还是以他所处的时代为基础对这个旧题材重新改造,赋予了主人公唐璜新的生命力。

《唐璜》(1818年－1823年)共16章又14节,约计16 000行。长诗的开始描写了出生于西班牙的主人公唐璜受到风流的母亲的严格管教。她用封建道德标准束缚着儿子,而她精心选择的品德高贵的妇人——有夫之妇朱丽亚却引诱了年轻的唐璜。事情败露后,唐璜被迫逃亡海外,开始了流浪生活。结果他所乘的船遇到风暴,漂到一个荒凉小岛,当食物极度缺乏时,人们竟然吃掉了唐璜的小狗。之后,人们又想出用抓阄的方式决定其中一个人被杀死分食。拜伦在此揭露了在欲望面前,人的狼性本质。由于唐璜的善良使他没有参与那场残忍的行动,他逃过了沉船之险,幸运地被海盗王的女儿海黛所救,而且两个人真心地相爱了。拜伦歌颂了海黛的纯真无瑕和他们之间的爱情。然而,这场美妙的爱情却以海黛的死而告终,唐璜也被作为奴隶卖到苏丹。苏丹女皇看上了唐璜,她想要利用权势使唐璜屈服,没想到却遭到了唐璜的严词拒绝。在

唐璜眼里,自由高于一切。唐璜从苏丹女皇那里逃出来后,又被卷入俄国与土耳其的战争中。诗人描写了战争的巨大创伤和破坏,他指出这场战争不过是为了权威和荣誉而战,而并非为了自由而战。但他支持人民反对封建的暴力斗争,他要使石头也站起来反对暴君。唐璜在战争中立了功,奉命出使英国。接着诗人描绘了英国社会的生活图景。如果说拜伦在表现爱情的时候带有浓厚的浪漫主义色彩,那么他对英国社会的表现则体现出作者现实主义艺术成就。他在诗中表现了英国的文学界、议会、上流社会等很多方面,揭露了欧洲金钱至上的社会本质。诗人塑造了上层人物阿孟德维尔公爵夫妇的形象,详细描写了他们所过的悠闲奢侈的寄生生活,讽刺了他们的虚伪和堕落,表现了对他们的轻蔑。

诗人在《唐璜》中表现了极其娴熟的技巧。诗中有对壮丽大自然的生动描绘,有对人世间各种现象的精辟评议,还插以对现实的讪笑和嘲讽。全诗如江河奔腾,气势磅礴,跌宕流畅,把丰富的思想寓于精美的艺术形式之中。按照拜伦原来的设想,唐璜应该牺牲在法国的革命斗争烈火中。他多次表示要写50章到100章,但他只完成了16章和第17章的14节,就因死亡中断了创作。

《唐璜》是一部气势宏伟、意境开阔、见解高超、艺术卓越的叙事长诗,在英国以至欧洲的文学史上都是罕见的。诗中表现了唐璜的善良和正义,通过他的种种浪漫奇遇,描写了欧洲

青少年必知的文学经典

社会的人物百态、山水名城和社会风情，画面广阔，内容丰富，堪称一座艺术宝库。

经典导读
JINGDIAN DAODU

❋ "白兰地"与"绿茶"

"恶魔诗人"之称谓起于拜伦。为了500英镑的年金而接受了"桂冠诗人"称号的骚塞，对攻击他的拜伦，名之曰"恶魔"。正如鲁迅在《摩罗诗力说》中所云，恶魔派的实质是要破坏现存的一切，是要用革命的手段扫荡大地。

拜伦对贵族统治者的本质洞若观火。他认为，海盗比国家宰相还要强些。海盗"不过是在抽税/他和宰相所做的差不了许多；不过他比宰相谦虚，宁处身于/较低阶层，职业也更光明磊落"。对统治者之间的血腥战争，他较雨果看得透彻，从不寄希望于米里哀主教式的慈悲。他认为："唯有革命才能把地狱的污垢/从大地扫除干净！"

唐璜自始至终有一颗善良的心。这不仅表现于对海黛的忠诚，而且他从战争中救出了小女孩，细心保护，绝不玷污她的贞洁。

"创作总根于爱"（鲁迅语）。拜伦在《唐璜》里所表现的爱是极其深广的：他爱山川大海，爱纯洁的女人，爱被压迫和被凌辱者，爱整个的人类。憎恨是对付整个丑恶世界的一个坚硬外壳，外壳破裂了，溢出来的是滔不已的爱之河。读一读《唐璜》中的《哀希腊》吧，你就会领悟到诗人宣称"我从来没有爱过这个世界"时，他明明是说，我太爱这个世界了。爱之至极就会对丑类的统治感到一种刻骨铭心的悲哀，以致渴望早日离开这个世界。

《唐璜》英文版封面

罗素称拜伦为"唯我主义者"，这很有点像。在拜伦看来，没有比个人自由更重要的东西。但由己推人，每个个体的自由都具有同等意义。拜伦对个体自由的崇拜，不是单纯的自我崇拜，而是一种社会理想，为了这种理想可以牺牲个人。他在《唐璜》里批判贝克莱主教的"唯我主义"，认为大主教的"天庭仙酒"自己不敢领受。

拜伦对自己祖国的情感也是矛盾的。作为一个被祖国驱逐的流亡者，他对英国过去的美名和文化，深为景仰，但对它在现世充当的镇压自由的宪兵角色又深感憎恶。人类的自由高于民族意识。从这个意义上说，拜伦是他的祖国的叛徒。

《唐璜》把时间转换为空间，把历史变为地理。他在空间上的游历其实是在历史的长河中游泳，经过漫长的情感体验，在《哀希腊》这一名篇中将思想与情感升华到最高点。拜伦没有把《唐璜》写完，但可以认为，它是以自己献身于希腊自由事业的行动把这部史诗完成的。

拜伦认为自己这部作品的寓意是"不智的热情给人们内心注满了应得的痛苦"。这种不智的热情包括食(酒)欲、色欲、征服乃至对被压迫者的同情和爱。爱欲的燃烧，必然给人带来痛苦。这种爱欲，犹如白兰地酒，"那火焰之河的迷人的女神，为什么你要残害我们的肝脾？也学别的仙女，折磨爱你的人？"被白兰地所苦时，拜伦就去饮清淡饮料，就是"中国的绿茶"。这种饮料没有那种火焰的灼痛却让人感伤，拜伦称中国的绿茶为"泪之仙女"。"绿茶"与"白兰地"——清淡的感喟与不智的热情——是否可以作为中国文化与西方文化的不同象征？喝多了白兰地的人想换点绿茶；而整天喝绿茶的人却又想尝尝白兰地。作为人，对两种"饮料"的需要是否又隐喻着两种文化的某种互补关系呢？(徐耕葆)

《唐璜》——一部绝顶天才之作

《唐璜》是拜伦的代表作，也是欧洲浪漫主义文学的代表作品。这部以社会讽刺为基调的诗体小说约16 000行，共16章，虽未最后完成，但因其深刻的思想内容、广阔的生活容量和独特的艺术风格，被歌德称为"绝顶天才之作"。

《唐璜》的主题是对英国和欧洲贵族社会、贵族政治的讽刺。虽然小说情节发生在18世纪末，但是，描绘的却是18世纪末至19世纪初欧洲社会的现实生活。诗人是用过去的革命经验和当时的现实相比，鞭挞了"神圣同盟"和欧洲反动势力，号召人民争取自由、打倒暴君。

诗歌对英国贵族和资产阶级的拜金主义做了淋漓尽致的揭露和讽刺。英国统治阶级夸耀"自由"和"权利"，但是唐璜初次来到伦敦，就遭到了强盗的袭击。诗歌痛斥英国贵族卡斯尔累爵士为"恶棍"和"奴隶制造商"，谴责当时备受统治阶级称赞的惠灵顿为"第一流的刽子手"。英国上流社会外表华丽，内部却糜烂透顶，丑陋不堪。

《唐璜》中的主人公唐璜源自西班牙传说中的人物，多次成为文学作品的题材。传统的唐璜形象是个玩弄女性，没有道德观念的花花公子。但在拜伦笔下，这个人物在多数情况下却以被勾引的角色出现。他的被迫出走，就是因为他或多或少地是那个有夫之妇的牺牲品。唐璜不同于拜伦其他诗歌中的英雄人物，作者无意将他塑造成"拜伦式的英雄",其中却不乏诗人自传的成分。唐璜热情、勇敢、拒绝虚伪的道德信条。在面临饿死的危险时,他拒绝吃被打死的人,其中不乏象征的意义。在士兵中间,只有他表现出对一个土耳其小姑娘的命运真正的关心。他没有忧郁绝望的天性,但也没有掌握自己命运的能力。他的爱情故事大多是对上流社会虚伪道德的讽刺,而他和海盗女儿海黛的经历,更多的是体现一种充满诗意的理想。

如果说因讽刺的需要,主人公唐璜显得行动多于思想,那么诗歌的叙事者则承担起了思考和评论的重任。故事之中或故事之外不断出现的议论、感慨、回忆、憧憬,拉近了作品与读者的距离。叙事者大量的富有抒情性的议论,充满哲理和深刻的思想,以及淋漓尽致的嘲讽,具有很强的艺术感染力。作品不仅揭露现实真实深刻,而且想象丰富奇特。它描写的风暴、沉舟、战火的场景等,十分精彩。对大自然壮丽景色的抒情描写非常出色。拜伦善于用各种诗体创作,语言幽默洗练,在英语口语入诗方面无人可与之匹敌。

拜伦的诗歌在当时和后世都产生了很大的影响。在中国,鲁迅称拜伦是浪漫主义的"宗主",盛赞其人其诗"如狂涛如厉风,举一切伪饰陋习,悉与荡涤"。(佚 名)

D 大师传奇 DASHI CHUANQI

乔治·戈登·拜伦是19世纪上半叶的伟大诗人,英国浪漫主义的卓越代表。他那热情奔放的诗歌,曾经震动整个欧洲文坛。

拜 伦

1788年1月22日,拜伦出生在英国一个古老的贵族家庭里。他的父亲是一个放荡的军官,他抛弃了妻子和年幼的拜伦。童年时代拜伦和母亲过着拮据的日子,直到10岁时,拜伦继承了叔祖的爵位和领地,生活才有所改善。拜伦先在哈鲁中学读书,后来进了剑桥大学。他喜欢研究文学和历史,也爱读游记,很早就憧憬着东方。1807年,拜伦的第一部诗集《悠闲的时光》出版了。结果受到了批评,拜伦在1809年发表了讽刺诗《苏格兰诗人与苏格兰评论家》予以反击。

1809年,拜伦出发到东方旅行,先后访问了葡萄牙、西班牙、阿尔巴尼亚、希腊和土耳其。1811年,诗人回国。翌年发表长诗《恰尔德·哈洛尔德游记》第一、二两章。发表后拜伦立刻名噪一时。之后从1813年到1816年,拜伦写了名为《东方故事》的6部

青少年必知的文学经典 QINGSHAONIAN BIZHI DE WENXUE JINGDIAN

诗集，受到读者的欢迎，并构筑起"拜伦式英雄"的形象。

1815年拜伦结了婚，可是婚后一年妻子突然离去。上层社会就利用这次离婚事件对他大肆攻击。拜伦被迫在1816年4月离开英国，从此再没有回来。拜伦出国后，在日内瓦遇见了雪莱并结下了深厚的友情。同年秋天，拜伦来到了意大利。诗人很快就参加了意大利爱国志士组织的烧炭党的抗击奥国侵略的斗争。

意大利的美丽风光和异国情调，以及人民如火如荼的革命斗争，大大激发了拜伦的诗兴，使他写下了许多不朽的名篇，是他一生中最光辉的创作时期。

在瑞士和意大利，拜伦先后写了《恰尔德·哈洛尔德游记》第三、四两章。还写了长诗《锡龙的囚徒》（1816年）、诗剧《曼夫雷德》（1817年）、历史悲剧《马里诺·法里埃罗》（1820年）以及哲学诗剧《该隐》（1821年）等。

在拜伦的晚期作品中，现实主义的倾向更加强烈了。1822年出版的长诗《审判的幻景》一向被认为是讽刺诗的典范。1822年神圣同盟在味罗纳召开了君主会议，决定全面镇压欧洲人民的革命运动。1823年，拜伦写了《青铜世纪》一诗，猛烈抨击神圣同盟，并揭露了这次会议的反人民反革命本质。

人们认为拜伦勋爵比任何其他诗人更像自己创造的英雄人物（富于浪漫色彩的旅游者恰尔德·哈洛尔德，被社会摒弃的曼弗雷德，愤世嫉俗、铁石心肠的情人唐璜）。虽然拜伦确曾

利用自己的生活经历作为素材写了很多诗篇，但这些诗篇绝不纯粹是自传性质的。然而最能真正体现拜伦的天才的还是他的那些长诗，而不是通常在选集里作为他的代表作的那些抒情诗。拜伦一生创作了不少优美的抒情诗，像《当我们分离的时候》、《雅典的少女》、《她行走在美的光彩中》、《我的灵魂是黑暗的》、《我瞧见你在哭泣》、《致波河》等脍炙人口的作品。

1823年，正在创作《唐璜》的拜伦离开意大利去希腊。当他在希腊的米苏龙吉登陆时，全体居民在岸边欢迎他，要塞鸣礼炮向他致敬，军乐队奏乐。拜伦用自己的财产装备了一艘军舰，后来又招募了500名士兵，自费支付他们的军饷。他亲自指挥军队，他的高超的射击本领和大无畏精神受到部队的普遍尊敬。他以顽强的毅力，勤勉地为筹措战费，军火和其他军需品操劳。他还在不和的革命领袖们间做了许多团结工作，并且整顿了部队的纪律，表现了卓越的组织才能。正当希腊革命事业蓬勃发展的时候，他因淋雨患了热病，不幸于1824年4月19日逝世，年仅36岁。他死后希腊临时政府宣布他的逝世为国丧，全国哀悼三天。拜伦在希腊人民中享有极高威望，他的名字家喻户晓，成为爱国主义的象征。

拜伦的心葬在希腊，遗体运回英国，但教会竟拒绝将其存放在西敏寺，最后只得安葬在诗人故乡。他逝世后，一些反动报刊继续咒骂他。但在欧洲乃至全世界，拜伦却产生了深远的影响，他被誉为"诗国中的拿破仑"。

勃兰兑斯是这样评论拜伦的去世与希腊人的悲痛的,他说:"拜伦去世的消息犹如晴天霹雳,震惊了整个希腊。对这个国家来说,它的影响就像是发生了一场可怕的天灾,其后果简直无法估量。"

拜伦的一生是伟大的一生。他不但是才气横溢的诗人,而且是跃马持枪驰骋疆场的革命战士。他高擎在法国点燃的革命火炬,并把这熊熊的火焰携往思想和艺术的领域。最可贵的是,他从不空谈革命,而是以切切实实的工作为美好的理想奋斗,甚至献出了宝贵的生命。他那热情的战斗的诗歌像锋利的匕首,刺向人间一切黑暗腐朽势力,像激昂的号角,鼓舞人民在斗争中前进。他那为了弱小民族的自由解放献身的革命精神,激励了当时南欧各国人民反对外族压迫的斗争。今天,他的雕像还竖立在希腊米苏龙吉的"英雄公园"的中央,受到人民的敬仰。

Y 延伸阅读 YANSHEN YUEDU

长篇叙事诗《恰尔德·哈洛尔德游记》是拜伦早期的代表作,也是他的成名作。1812年,长诗的前两章出版后,很快风靡全英,诗人自称:"一夜醒来,发现自己已经成了名人。"这首诗共分四章,后两章写于1816年、1818年。诗中讲述了年轻的哈罗德厌恶空虚奢靡的上层社会生活,乘船出游欧洲的经历。诗中的哈洛尔德是诗人的化身。诗人通过他表现了对各民族争取自由的行动的同情,和对暴君和异族统治者的抨击。这是浪漫主义文学中首次以政治和社会问题为题材。同时也表现出诗人和社会的格格不入造成的愤世嫉俗的孤独和悲哀,因此虽然诗中充满了对自由的热切呼唤,但也经常透露出一些虚无和消极。

* * * *

雪莱是和拜伦同时代的英国著名诗人,他是浪漫主义抒情诗歌的杰出代表。他的著名诗作都收录在《雪莱诗选》中,其中《解放了的普罗米修斯》《西风颂》《自由颂》《致云雀》等都是雪莱闻名遐迩、广为传颂的杰作。他的诗歌充满了斗志和激情,从中不难体会到他反抗压迫的斗争精神、对自由和革命的赞美和渴望、对真善美的热爱和追求以及对社会丑恶现象的批判。

高 老 头

奥诺雷·德·巴尔扎克　Honore de Balzac（法国　1799 年－1850 年）

> 在最伟大的人物中，巴尔扎克是第一等的一个，在最优秀的人物中，巴尔扎克是最高的一个……他的全部书仅仅形成了一本书：一本有生命的、有亮光的、深刻的书。从今以后，他和祖国的星星在一起，熠熠闪耀在我们上空的云层之上。
>
> ——雨果

巴尔扎克是世界现实主义文学的经典大师之一，在世界文学史上占有着至高无上的地位。他以敏锐的视角、冷静的思维和勤勉的文学创作生动地展现了 19 世纪上半期整个法国社会的宏大场景，深刻揭示出资产阶级复杂的社会关系和发展的必然趋势。他的《人间喜剧》是一部卷帙浩繁、结构庞大的旷世巨著。从人类整个文学的发展过程来看，《人间喜剧》无疑是前所未有的创举，是"一个个人所敢于设想的最庞大的作品"，被称为"法国社会的全部历史"。

长篇小说《高老头》在《人间喜剧》中占有十分重要的地位，无论是在思想上还是在艺术上都代表着巴尔扎克的最高成就，是巴尔扎克最著名的作品。小说批判了资本主义社会中人与人之间赤裸裸的金钱关系，其环境描写详细逼真，细节刻画得细腻生动，塑造典型人物性格突出，使作品具有极高的艺术魅力，至今仍吸引着全世界的读者。被文史学家称为"创造了金钱与买卖的史诗"，是批判现实主义文学的一个高峰。批判家称高老头为近代的李尔王。但在社会观点上，则普遍认为《高老头》一书比莎翁的名剧意义更深广。

K 旷世杰作 KUANGSHI JIEZUO

巴尔扎克是 19 世纪法国伟大的批判现实主义作家、欧洲批判现实主义文学的奠基人和杰出代表。巴尔扎克从 1829 年开始创作《人间喜剧》，直到 1848 年实际停止创作，整整花费了 20 年时间。《高老头》在《人间喜剧》中占据十分重要的地位，是批判现实主义文学中的一部优秀作品。

这部小说深刻地反映了复辟王朝的法国社会，暴露了金钱的罪恶作用，塑造了一系列鲜明生动、富有典型意义的人物形象。故事发生在一座颓败、粗俗和寒酸的伏盖公寓。公寓中有三个房客特别惹人注目：从外省来到巴黎，怀着寻找个人出路的目的的大学生拉斯蒂涅，形迹可疑的议论家伏脱冷以及年迈力衰、神情沮丧的小说主人公高立欧老爹。

高立欧老爹出身寒微，年轻时以贩卖挂面为业，后来在资产阶级革命时期当上供应军队粮食的承包商大发其财。他想爬得更高，但在金融势力统治日益强大的情况下，他的幻想不能实现。因而他把所有希望和感情都用来疼爱他的两个女儿。他让她们打扮得满身珠光宝气，花枝招展，到交际场上去引诱贵族子弟，最后以价值巨万的陪嫁作为条件，让贵族子弟娶他的女儿为妻。于是，大女儿当了伯爵夫人，二女儿嫁给了银行家纽沁根。

由于表姐鲍赛昂子爵夫人的介绍，拉斯蒂涅认识了高老头的两个女儿，并且希望能利用二女儿纽沁根夫人作为他飞黄腾达的跳板。但是由于拉斯蒂涅的贫穷而无法博得巴黎贵族妇女的垂青。这时，伏脱冷猜透了他的心事，便向他灌输要成功就不能怕弄脏手的谬论，并为他策划谋财害命的阴谋。原来他是一个臭名昭著的苦役逃犯，最终没能逃脱被捕的命运。不久，鲍赛昂夫人也因为情场失意而遁世。同时，拉斯蒂涅亲眼目睹了高老头的悲惨命运：两个女儿当上了贵夫人之后，她们骄奢淫逸，挥金如土，负债累累，只好向父亲高老头要钱还债。高老头为了有机会看到她们一眼，千方百计地满足她们的需要。最后老人一贫如洗，重病在床。他渴望再看看自己的女儿，甚至为了迎合女儿的欢心，他竟然想发狠再去做面食生意。

最后，高老头孤苦伶仃地病死在一家破烂的小公寓的阁楼上，而他的女儿却不肯为给父亲送终而牺牲一次参加舞会的机会。拉斯蒂涅深深地同情高老头，他护理高老头的疾病，央求他的两个女儿给父亲送终，他甚至典当了自己的表给高老头办理后事，他差不多是唯一参加高老头葬礼的人。但是，两个引路人伏脱冷和鲍赛昂夫人的遭遇没能阻止拉斯蒂涅对金钱的追求，而高老头的遭遇则更让他坚定了不顾一切向上爬，在资产阶级世界里当一名"英雄好汉"的决心。拉斯蒂涅在埋葬了高老头的同时，也埋葬了自己的最后一滴眼泪，面对着上流社会的区域，他气概非凡地说了句："现在咱们俩来拼一拼吧！"于是，拉斯蒂涅径直到纽沁根夫人家里吃晚饭去了。

《高老头》是巴尔扎克文学创作上的一个高峰，是世界现实主义文学史上的一部经典著作。

纷繁而集中　丰富而凝练

巴尔扎克的艺术是一种高浓度的艺术。一个以消遣为目的的读者也许

会感到他的小说累赘不堪，而一个勤于思索的读者却可能发现，对于作品的负荷量来说，甚至有理由称赞他的简洁明快。巴尔扎克的人物艺术就是"凝练的自然"，就是"用最小的容量惊人地集中最大量的思想"。他顽强地在形式与内容的矛盾中挣扎，终于创造出一系列带有巴尔扎克特殊印记的杰作。《高老头》就是其中有代表性的一篇，可以说它充分表现了作家驾驭素材和提炼生活的能力。

《高老头》英文版封面

《高老头》全书译成中文不到 18 万字，而其视野之广，人物形象之多姿多彩，简直够得上一幅全景画卷。广阔的画面、形形色色的人物、光怪陆离的现象，通过一个贫穷的贵族青年做桥梁，竟天衣无缝地构成一个有机的整体。虽则头绪纷繁，读起来却感到紧凑而集中，每个细节，每个人物都紧扣主题，丝毫不给人支离破碎之感。

《高老头》的主题是什么，虽然小说以《高老头》命名，事实上，本书真正的主人公是拉斯蒂涅，真正的主题是拉斯蒂涅的学习社会。作者以令人惊叹的巧妙构思，部署了拉斯蒂涅所处的典型环境，让他从四面八方，从不同的社会阶层，以不同的方式接受到同样的教育，终于使这个来自外省的青年丧失了天真，逐步被这个腐败的社会所同化。正是从这一点出发，作者把本书编入以青年人的"入世之初"为中心题材的"私人生活场景"。而且这样一来，也就没有一个细节、一个人物是多余的了，一切的人物和事件都和拉斯蒂涅的性格演变构成了必然的因果关系。

显而易见，这样的构思远不止是为了刻画拉斯蒂涅这个人物，而是通过这个人物的经历和思想性格的发展，来概括社会生活中某些具有本质意义的普遍现象，来记录法国当代社会风俗的特征。拉斯蒂涅是《人间喜剧》中机灵善变、青云直上的人物典型。作家却不是一开始就让他以老奸巨猾的面貌亮相，而是让他怀着外省青年的几分童心登场，在巴黎社会中逐步完成他的教育。这样的构思，不仅符合生活的逻辑，也体现了作家的艺术匠心。通过拉斯蒂涅这一段社会经历和性格发展，作家出色地勾画了这个以金钱为杠杆的巴黎社会的全貌，集中了社会上诸色人等在生活中积累的全部经验与哲理，剖析了发生这种种惨剧的社会根由。他是他那个时代视野最广、也最有洞察力的风俗画家,他能够透过纷纭复杂的社会现象一下子抓住客观事物的整体和实质,而且运用惊人的技巧和天才的构思把这一切都纳入他的作品的小小框架。人物、事件是那么纷繁,情节却紧凑、集中;思想那么充溢、丰富,表达却明快而凝练。

应当承认,巴尔扎克在这部作品里,不仅在构思、剪裁上体现了大师手笔的宏大气魄,在典型塑造上见出其观察剖析生活的深刻细致,而且在写作技巧上也显示了多方面的才能。

在19世纪以前,法国的小说无论是自传体、书信体、叙述体、对话体,都没有完全摆脱故事的格局,总给人一种单调的、平面的印象。从巴尔扎克开始,小说有了立体感。他将戏剧、史诗、绘画、造型等多种艺术成分融于一炉,把叙事、描写、塑造、抒情、对话巧妙地交织在一起,从而使小说成为一种表现力极强的综合性的艺术形式,使现实世界的万千姿态都能绘声绘色地表现出来。

巴尔扎克为小说开辟了一个新天地,使小说获得了空前未有的表现力。他的艺术气魄宏伟,生气勃勃,和现实生活一样丰富多彩,却比现实更加集中、凝练和强烈。他叙事生动,描写逼真,对话个性鲜明。他的语言虽然有时欠锤炼,不够严整,用词的过火、夸张常常令人瞠目结舌。但他笔锋犀利大胆,刻画形象特定突出,发表议论痛快淋漓,往往能产生一般谨严的文体家所达不到的强烈效果,使读者从中得到另一种满足。

著名丹麦文学批评家勃兰兑斯说得好:"巴尔扎克虽是个拙劣的文体家,却是一个最上流的作家。"(艾珉)

❀拉斯蒂涅:金钱社会的俘虏

在《高老头》中,巴尔扎克以残酷的事实揭示出资产阶级社会铁的法则——金钱至上。这个铁的法则统治着伏盖公寓的一切人物,大学生拉斯蒂涅也未能免俗。

拉斯蒂涅是外省已经没落的小贵族的子弟,从家乡来到巴黎,在大学学习法律。起初,他"像一般大学生一样","平常也只穿一件旧大褂,粗背心,整脚的旧黑领带扣得马马虎虎"。但物欲横流、金钱至上的生活很快就如磁石一般地吸引着他,他做起了"金钱梦"。美梦如何成真,他扣问着途径。他的一位远房表姐鲍赛昂子爵夫人给他上了人生第一课。"你越没有心肝,越高升得快。你得不留情地打击人家,叫人家怕你。只能把男男女女当作驿马,把它们骑得筋疲力尽,到了站上丢下来,这样你就能达到欲望的最高峰。"这真如醍醐灌顶,他懂得了这个社会的奥秘:对于有钱的人来说,法律与道德是不存在的,只有财产才是金科玉律。

苦役犯伏脱冷给拉斯蒂涅上了人生第二课:"要弄大钱,就该大刀阔斧地干,要不就万事大吉。"这与鲍赛昂子爵夫人的教诲有异曲同工之妙:一否认道德,一否认法律——只要能够获取金钱与权势。

高老头之死，给拉斯蒂涅上了人生第三课。他彻底看穿了整个社会的凶残恶毒、毫无情义。他从高老头的惨痛人生教训中警醒自己：要吃人而不被吃。随着高老头的被埋葬，也"埋葬了他青年人的最后一滴眼泪"；"他的欲火炎炎的眼睛，停在王杜姆广场和安伐里特宫的穹窿之间。那便是他不胜向往的上流社会的区域。"他不再有任何礼义与廉耻，丢弃一切诚实与清白，如苍蝇逐臭一般向他所向往的金钱帝国钻去，走上了资产阶级个人野心家的道路。

在《人间喜剧》其他卷小说中，拉斯蒂涅这个人物性格有了进一步发展：在《轻佻的女人》中，他成为副国务秘书；在《不自知的演员》中，他又当上了贵族院议员；在《阿尔西的议员》中，他抛弃了纽沁根夫人（高老头之女），却娶了她的女儿；在《纽沁根银行》与《小资产者》中，他在交易所大搞投机。他将金钱至上的原则奉行得淋漓尽致。（李春林）

大师传奇 DASHI CHUANQI

法国著名传记作家莫洛亚称奥诺雷·德·巴尔扎克为"普罗米修斯"，与巨人普罗米修斯用泥土捏塑成人类相比，巴尔扎克则用纸和笔塑造了人类。他的巨著《人间喜剧》通过91部小说，2 400多个人物，展示了19世纪前半叶整个法国社会的生活画卷，是世界文学史上规模空前宏伟、内容空前丰富的现实主义作品。

巴尔扎克

巴尔扎克于1799年5月20日出生于一个工商业相当发达的城市都尔。他的父亲本是农民出身，早年进城，在大革命和帝国时期因善于钻营，终于跻身资产阶级。他的母亲出身于富裕的资产阶级家庭，深信"财产于今就是一切"。这样一个资产阶级家庭对巴尔扎克世界观的形成，起着重要作用。巴尔扎克正处于法国资产阶级上升时期。他不满5岁就到郊外的圣西尔上学，1814年全家迁至巴黎。巴尔扎克在巴黎目睹了拿破仑帝国的末期、百日时期和复辟王朝的建立。

1816年至1819年，根据家庭的安排，巴尔扎克攻读法律，并到诉讼代理人和公证人事务所当见习生。巴尔扎克在这里看到了围绕着财产展开的一场场斗争的内幕。但是巴尔扎克醉心于文学，并获得了文学学士学位。年轻的巴尔扎克的书房里，放着一尊小小的拿破仑塑像，塑像的剑鞘上刻着这样一行字："他用剑未能完成的事业，我要用笔来完成。"他最终通过 20 年的辛勤工作实现了这句誓言。他不顾家庭的反对，开始致力于文学创作。然而，开始的创作并不成功，并使巴尔扎克陷入经济拮据。他转而想在商业上碰碰运气，从 1825 年到 1827 年，他出版古典作家作品、开办印刷厂、铸造铅字，结果负债累累，拖累终身。他亲身经历了资本主义自由竞争的残酷现实，又重新回到创作中。

在 1819 年至 1829 年这段时期中，巴尔扎克经历了复辟时期，历史的兴衰和激烈的阶级斗争对他的思想产生巨大的影响。他关注现实社会，并阅读了大量哲学、经济学、历史和自然科学著述。在政治上，巴尔扎克形成了从中小资产阶级的立场来反对金融资产阶级的思想；在文学上，则走上了现实主义的道路。在此基础上，1829年他发表了《舒昂党人》，这是《人间喜剧》的第一部作品。

1830 年巴尔扎克创办《政治报副刊》，出版了短篇小说集《私人生活场景》（1830 年）和《哲理研究》（1831年）。获得文学声誉后，他开始涉足贵族上流社会。1831 年末他因为反对七月革命后上台的金融资产阶级而加入了保王党。成名的巴尔扎克沾染了巴黎生活的恶习，追求奢侈的生活，这使他不断欠债。因此他必须设法躲避债主的追逼，经常隐居在偏僻的处所。1836 年创办《巴黎新闻》。1838 年他到撒丁岛企图开采废置的银矿。1840年创办《巴黎评论》。并且在此期间，他坚持创作。

巴尔扎克是天才小说家，也是一位勤奋的小说家。他经常一天工作 18 个小时，曾经 10 天写出著名小说《都尔的本堂神甫》，3 天 3 夜写出了不朽的杰作《高老头》……一直到 1842 年，巴尔扎克已经创作了 70 多部作品，超过了他长期酝酿、最后定名为《人间喜剧》的庞大计划的半数。他为这部《人间喜剧》写了《前言》，并重新将全部作品分为三部分：《风俗研究》、《哲理研究》、《分析研究》。此外，巴尔扎克还写过《伏脱冷》（1840 年）、《后娘》（1848年）等几个剧本。

巴尔扎克经常夜以继日地工作十几个小时，并用浓烈的黑咖啡刺激自己疲惫的身心，以致积劳成疾。1850年，他与富孀韩斯迦夫人结婚不到半年，终于一病不起，于当年 8 月 18 日与世长辞，年仅 51 岁。

延伸阅读 YANSHEN YUEDU

《欧也妮·葛朗台》是巴尔扎克的代表作之一。小说成功地塑造了葛朗台这个举世闻名的吝啬鬼形象，他是个精明强干白手起家的箍桶匠，小说通过他生动地揭露了资产阶级贪婪的本性和资本主义社会的罪恶。巴尔扎克曾称这部小说为"最出色的画稿之一"。

* * * *

《幻灭》是巴尔扎克的另一部杰作，小说讲述了两个生活在巴黎的年轻人理想幻灭的人生遭遇。主人公吕西安是一位在外省有些名气的诗人，当他满怀理想来到巴黎后，被巴黎新闻界恶劣风气熏染，逐渐沦为无耻的报痞文氓，最终得到身败名裂的下场。

而他的妹夫大卫·赛夏曾经是个埋头苦干的发明家，因为受同行的迫害，不得不放弃发明专利，从此弃绝了科学研究的理想。巴尔扎克笔下的这两个年轻人极具典型意义，通过他们，作者生动地揭露了巴黎社会的腐朽、黑暗以及对人性的扭曲。巴尔扎克在序言中明确地宣称这部小说是"风俗研究"中"迄今最为重要的一部著作"，它"充分地表现了我们的时代"。

三个火枪手

亚历山大·大仲马　Alexandre Dumas（法国　1802年—1870年）

　　《三个火枪手》这本书对我的一生影响极大，我只写武侠小说，就是受大仲马的影响。法国政府授予我骑士荣誉勋章时称誉我为中国的大仲马，我非常高兴。的确我的小说很追随大仲马的风格，在所有的中外作家中，我最喜欢的是大仲马，而且从12岁开始喜欢，直到现在，从不变心。

——金　庸

　　大仲马是法国19世纪积极浪漫主义作家，也是法国最受欢迎和最多产的小说家。他一生写的各种类型作品达300卷之多，主要以小说和剧作著称于世。大仲马的小说多达100部，大都以真实的历史作背景，以主人公的奇遇为内容，情节曲折生动，扣人心弦。异乎寻常的理想英雄，急剧发展的故事情节，宏大完整的结构，生动有力的语言，灵活机智的对话等构成了这些长篇历史小说的主要特色。

　　大仲马被别林斯基称为"一名天才的小说家"，他也是马克思最喜欢的作家之一。2002年大仲马遗骨安葬先贤祠时，法国总统希拉克称他"以其著作展开了一个永恒、多虑、战斗、英勇与优雅的法兰西的画卷"。而这幅画卷中最为光彩照人的一笔无疑是《三个火枪手》，旧译《侠隐记》或《三剑客》。这部书是大仲马长篇历史小说的代表作，也是他所有作品中最受欢迎，影响力最大的一部。

旷世杰作

　　《三个火枪手》是路易十三王朝三部曲中的第一部，也是大仲马长篇历史小说中最优秀的作品之一。该书中的"三个火枪手"——高贵正直、寡言重诺的阿托斯，魁伟勇猛、粗犷豪爽的波托斯，温柔多情、心机深沉的阿拉米斯，已经成为世界文学史上永恒的形象。

　　《三个火枪手》是以法国国王路易十三和手握大权的首相——红衣主教黎塞留的矛盾为背景，穿插群臣派系的明争暗斗，围绕宫廷里的秘史逸闻展开的故事。

书中的主人公少年勇士达达尼昂，怀揣父亲留给他的15个埃居，骑着一匹又老又瘦的马来到巴黎，希望在同乡特雷维尔队长带领的国王火枪队里做一名火枪手。在队长府上，他遇上阿托斯、波托斯和阿拉米斯三个火枪手，通过欧洲骑士风行的决斗，四人结成生死与共的知己。当时，国王路易十三，王后奥地利安娜，以及首相黎塞留彼此不和，从宫廷中的贵族，到普通士兵乃至老百姓也都分成派别。达达尼昂几次打败首相的亲兵，国王对他十分赏识，红衣主教却怀恨在心。

英国的白金汉公爵深爱奥地利安娜王后，王后被他的痴情感动，将国王赐予的金刚钻坠子冒失地赠给了情人。事情被红衣主教知道，便建议国王开一场宫廷舞会，让王后一定佩戴金刚钻坠子来参加。王后眼见舞会日期逼近，十分惊恐，她的心腹侍女波那瑟找人给白金汉公爵送信，巧遇了达达尼昂。达达尼昂对波那瑟一见钟情，不顾个人安危，愿意为王后效命。他和三个朋友一同前往英国，与红衣主教一路明争暗斗，唯有达达尼昂如期抵达，及时索回金刚钻坠，解救了王后的燃眉之急。

红衣主教黎塞留怒火中烧，一心想除掉白金汉公爵。他网罗了一批心腹党羽，其中最得力的亲信便是美貌绝伦的贵妇人米莱狄。达达尼昂被她的美貌所诱惑，冒充米莱狄的情人潜入内室，与她同床共枕，却发现米莱狄肩头上烙着一朵百合花，那是当时法

国女子犯罪的耻辱刑。米莱狄的机密被人发现，她恨透了达达尼昂，几次设陷阱想杀他灭口都没有成功。

这时新旧教徒的矛盾激化，法英战争爆发，两军以拉罗舍尔城围困战为战事焦点，形成对垒。黎塞留暗派米莱狄去英国，乘机行刺白金汉，米莱狄提出的交换条件就是杀死达达尼昂。然而达达尼昂预先通知了她的小叔温特勋爵，米莱狄一踏上英国的土地即被软禁。她使出浑身解数，诱惑了温特勋爵的心腹——军官费尔顿。费尔顿冒险救她出狱，并刺杀了白金汉公爵，米莱狄却弃他不顾，一个人先行返回法国。途中，她在一座修道院里遇见了达达尼昂的恋人波那瑟，毫不留情地毒死了这个温柔年少的女子。

达达尼昂和三位好友昼夜兼程，苦苦追踪，会同温特勋爵和一名刽子手，终于在利斯河畔抓到企图潜逃的米莱狄。这个蛇蝎美人的来历终于被揭开了，原来她曾经是一名修女，却不甘青春寂寞，诱惑了一个小教士。教士因为败坏清规而身陷牢狱，她也被刽子手——教士的兄长在肩头烙下了一朵百合花，昭示她的罪行。教士越狱逃走，带着米莱狄远走他乡，对外假称为兄妹。当地的青年领主、名门贵族拉费尔伯爵却爱上了这个冒牌妹妹，娶她做了妻子。教士悲愤不已，返回家乡，在狱中自杀身亡。不久，拉费尔伯爵偶然间发现妻子肩头罪行的烙印，一怒之下将她吊死在树上。自己也心灰意冷，化名阿托斯，进了国王的火枪队。没想到米莱狄并没有死，她

逃到英国，嫁给了温特勋爵的兄长，但为了独占遗产，又谋害了第二个丈夫。这个女人罪行累累，天怒人怨，当即在河畔被大家处死。

黎塞留得知米莱狄被杀，便下令捕拿达达尼昂。达达尼昂坦然去见主教，陈述了米莱狄的一切罪行，并甘愿听从处置。黎塞留见他视死如归，智勇双全，深为感动，没有追究他的行为，反而将达达尼昂擢升为火枪队的副队官。最后，阿托斯、波托斯、阿拉米斯三人或归乡里，或娶媳妇，或入修道院，各奔东西，三部曲的第一部就此结局。

《三个火枪手》的历史风云

大仲马一生中以惊人的写作速度创作了大量的历史小说，而其中最有影响力、最受读者喜爱的，无疑当推《三个火枪手》。他有句名言："什么是历史？就是给我挂小说的钉子。"让我们来看看，他在写作《三个火枪手》的过程中，是怎样往历史的钉子上挂他的小说的。

大仲马在图书馆偶然发现了一本《御前火枪营统领达达尼昂先生回忆录》。这本所谓的回忆录，其实是一部根据达达尼昂生平史实写作的小说，作者名叫库蒂尔兹·德·桑德拉，是个在军营供职的文人，平时常写些冒险故事。达达尼昂真有其人，他出身世家，1640 年加入御前火枪营，以英勇善战、足智多谋，为马萨林红衣主教所赏识，1658 年升任火枪营统领。库蒂尔兹的这本《回忆录》在 1700 年出版后，一直默默无闻。但大仲马读过后大为兴奋，一部以火枪手作为主角的历史小说的雏形在他的脑海里渐渐形成了。他决定把库蒂尔兹笔下的一些人物和情节移植到正在孕育的小说中去，作为那本小说前半部的人物和主线。如今我们读到的《三个火枪手》前半部中，有好些人物和情节都可以在库蒂尔兹的《回忆录》里找到它们的原型和影子。当然，库蒂尔兹提供了这些毛坯，是到了大仲马手里才被雕镂得如此精细生动，打磨得如此光彩照人的。

《三个火枪手》英文封面

大仲马又把小说的年代提前了16年。这样他就可以把整个故事跟有声有色的拉罗谢尔围城战和白金汉公爵之死衔接起来。大仲马还从王后的两位心腹侍从拉波尔特和德·莫特维尔夫人的回忆录中受到启发，把奥地利的安娜王后与白金汉公爵的爱情纠葛作为小说展开情节的另一重要线索。两本回忆录中都写到一件事，就是王后与白金汉在亚眠的花园相会时，白金汉想把王后拥入怀里，以致王后不得不唤来侍从。这段情节大仲马并没有直接采用。但大仲马发挥丰赡奇瑰的想象力，把王后与白金汉的爱情写得跌宕起伏，扣人心弦。最后白金汉公爵遇刺弥留之际，仍对心上人一往情深，死而无怨，真叫人读来有回肠荡气之感。

小说中另有一段重要情节，即米莱狄奉黎塞留密令赴伦敦从白金汉身上窃得两颗钻石坠饰，红衣主教遂以此为把柄要挟王后，达达尼昂得到三位伙伴相助，历尽艰险抵达伦敦面见白金汉公爵，取回仿造的钻石坠饰，挫败黎塞留的计谋。加进这段情节以后，不但小说前半部故事更显生动，而且人物形象也更加饱满——达达尼昂如此，阿托斯、波托斯和阿拉米斯更是如此。阿托斯三人在库蒂尔兹的《回忆录》中是作为陪衬的次要人物，在大仲马笔下则成了贯串全书的主人翁——"三剑客"，读过这部小说的人，就此再也不会忘记他们：狷介端方、寡言重诺的阿托斯，那张英俊的脸庞始终那么苍白，那么高贵，浑身上下无处不透出雍容的大家气派。魁伟勇猛、

粗犷豪爽的波托斯，爱虚荣，好吹牛，却不让人觉得可厌可憎，只叫人感到可亲可近。隽秀倜傥、儒雅睿敏的阿拉米斯，说话慢条斯理，不时还要脸红，但使起剑来身手矫健，遇到险境临危不乱，而且还有位神通广大的"表妹"能保佑他逢凶化吉。

如果说达达尼昂和阿托斯、波托斯、阿拉米斯多少还在史书中有案可稽的话（据文学史家考证，阿托斯他们在历史上亦均有原型），米莱狄则纯属虚构的人物。库蒂尔兹在《回忆录》中写过一个叫米莱狄的女人，她是被流放的英国玛丽王后的一名侍从女官，达达尼昂对她一见倾心，冒充她的情人潜入卧室跟她幽会，后被她识破。在这以后，《回忆录》中就没她的影踪了。大仲马把米莱狄写成黎塞留的心腹密探，并在这个艳若桃李、毒如蛇蝎的受过烙刑的女人身上大做文章，不仅让她在钻石坠饰事件里露面，而且让她在小说后半部里演了大段大段的"重头戏"，直到最后伏法。"只见小船靠上了对岸；淡红的天际勾勒出黑黝黝的两个人影……月光照在那柄宽刃的剑身上，射出一道寒光；接着双臂往下抢去。只听得长剑嗖地一声，受刑人一声惨叫，身首分离的尸身倒了下去。"整部小说就在这凄怆的氛围中接近了尾声。

英国学者、诗人安德鲁·兰说过："大仲马在一展歌喉之前，先得有个音叉定一下音；而他一旦认准了音高，就能一泻千里地唱下去。"洋洋洒洒60多万字的《三个火枪手》，就是大仲马有了史料的音叉后唱出的史诗。他这

部传之后世而不朽的小说，也就这样挂上了历史的钉子。（周克希）

大仲马的《三个火枪手》

大仲马的《三个火枪手》已被世界各国译成多种文字。一个多世纪以来，尽管人事沧桑，星移斗转，该书始终风靡于世，脍炙人口，一直久畅不衰，成了一部受世人推崇的世界文学名著。大仲马生活的年代，正是法国保皇派和共和派激烈斗争的多事之秋，他在政治上倾向资产阶级，主张共和，反对查理十世，反对波旁王朝的复辟。大仲马主张共和这种基本的进步政治倾向，一直在他以后的创作中有所反映，成为他策划通俗历史小说的基本格调，也是贯串《三个火枪手》的一根思想主线。

至于艺术成就，毋庸置疑，大仲马不啻是一位编织故事的能手，不愧是一位高超的语言艺术大师。《三个火枪手》充分显示了其想象思维的超凡脱俗，构织故事情节独具匠心，刻画人物别具特色。他用生花的妙笔将主人公达达尼昂和另三个伙伴的各自性格勾画得栩栩如生，跃然纸上，呼之欲出：达达尼昂初出茅庐，风流倜傥，果敢机智，对朋友侠肝义胆，对爱情执著追求，对敌人嫉恶如仇；阿托斯平素少言寡语，出口一言九鼎，遇事沉着冷静，处世稳重老练，关键时刻，他是主事的灵魂和统帅；波托斯头脑简单，胸无城府，大胆鲁莽，贪钱爱财；阿拉米斯则足智多谋，才思敏捷，温文儒雅，

风度翩翩，关键时刻，他是主事的参谋和智囊。更值得一提的是，作者对上述人物性格的勾勒，经常将其置于各种不同的决斗场景，使他们那具有中世纪史诗中骑士剑客的传奇色彩表现得更加丰满，因为当时法国及欧洲的绅士阶层，决斗是司空见惯的。大仲马的一生就有过 13 次决斗。4 岁那年，刚办完父亲丧事的第二天，大仲马就抱着两支大枪悄悄爬上楼顶，要同上帝一决高低。当他母亲责骂时，他回答说："我要到天国去，我要和上帝决斗，要把上帝干掉……因为上帝杀死了我爸爸！"

大仲马对红衣主教黎塞留和其亲信米莱狄的着笔更是出神入化：前者那不可一世、呼风唤雨的嚣张，对国王表面遵从而内心鄙夷的骄横，策划围困拉罗舍尔城的老谋深算，处理人际政务的通权应变，被描绘得淋漓尽致；后者外表的天姿国色，内里的蛇蝎心肠，更是被刻画得入木三分。连续五章囚禁场面的铺陈，将米莱狄时而像温柔的天使，时而像凶恶的魔鬼，时而口若悬河、才气横溢、时而凶相毕露、暗藏杀机，最后把狱吏清教徒勾引得神魂颠倒，终于入其彀中的内心世界描写得令人叫绝。（佚　名）

大师传奇

大仲马的祖父是贵族，在圣多米尼克岛上的殖民地，与一个名叫露易·仲马的黑奴生下了托马斯·亚历山大，也就是大仲马的父亲。托马斯参加拿破仑的军队，作战勇敢，短短 7 年

就从普通士兵升为将军。他与外省一个商人的女儿结婚，1802年生下大仲马。大仲马原可用祖父那古老而尊贵的姓氏闯荡巴黎上流社会，但他却选择了黑奴奶奶的姓。

大仲马

大仲马的文学生涯始于戏剧创作，在家乡时就曾经和好友自编自演话剧。1823年到巴黎后，在奥尔良公爵府供职，业余时间一直刻苦写作。当时呆板沉闷的伪古典主义戏剧占领了法国的戏剧舞台，大仲马极为厌恶。在莎士比亚戏剧的影响下，他写出了浪漫主义历史剧《亨利第三及其宫廷》，于1829年2月11日在法兰西喜剧院上演，大获成功，给伪古典主义戏剧一次猛烈的冲击。从此，大仲马加入了以雨果为首的浪漫派行列。1830年3月，大仲马的历史剧《克里斯蒂娜》成功上演，次年5月又以《安东尼》一剧震动巴黎。

19世纪30年代中期，大仲马仿效英国作家瓦尔特·司各特，开始创作历史小说。他的小说大多是根据报刊的需要而写，先在报刊连载，后编印出版。有许多作品与别人合写。最初几部小说不很出色，但1844年问世的《三个火枪手》获得巨大成功，小说发表后，大仲马即成为法国最受民众喜欢的通俗小说家。《基度山伯爵》的发表，使他获得更高的声名。这部作品被誉为全世界通俗小说的扛鼎之作，大仲马也因而被后人称作"通俗小说之王"。

此后10余年间，大仲马以极高的速度写小说，他自夸写了400部小说，一般统计有200余部。比较著名的有《三个火枪手》的续篇《二十年后》、《布拉热洛纳子爵》、《玛尔戈王后》、《王后的项链》、《黑郁金香》、《耶羽的伙伴》等。大仲马曾经说："什么是历史？历史就是钉子，用来挂我的小说。"他的小说都有真实的历史背景，但主旨不在于重述历史，而在于渲染主人公的冒险奇遇。他的贡献是在浪漫奇遇和真实背景相结合而构成的境界中以别具一格的方式描写了几百年的法国社会风貌。

因为这些畅销不衰的小说，大仲马获得了巨额稿酬，他本来就慷慨豪爽，有钱之后就更加奢侈。他游历四方，足迹遍布欧洲，还在巴黎郊区盖了极其奢华的"基度山城堡"。因为挥霍、破产和创造力枯竭，大仲马老年时陷入贫困和苦恼，但他还是不知疲倦地办报纸、写文学批评和回忆录，同时一如既往地风流。他最后一个情人是位漂亮的美国女演员，可惜演戏时坠马而死。据说，大仲马埋葬了心上人，在晴空下打着一把蓝色的伞，醉醺醺地来到儿子小仲马的家，一坐下就大声说："我的孩子，我是到你这儿来等死的。"半个月后，大仲马逝世，享年68岁。

2002年，大仲马遗骨被隆重地迎入先贤祠——永久纪念法国历史名人的圣殿。他的灵柩上覆盖着丝绒锦旗，上面题有《三个火枪手》中"人人为我，我为人人"的名言。大仲马成为先贤祠中的第七十人，也是继伏尔泰、卢梭、雨果、左拉和马尔罗之后，第六位进入先贤祠的法国作家。

延伸阅读

《基度山伯爵》是大仲马另一部令人倾倒的巨著，高尔基曾称赞它是一部"令人精神焕发的书"。作品主人公水手邓蒂斯因为替密谋推翻复辟政权的拿破仑党人传送信件，遭到三个效忠复辟政权的无赖之徒的陷害，他越狱之后找到了大量财宝，化名基度山伯爵开始复仇。这部小说是大仲马作品中最富于正义感、政治倾向最鲜明的佳作。小说生动紧张的情节，浓厚的传奇色彩，赋予它强大的艺术魅力。

* * *

亚历山大·小仲马是大仲马的私生子，是可以与父亲大仲马齐名的小说家、戏剧家。1848年，小仲马发表了他的代表作《茶花女》，一举成名。小说讲述了主人公青年阿尔芒与不幸沦落风尘的姑娘玛格丽特之间缠绵悱恻的爱情悲剧，深刻揭露了资本主义社会伦理道德观念虚伪腐朽的本质。1852年，作者把小说改编为戏剧在巴黎上演，引起巨大轰动，《茶花女》遂成为世界经典名剧之一。

悲惨世界

维克多·雨果　Victor Hugo(法国　1802年－1885年)

　　《悲惨世界》的卷首上印着一句话："只要这土地上有着无知和悲惨，像本书一样性质的书就不无裨益。"雨果的文学热情，与那些隐匿于自己个人的生活世界中，玩弄着近乎独语的、令人费解的语言文字的所谓现代作家的"高雅矜贵"的气派决然无缘。20世纪被唤做"战争的世纪"，持续不断的悲惨与杀戮，不正是因为失去了照亮全人类的"人性之光"吗？在这个意义上，我相信雨果是值得一读再读、长读不衰的作家。

——日本作家　池田大作

　　雨果是法国资产阶级浪漫主义文学运动的领袖人物，他的一生几乎经历了法国19世纪社会政治生活中发生的所有重大变革，他的文学作品是他所处的时代的真实写照。雨果在诗歌、戏剧、小说、文艺理论以及政论等各方面都有突出成就，在法国文学史上享有着至高无上的地位。雨果对世界文学的发展影响巨大，是世界上最负盛名的一流文学大师之一。他的作品早已经得到世界各国人们的喜爱与欣赏，是人类文化生活的组成部分。正如法国著名传记作家安德烈·莫洛亚在《雨果传》中所说："时间可以淹没小丘和山冈，但淹没不了高峰，人类遗忘的大海淹没了多少19世纪的作品，而雨果的作品像群岛一样，傲然挺立在大海之上，露出它们那千姿百态的尖顶。"

　　《悲惨世界》是雨果最重要的长篇小说，也是最能代表雨果思想艺术风格的作品。作品对当时的社会现实和人民苦难进行了真实表现并赋予人物和情节以传奇色彩，表现了作家进步的人道主义思想和美好的社会理想。小说规模宏大、内容丰富、气势磅礴，在浪漫主义艺术风格中加入了现实主义的某些因素，实现了二者的完美结合，堪称现实主义和浪漫主义相结合的最高典范，被列夫·托尔斯泰盛赞为"法国当时最优秀的作品"。

　　雨果作为 19 世纪法国资产阶级浪漫主义文学运动的领袖人物，他在高举浪漫主义旗帜的同时提倡作家在作品中"通过真实充分地写出伟大，通过伟大充分地写出真实"，认为只有"真实之中有伟大，伟大之中有真实"，艺术才达到了完美的境界。雨果在创作中体现出自己的理论主张，他的《悲惨世界》正是通过浪漫主义与现实主义的高度结合，成为历史上一切浪漫主义文学中最辉煌的杰作。

　　《悲惨世界》真实地描绘了从拿破仑帝国后期到七月王朝初期法国社会政治生活广阔的画面，通过理想化的情节塑造了理想化的人物，表现出作家对现实的关注和进步的人道主义思想。

　　小说共分五部。第一部《芳汀》讲述了主人公——穷苦的工人冉阿让因为偷了一块面包而被判处五年苦役，又因为越狱而被加重处罚，在监狱中度过了 19 个年头。他出狱后意外地闯进了主教米里哀先生的家。冉阿让受到米里哀主教的感化，立志为善。他改名换姓，来到蒙特猗城，因为发明制造宝石的方法而致富。他做了很多善事，被选举为市长。他认识了身患重病的女工芳汀。她曾经在被欺骗遗弃后生下了私生女珂赛特，为了生活她来到冉阿让的工厂做工，但却被了解她身世的德纳第敲诈勒索，结果被迫沦为妓女，又受到法律的迫害。冉阿让决定帮助不幸的芳汀和女儿团圆。结果为了不连累被误认为是出狱后又犯了盗窃罪的冉阿让的工人，他毅然承认了自己的真实身份，被警察沙威逮捕。

　　第二部《珂赛特》。雨果在开篇以雄浑的笔力再现了滑铁卢战役，悲壮的战斗之后，是盗尸者在进行卑鄙的勾当。这个盗尸者就是德纳第。而寄养在他家的珂赛特备受他们夫妇的虐待。再次越狱的冉阿让花重金将这个女孩带到了巴黎，隐居起来。但是很快他行善的名声引起警方的注意，又一次被沙威追捕。在一个修道院工人的帮助下，他们过上了平静的生活，珂赛特长大成人了。

　　第三部《马吕斯》。马吕斯是一个崇拜拿破仑的进步青年，他和顽固的保王派的外祖父决裂并离家出走。他逐渐形成了共和主义的政治信仰。他邂逅了珂赛特并爱上了她。冉阿让在行善时救济了容德雷特一家，没料到容德雷特就是原来的德纳第。德纳第破产后流浪到巴黎，并以乞讨、行骗和偷盗为生。德纳第洞察到冉阿让的隐私，预谋陷害冉阿让。在马吕斯的帮助下，冉阿让得以逃脱。

　　第四部《卜吕梅街的儿女情与圣丹尼街的英雄血》。冉阿让为了躲避沙威的追捕，迁居到卜吕梅街。马吕斯与珂赛特相遇并产生了热烈的爱情，却遭到了马吕斯的外祖父的阻拦。这时，1832 年的人民起义爆发了，马吕斯参加了圣丹尼街的战斗。

　　第五部《冉阿让》。冉阿让也参加了战斗，却以宽大的胸怀放走了混进街垒被起义者抓住并判以死刑的沙威。在政府军的残酷镇压下,起义即将失败。冉阿让背负着身负重伤的马吕斯逃命的时候,遇见了沙威。沙威在极度矛盾的心理作用下,精神崩溃,投入塞纳河自杀。马吕斯伤愈后,和珂赛特结婚了。但当他们得知冉阿让的真实身份后却疏远了冉阿让并准备完全断绝关系。冉阿让在孤寂中濒临死亡。这时,马吕斯终于认识到冉阿让的高贵品质,他和珂赛特一起探望冉阿让,已经奄奄一息的冉阿让在他们的怀抱中离开了这个世界。

J 经典导读 JINGDIAN DAODU

浪漫主义与现实主义结合的典范之作

流亡在大西洋上的盖纳西岛,1861年6月30日上午8时半,维克多·雨果,法兰西一代文豪,完成了他的长篇小说《悲惨世界》。

这是一轴辉煌的画卷。画幅的卷首可上溯到卞福汝主教经历的1793年大革命高潮的年代,卷末直延伸到马吕斯所参加的1832年巴黎人民起义。在这里,整整将近半个世纪历史过程中广阔的社会生活画面,都一一展现了出来:外省偏僻的小城,滨海的新兴工业城镇,可怕的法庭,黑暗的监狱,巴黎悲惨的贫民窟,阴暗的修道院,恐怖的坟场,郊外寒碜的客店,保王派的沙龙,资产阶级的家庭,大学生聚集的拉丁区,惨厉绝伦的滑铁卢战场,战火纷飞的街垒,藏污纳垢的下水道……这一漫长浩大的画轴中每一个

场景,无不栩栩如生,其细部也真切入微,而画幅的形象又是那么鲜明突出,色彩是那么浓重瑰丽,气势是那么磅礴浩大,堪称文学史上现实主义与浪漫主义结合的典范。

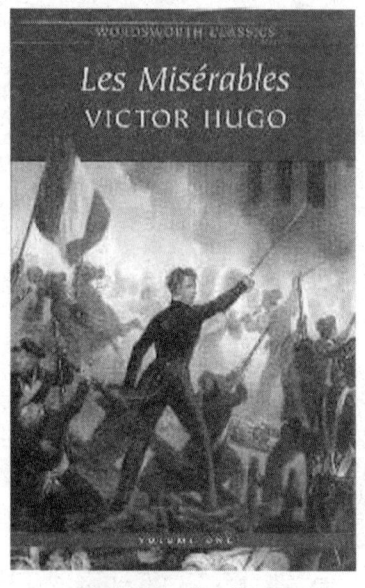

《悲惨世界》英文版封面

小说中的画面描绘,远远超出了表现历史背景与叙述人物故事经历的需要,雨果有意识要为后世留下史笔,他所描绘的这个世纪的两大历史事件滑铁卢战役与1832年巴黎起义,就是极为辉煌的两例。更主要的是,他要在小说里写出历史之流迂回曲折、起伏跌宕的巨变,并且在全部历史景象与过程的中心,安置一个触目惊心的社会现实,即下层人民悲惨的命运。他在小说的序里就指出了"本世纪"的三个问题:"贫穷使男子潦倒,饥饿使妇女堕落,黑暗使儿童羸弱。"因此,可以说,作者要绘制的就是那个世纪中

穷人悲惨生活的画卷。

这是一部雄浑的史诗，是一个人的史诗，但又不限于个人的意义。主人公冉阿让的经历具有明显的奥德修斯式的传奇性，他一生的道路是那么坎坷，他所遇到的厄运与磨难是那么严峻，他的生活中充满了那么多惊险，所有这一切都不下于古代史诗《奥德修记》中主人公的历险。与奥德修斯的史诗不同的是，冉阿让的史诗主要是以他向资产阶级社会强加在他头上的迫害、向不断威胁他的资产阶级法律作斗争为内容的。正因为冉阿让要对付的是庞大的压在头上的社会机器与编织得非常严密的法律之网，雨果要使这个人物的斗争史诗能够进行下去，就必须赋予他以惊人的刚毅、非凡的体力、罕见的勇敢机智。不仅如此，他还被作者赋予现代文明社会的活动能力。雨果笔下的这个人物几乎具有各种非凡的活力，他是一个浪漫主义色彩浓厚的传奇性的主人公。

这个人物的浪漫主义色彩，更重要的是表现在他的道德精神方面，他的精神历程也像史诗一样可歌可泣。他本是一个本性善良的劳动者，社会的残害、法律的惩罚、现实的冷酷使他"逐渐成了猛兽"，盲目向社会进行报复，以致犯下了真正使他终身悔恨的错事，而这种悔恨却又导致一种更深刻的觉悟，成为他精神发展的起点，促使他的精神人格上升到了崇高的境界。

冉阿让并不是一个抽象的人。从出身、经历、品德、习性各方面来说，他都是一个劳动者。他体现了劳动人民各种优秀的品质，他是被压迫、被损害、被侮辱的劳苦人民的代表。他的全部经历与命运，都具有一种崇高的悲怆性，这种有社会代表意义的悲怆性，使得《悲惨世界》成为劳苦大众在黑暗社会里挣扎与奋斗的悲怆的史诗。这是一种浩博精神的结晶，人道主义精神的结晶。

《悲惨世界》问世以来，已有一个多世纪，它在时间之流的大海上傲然挺立，它是不同世纪不同国度的千千万万人民，不断造访的一块艺术胜地，而且将永远是人类文学中一块不朽的胜地。（柳鸣九）

人类苦难的"百科全书"

捧读《悲惨世界》，最突出的感觉，当是厚重之感。这种厚重之感，不是拿在手上，而是压在心头，感到的是人类的苦难厚厚而沉重的积淀。不是写苦难深重的书，都能当得起这"厚重"二字。而《悲惨世界》独能当得起，只因这部大书压在作者心头，达30年之久。

历时30余年，从1828年起构思，到1845年动笔创作，直至1861年才终于写完全书，真是鬼使神差，这在雨果的小说创作中也是绝无仅有的。

这30余年，物非人亦非，发生了多大变化啊！如果说1830年，在他的剧本《欧那尼》演出所发生的那场斗争中，雨果接受了文学洗礼，那么1848年革命，以及1852年他被"小拿破仑"

政府驱逐而开始的流亡，则是他的社会洗礼。流亡，不仅意味着离开祖国，而且意味着离开所有的一切，包括文坛领袖的头衔、参议员的地位等等；流亡，不仅意味着同他的本阶级决裂，而且也同他所信奉的价值观念、文学主张决裂；流亡，给他一个孤独者的自由：从此他再也无所顾忌了，不再顾忌社会、法律、权威、信仰，也不再顾忌虚假的民主、人权和公民权，甚至不再顾及自己的成功形象和艺术追求。流亡，把他置于这一切之外，给他一个大解脱，给他取消了一切禁区，从而也就给了他全方位的活动空间，使他达到历史、现实和未来所有视听的声音。

雨果在盖纳西岛过流亡生活期间，就是从这种全方位的目光、全方位的思想，重新审视一切，反思一切。在此基础上，他不仅对《苦难》手稿做了重大修改和调整，还大量增添新内容，终于续写完书，定名为《悲惨世界》。整部作品焕然一新，似乎随同作者接受了洗礼，换了个灵魂。这是悲惨世界熔炼出来的灵魂，它无所不在，绝不代表哪个阶层、哪些党派，也不代表哪部分人，而是以天公地道、人性良心的名义，反对世间一切扭曲和割割人的生存的东西，不管是多么神圣的、多么合法的东西。

世间的一切不幸，雨果统称为苦难。因饥饿偷面包而成为苦役犯的冉阿让、因穷困而堕落为娼妓的芳汀、童年受苦的珂赛特、老年生活无着的马伯夫、巴黎流浪儿伽弗洛什，以及甘为司法鹰犬而最终投河的沙威、沿着邪恶的道路走向毁灭的德纳第，这些全是有代表性的人物，他们所经受的苦难，无论是物质的贫困还是精神的堕落，全是社会的原因造成的。雨果作为人类生存状况和命运的思考者，能够全方位地考察这些因果关系，以未来的名义去批判社会的历史和现状，以人类生存的名义去批判一切异己力量，从而表现了人类历史发展中的永恒性矛盾。正是在这个意义上，《悲惨世界》可以称作人类苦难的"百科全书"。（李玉民）

大师传奇 DASHI CHUANQI

维克多·雨果的一生几乎跨越了整个19世纪，不同的历史时期在他的文学活动中都有所表现，他的政治观点和文学观点也随着社会变革发生变化。他的思想中有很多矛盾的地方，因此在文学创作中走过弯路，但是他始终怀着充沛的社会正义感和真诚的人道主义精神去创作，因此成为永远为世人景仰的伟大作家。

1802年2月26日，雨果生于法国东部的贝藏松。他的父亲出身平民，曾经参加了拿破仑军队，但在波旁王朝复辟后，因为得到了将军、伯爵的头衔而宣誓效忠波旁王朝。母亲则一直是个保皇派。由于家庭的影响，青年时代的雨果政治立场保守。他早期的作品大都具有保守主义倾向，很多是反对革命、拥护波旁王朝的。如1819年创办的《保守文艺双周刊》，1822年发表的《颂诗集》。并且因为其中歌颂了王朝和天主教而获得国王路易十八的年金赏赐。1823年和1826年先后发表了小说《冰岛魔王》和《布格·雅尔加》，都不成熟，而且后者流露出保皇主义倾向。雨果在查理十世上台后，政治态度开始转变。1826年，他与维尼、缪塞、大仲马、诺缔埃组成第二文社，开始明确反对伪古典主义。1827年，雨果发表了著名的战斗性的浪漫主义宣言《〈克伦威尔〉序言》，成为浪漫主义文学运动的领袖。《序言》标志着浪漫主义对古典主义的公开决裂，对当时文学艺术的解放和发展产生了巨大的影响。

1829年雨果发表了浪漫主义诗集《东方吟》，表达了他对20年代希腊人民争取独立斗争的同情。同年出版的中篇小说《一个死囚的末日》，是雨果抽象人道主义思想最早的表现。1830年2月25日演出的在法国文学史上被称为划时代作品的《欧那尼》，体现出雨果在《序言》中提出的艺术自由的思想，标志着浪漫主义戏剧对伪古典主义戏剧的胜利。

1830年，七月革命爆发后，雨果创作出歌颂革命的颂诗《年轻的法兰西》。1831年，雨果完成了浪漫主义长篇小说杰作《巴黎圣母院》，抒情诗集《秋叶集》，并上演了剧本《玛丽蓉·德·洛尔墨》。此后，雨果相继发表了剧本《国王取乐》、《吕克莱斯·波基亚》（1832年）、《玛丽·都铎》（1833年）、《安日洛》（1835年）、《吕意·布拉斯》（1838年）；诗集《黄昏之歌》（1835年）、《心声集》（1837年）、《光与影集》（1840年）；小说《克洛特·格》（1834年）以及杂文《文学与哲学札记》（1834年）。这一时期的作品都充满了强烈的反封建反教会精神。

1843年他的剧本《城堡里的伯爵》上演遭到失败，宣告浪漫主义戏剧繁荣的终结。此后几年，雨果的文学创作处于沉寂状态。他积极参加政治活动，虽然思想有过动摇，但最终坚决地支持共和。在1851年总统路易·波拿巴发动反革命政变，宣布帝制时，雨果反抗失败，被迫流亡国外。

雨果在19年的流亡期间，发表了大量政论，对拿破仑三世的独裁政权进行了坚决的斗争。与此同时，他重新开始了文学创作：诗集《静观集》（1856年）、《历代传说》（1859年）、《街头与森林之歌》（1865年），还有著名的长篇小说《悲惨世界》（1861年）、《海上劳工》（1866年）、《笑面人》（1869年）以及文艺评论《莎士比亚论》（1864年）都是这个时期的作品。

1870年，拿破仑三世垮台，雨果回到巴黎并受到巴黎人民的热烈欢迎。在普法战争期间，雨果参加了国民自卫军，并为抗战捐款。1871年巴黎公社起义失败，雨果虽对起义缺乏理解，但还是毅然挺身而出，为公社辩护并提供住宅为其避难。1872年发表了《凶年集》，表达了他在普法战争和巴黎公社时期的思想感情。

1874年，雨果发表小说《九三年》，这是他的最后一部重要作品。1877年后，雨果还创作了一些诗集、戏剧和政论等等。

1885年5月22日，雨果在巴黎逝世，被安葬在伟人公墓，法兰西举国志哀。

《巴黎圣母院》是雨果的另一部浪漫主义杰作，也是他第一部取得巨大成就的浪漫主义小说。故事发生在15世纪路易十一统治时期，道貌岸然、心肠毒辣的巴黎圣母院副主教克罗德看上了美丽纯洁的吉卜赛少女爱斯梅拉达。他指使教堂里面目丑陋却心地善良的敲钟人卡西莫多劫持爱斯梅拉达。不料爱斯梅拉达被弓箭队队长弗比斯救出，并爱上了这个轻薄的军官。克罗德因此怀恨在心，开始残酷地迫害这个无辜少女。他刺伤弗比斯并嫁祸于爱斯梅拉达，将她处以死刑。卡西莫多怀着对爱斯梅拉达的爱慕之情奋不顾身地在刑场上救下了她，并藏在了教堂顶楼。但是最终爱斯梅拉达没能逃脱被专制阶级处死的悲剧命运。在她行刑之日，卡西莫多将克罗德从楼顶推下摔死，并且失踪。两年后，人们在墓地发现了他和爱斯梅拉达紧紧拥抱在一起的尸骨。雨果在小说中揭露了宗教的虚伪、封建统治的罪恶，赞美了下层人民舍己为人、勇于斗争的精神，表现出作者的资产阶级人道主义思想。

* * * *

《九三年》是雨果最后一部重要的作品。小说描写了1793年共和国军队镇压旺岱反革命叛乱。反革命头子朗特纳克侯爵本已经逃走，但是为了救出困在大火中的三个孩子，他又重新回来，结果被捕。革命军年轻的司令官郭文被他的行为感动，于是私自放走了他，并因此获罪，最终被送上断头台。这个震撼人心的故事如同一部壮丽的人道主义诗篇。雨果由此提出"在绝对正确的革命之上，还有一个绝对正确的人道主义"。

包法利夫人

居斯塔夫·福楼拜　Gustave Flaubert（法国　1821 年－1880 年）

> 《包法利夫人》一出现，就形成了整个一种文学进展……《包法利夫人》的清澈与完美，让这部小说变成同类的标准，确定无疑的典范。
>
> ——法国著名作家　左　拉

在 19 世纪的法国文学大师辈出的年代，继批判现实主义大师司汤达和巴尔扎克之后，出现了另一位致力于现实主义创作的文学大师——福楼拜。他在艺术上另辟蹊径，立志创新，形成了自己独特的风格。福楼拜不仅丰富和发展了 19 世纪的现实主义，而且为 19 世纪后期的作家所师承，在法国文学史上起着重要的桥梁作用。

福楼拜一生著述不多，以一部《包法利夫人》赢得了极大的声誉。《包法利夫人》是世界十大文学名著之一，作者从资产者的平淡无奇的日常生活中撷取题材，描绘了一幅地道的法国 19 世纪的外省风俗画。它的艺术达到了新的高度，通过个性化的语言描写人物，用浪漫主义语言展示浪漫主义个性。尤其是作者在小说创作中运用的"纯客观"艺术手法，对后世影响很大。马克思的女儿爱琳娜认为"这部完美无缺的小说"出书以后，"在文坛上产生了类似革命的效果"。

福楼拜开始创作活动的时候，巴尔扎克已经去世。20 世纪 50 年代初期，法国一直没有出现重要的长篇小说。《包法利夫人》的发表标志着巴尔扎克之后第一部重要的长篇小说的出现。

K 旷世杰作
KUANGSHI JIEZUO

小说《包法利夫人》的主人公爱玛是外省一个富裕农民的女儿，她的父母希望她能够受到大家闺秀的教育，把她送到修道院里度过青年时代。结果爱玛深受消极浪漫主义文学的不良影响和宗教的熏陶，头脑里充满了无名的感伤，幻想过浪漫主义小说中所描写的恋爱生活。然而，在爱玛的实际生活中，她身边的人每天庸庸碌碌，为衣食奔忙，和那种贵族社会的"风雅"生活相距甚远。由于父亲对她十

分疼爱，因此她不用操劳家务，每天无所事事，只是期待着幻想中的爱情的到来。

这时包法利医生出现了。他治愈了爱玛父亲卢欧老爹不小心摔断的腿，并且刚刚丧偶。卢欧对包法利非常欣赏，并把女儿爱玛嫁给了他。但是，包法利是一个平庸无能的人，他智力低下，性格软弱，满足现状，毫无理想，与爱玛理想中的爱情格格不入。

正当爱玛感到梦想破灭的时候，她在沃比萨舞会上遇到了子爵，爱玛为风度翩翩的子爵所倾倒，但这对她来说却是可望而不可即的。为此，爱玛大病一场。包法利为了解除爱玛的烦闷，便迁往荣镇定居。在这里，她认识了年轻的实习生莱昂，并且两个人一见钟情，但是莱昂虽然对爱玛有意，却胆小怕事，不敢向她进攻就到巴黎去了。爱玛又一次回到了百无聊赖的生活中。这时，情场老手罗道尔弗乘虚而入，用花言巧语骗取了爱玛，使爱玛错把他当成了自己梦寐以求的情人，并且要求和他一起私奔。罗道尔弗本来对她就是逢场作戏，后来对她日益冷淡，最后竟然抛弃了她。爱玛的梦想又破灭了。她试图斩断私情，把精力转向对丈夫和孩子的爱，并且希望丈夫在事业上一举成名。然而，包法利却不争气，还几乎断送了一条人命。

爱玛绝望了。爱玛在剧院又遇见了从前的莱昂，莱昂经过巴黎酒店女郎的熏染，已不是当年含情脉脉、羞羞答答的小男孩了。他们开始了幽会生活，虽然爱玛感觉到情妇生活和夫妻生活一样平淡无奇，但她已经过惯了腐化堕落的生活，并且债台高筑，她把包法利的财产和积蓄都送到了高利贷者的腰包，如果不偿还债款，就要扣押财产了。这时，莱昂对爱玛已经失去了兴趣。爱玛向勒和、公证人、莱昂甚至罗道尔弗求助，却没有人肯帮助爱玛。在走投无路的情况下，爱玛选择了服毒自杀。包法利怀着沉痛的心情埋葬了爱玛后不久，也离开了人世。

小说以简洁而细腻的笔触，再现了19世纪中叶法国的外省生活，描绘了鲜明逼真的人物形象，具有巨大的揭露意义，成为法国19世纪批判现实主义文学中的一部优秀作品。

经典导读 JINGDIAN DAODU

爱玛与安娜

我们不妨拿托尔斯泰笔下的安娜·卡列尼娜与爱玛做一个简单对比。安娜为爱情抛弃的一切，正是爱玛毕生追求的梦想：尊贵的地位，豪华的生活，奢侈的物质享受与上流社会的迎来客往。事实上，爱玛的理想就是安娜的现实，真正追求理想爱情的安娜·卡列尼娜，这种追求的热情与纯真使她远离了现实，从而进入了一个超凡脱俗的境界。而爱玛则在热情的浪漫中时时透出一股讲求实际的意味，为自己的是否拥有高雅的气派耿耿于怀，这样，爱玛便失去了超凡脱俗的可能性。爱玛最后被债务所逼服毒而死，安娜则是为内心的热情驱使，最后死于火车轮下。因此，爱玛的悲剧是一个现实生活的悲剧，而安娜·卡列尼娜则是一种真正的诗性的献祭。在这个意义上讲，安娜是高尚的，爱玛则是世俗的。

《包法利夫人》英文版封面

这其实涉及作家对人生的态度与立场。在对待人生、历史和世界的总体态度上，福楼拜要比托尔斯泰清醒得多。托尔斯泰对现实不满，但在总体上对人类还未失望，他在诅咒贵族的同时却在鞋匠的窝棚里发现了人生的光明，正是这束理想之光，燃烧了他的人文主义热情。但福楼拜对人生却没有如此明媚的信念，他灵魂深处精神的失重败坏了他的心境，犹如站在不顺心的位置上，望出去一切都会变得歪歪斜斜的，以致他所看到的往往是事物相反的一面，看到孩童，脑中立刻浮现老人；看到摇篮便想到墓场；面对夫人，不由得联想她的骨骸；看到幸福，则引发悲思；看到悲伤的事情时，则产生事不关己的心情。他让爱玛的浪漫一步步走向绝路，让人一点没有做梦的企图，同时对我们说：人生、世界并不值得热爱，盲目的爱恋结果只是幻灭。正是这一深刻的厌世倾向使作家承认：爱玛——这就是我！

也正是这一怀疑主义的人生姿态使福楼拜扬弃了人文主义的天真与自信，变得冷静而不动声色。在小说中，我们是看不到那种扁平单一的漫画式肖像，而且故事也不以情节巧妙取胜，只是仅仅将精心选择的偶发事端安置在平稳发展的小说的程序中，犹如一道缓慢的生活流，清澈、明净、洗练，没有大起大落的波动，无怪乎写到爱玛的尸首时，照样用一种从容不迫的叙述节奏，仿佛铁石磨成的镜子那么漠然而不动情，也不值得动情，因为作家对人生的丑陋早已厌倦，以致懒得震惊。

福楼拜的《包法利夫人》，为西方近代小说史划出了一个新阶段。一个半世纪以来，他笔下的包法利夫人正以她那经久不衰的艺术个性让每一个不同时代的人们不断认识她的丰富内含。从某种价值层面上讲，包法利夫人的生命活力，她的青春激情，她对生活的无休止追求，以及她理想实现的途径，不仅是她个人的，而且是普遍的，也可以说是整个人类的。1875年12月，福楼拜在给乔治·桑的信中说："我总是强迫自己深入事物的灵魂，停止在最最广泛的普遍性；而且存心使自己回避偶然性与戏剧性。"正是爱玛身上蕴藏着的一种人类共有的普遍性，所以不仅是作者，甚至我们每个人都可以这么说："包法利夫人就是我！"（富华）

被忽视的查理·包法利

查理·包法利对作品主题的深化起到了不容忽视的作用，历来的研究者和教科书似乎都忽略了这个人物的存在。他似乎只是一个陪衬或道具，可有可无。我们好像忘记了，查理·包法利在小说中也是一个有血有肉的人物，也属于福楼拜塑造出来的特殊"典型"。而且，整部小说是以包法利上学作为开端，他的死亡作为全篇的终结——爱玛死后，他又硬撑了一段时间，才在这个残酷的世界上消失。如果我们把这部作品作为某一个人物的传记来读，传主只能是查理·包法利，而不是爱玛。虽然在作品中的某些章节，查理的活动、思想的确描述得比较简略，但这并不意味着这个人物不重要。事实上，当爱玛死后，查理读到妻子的情书时，那些被作者省略掉的部分便重新被照亮了，我们仿佛把小说又重读了一遍。在小说的结尾，包法利获悉妻子背叛后的心理活动过程，作者也没有详细的交代，然而我们即便把包法利本人的"弱智"、"迟钝"和"憨愚"等特征考虑进去，亦不能得出结论说，查理对妻子的偷情与背叛全然无动于衷。（他最后轻易地就原谅了他的情敌鲁道尔弗的时候，他想了些什么呢？）

爱玛与查理具有完全不同的性格心理特点，我们不应在这一点上把两个人物混为一谈。然而，我认为，从一个更大的范围内来说，在作者的某些特殊的暗示之下，这两个人物不仅属于同一个社会阶层，而且属于同一个文化类型。相对于那个日益成熟、严酷的资产阶级社会来说，他们两个人都有着某种先天的缺陷。一个充满热情与幻想，浪漫与天真；一个缺乏生活情趣、智力平庸、感觉迟钝，然而都属于不合时宜的弱者。在查理·包法利的迟钝、平庸、古板、懦弱的背后是宽厚、淳朴与善良，这样一个人物如果出现在《十日谈》或《堂吉诃德》里，也许还会带上一点喜剧色彩，然而他是生活在19世纪中叶的法国，他会有怎样的遭遇呢？

爱玛看清了这个社会的真实状况已为时太晚，她在面临破产的威胁、百计无施之时，作者没有容她多活一天，立即就让她喝砒霜死掉了。因此，爱玛是一个真相的目击者，但她却没有时间去咀嚼苦难。而查理·包法利却是一个苦难的承受者。他对苦难的承受完全是被迫的，如果没有爱玛，他可能终其一生都觉得满足（因为他智力迟钝，感受力比较麻木），然而他不仅目睹了妻子的惨死，而且通过她留下的情书获悉了所有的隐情与秘密，进而认识了这个社会的基本真相。他不善表达，天性愚钝，他在获悉真相之后选择了沉默。

作者没有过多地渲染他的悲伤、

绝望和痛苦，而是让他静静的一声不吭地靠在墙上死去了。作者没有写出来的部分，读者却看得很真切。让一个迟钝、麻木的人去承受全部的灾难，作者的确是残酷了一点。所以，这部作品的主题在很大程度上都与爱玛的悲剧有关，但却是通过查理·包法利而最终完成的。（格　非）

大师传奇　DASHI CHUANQI

居斯塔夫·福楼拜是19世纪中叶继巴尔扎克之后最重要的批判现实主义作家。他对现实生活的描绘不及司汤达的图景那样深刻，更不及巴尔扎克的画卷那样广阔辉煌，他是资产阶级社会日常生活细致的观察者，给19世纪中叶的法国现实生活，提供了虽然并不全面、却是非常真实和典型的写照，因此代表着批判现实主义的新阶段。

福楼拜

1821年12月21日，福楼拜出生在卢昂一个世代为医的家庭里。他的父亲是主任外科医生，并从1818年起担任卢昂市立医院院长。福楼拜18岁时按照父亲的意愿来到巴黎攻读法律，并结识了仰慕已久的大作家雨果。他自小爱好文学，对法律并不感兴趣，在1843年因神经系统的疾病放弃了法律，开始致力于文学创作。1845年，父亲去世后，福楼拜搬到卢昂近郊的克罗瓦塞别墅居住，埋头写作并终其一生。在此期间，他曾经几次和朋友出游，到过布列塔尼、诺曼底以及埃及、巴勒斯坦、叙利亚、土耳其、希腊和意大利、伦敦等一些地方，对社会加深了认识，为小说创作提供了真实可信的材料。

福楼拜从十几岁起就开始创作，写过一些并不成熟的小说和剧本。这些作品深受浪漫主义影响，或者表达了作者的忧思愁绪，如《狂人回忆》；或者描绘了中世纪惨无人道的罪行和恶魔般的人物，如《佛罗伦萨的鼠疫》、《路易十一》；或者嘲弄资产者，表达对社会的不满，如《伙计》；或者描写隐士与魔鬼冲突的宗教传说，如《斯玛尔，古老的秘密》，等等。小说《十一月》（1842年）描写了一个年轻人的遭遇，他追求爱情，遇到的却是妓女，等待他的是死亡。小说的忧郁悲观情调反映了福楼拜当时的思想状况，标志着他青年时代的写作的终结。1843至1845年他写了《情感教育》的初稿，叙述了两个年轻人的生活，表达了作者对哲学和美学的见解和对自由、正义、幸福、爱情的向往。1848年至1849

年,福楼拜尝试写作了《圣安东的诱惑》以及一些旅行札记。

从1852年起,福楼拜花了4年多的时间从事长篇小说《包法利夫人》的写作。他并不急于发表作品,而是要闯出自己的新路。1856年,《巴黎评论》发表了这部小说后,轰动了文坛。福楼拜获得了盛誉,然而却因为小说批判的锋芒触犯了当局而受到控告。之后,福楼拜开始从事古代题材的创作,于1826年发表了《萨朗波》,得到好评。但福楼拜仍然关注现实,他从根本上改写了青年时期《情感教育》的旧稿,于1869年发表,但遭到舆论界的冷眼对待。福楼拜又重新转向了古代题材的创作,修改出版了旧稿《圣安东的诱惑》(1874年)。同年,他还写了剧本《候选人》。1875年至1876年,他写出了《三故事》(1877年)中的《淳朴的心》。

福楼拜终生过着独身生活,在晚年培养了莫泊桑,左拉和都德等作家也都尊他为老师,并受到他的直接影响。1880年5月8日,福楼拜去世。他未完成的遗作《布瓦尔和佩居榭》于1881年问世。

延伸阅读
YANSHEN YUEDU

梅里美是法国著名的中短篇小说大师。脍炙人口的中篇小说《嘉尔曼》是他的代表作。小说主人公吉卜赛女郎嘉尔曼是一位大胆追求个性解放的女性,她酷爱自由,在爱情中坚持自我的独立,宁死不愿受到男子的约束。这个形象糅合了灵敏、机巧、泼辣、大胆等特点,并富有浪漫情调。小说文字流畅自然,清朗明快;情节曲折跌宕,带有地方特色和异国情调;人物性格鲜明突出,具有传奇色彩。小说曾经被改编为世界著名歌剧《卡门》,风靡世界,经久不衰。

* * * *

乔治·桑是法国著名的女作家。她的长篇小说《安吉堡的磨工》是一部反映现实生活的作品。小说主要讲述了勤劳善良的磨工格南·路易和暴发户的女儿罗斯从相爱到结合的曲折过程,表现出女作家崇高的社会理想和爱情观。乔治·桑的作品文字清新质朴,描写细腻动人,是一位风格独特的小说家。

恶 之 花

夏尔·波德莱尔　Charles Baudelaire(法国　1821 年－1867 年)

> 到了波德莱尔,法国诗歌终于走出了法国国境。《恶之花》被全世界的人诵读,没有一个诗人能比波德莱尔引起人们更多的热烈情绪。
>
> ——法国象征主义诗人　瓦莱里

在 19 世纪法国文学史上,只有一位诗人可以和雨果并肩而立,他就是和雨果同时代的大诗人夏尔·波德莱尔。他不仅是一位重要诗人,也是一位文艺批评家。他勇于在浪漫主义文学群星灿烂的时代独辟蹊径,开创自己的艺术世界。他的创作上承浪漫主义的余绪,下开象征主义的先河。他的影响遍及西方现代诗歌中的各种流派,T·S·艾略特把他奉为"现代所有国家中诗人的楷模"。

《恶之花》是奠定波德莱尔文学地位的杰作,也是一部颇有争议的作品。因为它对现实社会的"恶"的诅咒和对人的内心深处的挖掘,使它曾遭到法兰西卫道士们的猛烈抨击,但是也得到了许多有识之士热烈的赞扬。雨果就称《恶之花》中的诗篇"像星星一般闪耀在高空"。1978 年 11 月 1 日,法国《快报》周刊(第 1426 期)公布了一份《法国在读书》的调查报告,报告表明:46％的读者喜欢阅读波德莱尔的作品,而所谓"波德莱尔的作品",只能是《恶之花》和他的散文诗集《巴黎的忧郁》,而后者可以说是前者的形式上的对应物,在精神上"仍然是《恶之花》"。此类调查报告几乎年年都有,而波德莱尔和他的《恶之花》也几乎总是名列前茅。随着时间的流逝,越来越多的人理解了《恶之花》深刻的内容和新颖的艺术形式所体现出来的划时代的意义,并将它置于世界文学经典的行列。

K 旷世杰作

法国伟大的诗人、批评家夏尔·波德莱尔在年轻时曾决心"做一个大诗人,却不是做拉马丁,也不做雨果,也不是做缪塞"。他渴望创造属于自己的辉煌,并最终做到了。他的诗集《恶之花》是一部划时代的不朽奇书,

青少年必知的文学经典　QINGSHAONIAN BIZHI DE WENXUE JINGDIAN

在世界文学发展史上永远闪耀着独特的光芒。诗人在这部诗集中,放进了他"全部的心、全部的温情、全部的信仰",为世人展现了一个孤独、忧郁、贫困、颓废、病态的诗人追求光明、幸福和理想却遭遇失败的所有一切的感情。雨果说:"《恶之花》的作者创作了一个新的寒颤。"

《恶之花》共100首,自始至终都表现了两个世界的对立、斗争:现实世界和想象中的世界,资本主义世界和诗人理想的世界,魔鬼的地狱和上帝的天堂。

第一部分是《忧郁和理想》,这是全集中分量最重的部分,充分反映了诗人精神上和肉体上的苦难以及他为求得解脱而做出的精神上的努力。在诗中,诗人从出现在世界上就被母亲诅咒、世人嫉恨,并且得不到理解,又受到疾病和贫困的折磨、懒惰和厄运的困惑。在精神和物质的双重打击下,诗人试图通过对美的追求实现自己的理想,然而结果是一片迷茫。接着,诗人又转向了对爱情的追求,却在爱情的折磨中失去了自己的心。美和爱情都未能排遣诗人内心的忧郁和焦灼。

于是,诗人的目光从内心转向外部世界,他看见了巴黎。他进入这个城市,试图出污泥不染,静观城市的景色,倾听人语的嘈杂,远离世人的斗争。但是,乞丐、天鹅、老人、过客、娼妓和疲倦的工人不断地映入诗人的视线,他们的痛苦使诗人的内心不能平静,他只能在梦境中感受到光明和美好。当诗人醒来时,看到的仍是那个"愁苦麻木的世界"(《巴黎的梦》)。

诗人不得不求助于酒。可是,酒给人带来的境界和梦一样是虚幻的,醒来时一切依然如旧。于是,诗人像但丁深入地狱一样,到那盛开着"恶之花"的地方去探险,这地方就是人的心灵的最深处。诗人来到人最卑劣的情欲中去,大胆地为世人采撷了几朵恶之花。然而,诗人在罪恶之国漫游,得到的是绝望、死亡、对自己沉沦的厌恶。他曾经希望人世的苦难都是为了赎罪、为了重回上帝的怀抱而付出的代价,可上帝无动于衷。波德莱尔对上帝的存在产生了怀疑,最终"向上帝吐出它的诅咒"。

诗人历尽千辛万苦,最后到死亡中寻求安慰和解脱。他歌颂死亡,从死亡中看到了希望。他的总结是:一切追求和理想到头来都是一场失败,人的灵魂依然故我,恶总是附着不去,在人类社会的旅途上,到处都是"永恒罪孽的令人厌倦的景色",人们只有一线希望,就是离开这个世界,到遥远的深渊里去"发现新天地"(《远行》)。这是诗人饱经忧患,毕生的追求留下的唯一的微弱的希望。诗人的悲观厌世正是出于对这个世界的强烈的爱,然而,他不能改变这个充满着"恶"的世界,他只有选择离开。这是一个时代的悲剧。

经典导读

伊甸园中的一枚禁果

波德莱尔曾经是个神话,而《恶之

青少年必知的文学经典

花》则是这个神话的主要来源。在法国，这个神话早已被打破了，波德莱尔成为无可争议的大诗人，《恶之花》成为法国文学史上具有划时代意义的优秀作品，并得到了世界文坛的承认。波德莱尔一夜之间得到的恶名，终于在历史的长河中被洗刷干净了。然而，在法国以外的有些地方，波德莱尔的神话仍然不同程度地存在着。不过这终归要被打破的，因为在法国之外的地方（其实法国之内也有许多地方），这种神话多半是"曾参杀人"式的传说。

《恶之花》英文版封面

波德莱尔在一些人的心目中被看作是一个颓废的诗人，他的《恶之花》被看做是对丑恶的美化、迷恋、欣赏和崇拜。然而当我们读过《恶之花》之后，我们明白了，这并不是事实。我们不能说他是一个颓废的诗人，我们只能说他是一个颓废时代的诗人，一个对这个时代充满了愤怒、鄙夷、反抗和讽刺的诗人，他以雄浑有力而非纤弱柔媚的笔触揭露了他那个时代的丑恶和黑暗，而字里行间却洋溢着对光明和美好的向往和追求，并且描绘了一个虽然虚无缥缈、却毕竟是针锋相对的理想世界。

在《恶之花》中，我们看到，那些"丑恶的画面"总是作为波德莱尔的理想的对立面出现的，它们是诗人厌恶、鄙视、否定和抛弃的对象。有时候他因无力反抗而流露出无可奈何的悲观情绪，这正是在资本主义社会中一个作家不能真正摆脱他所痛恨的阶级的精神痛苦，而有时则是他的某种病态心理的反映，波德莱尔是一个对资产阶级、他们的社会、他们的道德标准深恶痛绝的作家，又是一个极其敏感、精神上受过戕害的知识分子。他一生中处处碰壁而又不知回头，事业上屡遭挫折而又不肯随波逐流，在愤激之余，写出一些故意骇世惊俗的东西，"恐吓安分守己的资产者"。其实，在一个病态的社会里，这倒毋宁说是一种正常的心理，其中有正当的反抗，也有由于偏激而造成的错误，也有因抵制不了诱惑而染上的恶习。

对于全部《恶之花》，我们同意巴尔贝·多尔维利的话："波德莱尔先生采撷了《恶之花》，但是他没有说这些花是美的，是香的，应该戴在头上，拿在手里，他没有说这样做是明智的。相反，当他说出它们的名字的时候，他践踏了它们。"是的，波德莱尔践踏了

它们，而没有连根铲除它们，他不知道它们的根在哪里。他在人性中寻找，他在基督教的原罪说中寻找，而不知道在社会制度中寻找，这是他的局限。

一部文学作品的价值不在于它提供了多少值得仿效的人物和行动，而在于它能否为人生开拓出新的天地，或者它是否在一定程度上反映出人类生活的某些本质方面，以及它所蕴涵着的洞察、启迪和教育的力量。事实证明，波德莱尔的诗在七月王朝时到处碰壁，受到冷遇，在第二帝国时受到法律追究，被视为洪水猛兽，它更不能为资产阶级所容。《恶之花》的意义恰恰在于：它以一把锋利的解剖刀，打开了一个在资本主义制度的重压下，在丑恶事物的包围中，渴盼和追求着美、健康、光明和理想但终未能摆脱痛苦和沉沦的人的内心世界，那里面既有着与资本主义社会相对立的东西，又有着悲观的结论，从而暴露出这个社会的黑暗、腐朽和不合理，反映出正直善良的人们在这个社会的价值观念的范围内寻求出路是不可能的。（郭宏安）

诗人的楷模

一个对诗不大敏感的人，去理解波德莱尔并非是件易事。

诗人往往代表着某种不幸的，即其个人的命运。这种不幸使得他们的内心痛苦，而恰恰是这痛苦使得他们内心充满了力量。诗人就是具有这么一种神奇的能力，即将痛苦转化为另一种东西（诗、艺术等具有永恒色彩的东西）。

从一般意义上说，诗来自于痛苦，这是事实，但是诗本身并不是显示了诗人内心的痛苦，它往往是给人向上的力量的。而对于波德莱尔来说，他就是这种意义上的诗人。他内心痛苦，喜欢写诗，但是写出来并不是世人所谓的"高尚的作品"。他的痛苦是那么直接，完全在诗的字里行间里，似乎还没有转化成另外一种东西，那么赤裸，仿佛是直接的痛苦。他承认自己内心一片黑暗，并不承认自己幸福，也不承认自己是个圣徒，要为人类要承担什么不幸。他说内心是恶的，而且有一种变态的心理，沉湎于恶所带来那种乐趣。这样写也是他的一种勇气，或者说他内心是真实的、坦诚的。

过去的文学作品可以这么说，他们总是为了说明自己是多么多么的纯洁、善良，充满正义感，仿佛"举世浊，唯我清；举世醉，唯我醒"一样，一副无辜的让人来同情的样子。而波德莱尔是这样，我这个人其实是一无是处的，因为我存在着恶，与恶纠缠在一起，没有彻底战胜了恶，恶与我的命运或者说人生贯穿起来。他说过，"透过粉饰，可以掘出一个地狱来"，他首先掘出了自己内心里的那个地狱。

正是这种直接切入事物本质的文风，让恶的本性暴露在阳光下，说出自己在为恶，与那些口口声声自己在做某种伟大的事业，而内心一片黑暗的人比之起来，更是一种勇气，一种率真。他这样做才真正宣告了文学的现代性到来了。

为恶——承认乃是一种勇气;为恶——饰非乃是一种虚伪。

他写《恶之花》并不是想引人入歧途,而是出于某种道德诚赏的。他希望这些诗的良苦用心能够得到人们的理解。波德莱尔是要人们理解他的用心,他是想让人面对自己,坦诚地面对自己,不假模假式,从他的坦诚中寻找到生命的本原,从而走向真的天堂。

因此也不难理解他从生理上厌恶那些一本正经的正派人士。他们总是遮遮掩掩,无法使自己真实起来,赤诚地面对生命的本原。而这些正派人士也无法容忍波德莱尔的诗作。正是这双方面的原因波德莱尔很长一段时间不能让人理解。后来,波德莱尔才越来越为人所称道。兰波是步波德莱尔之后的法国象征主义诗人,他是这样称波德莱尔是"第一具慧眼者,是诗人之王,一个真正的上帝"。而写了那著名的《荒原》的艾略特说波德莱尔已经成为"现代所有国家中诗人的楷模"。

《恶之花》本身是一个世界,这个世界就是波德莱尔的坦诚。(佚 名)

波德莱尔

大师传奇

DASHI CHUANQI

夏尔·波德莱尔不仅是法国象征派诗歌的先驱,而且是现代主义的创始人之一。瓦雷里说:"波德莱尔是光荣的顶点",兰波尊他为"最初的洞察者,诗人中的王者,真正的神"。

波德莱尔1821年4月9日生于巴黎。他的父亲出身农民家庭,曾经在巴黎大学受过教育。他在60岁的时候和一个26岁的女子结婚,两年后生下了波德莱尔。波德莱尔6岁时,父亲去世。年轻的母亲很快就改嫁给一个思想古板、褊狭的军人欧比克。波德莱尔不愿顺从继父的意愿做一个循规蹈矩的官场人物,而是向往过"自由的生活",因此父子矛盾重重。1839年,波德莱尔通过了中学毕业考试,他热爱文学,力求挣脱家庭的束缚,终日沉湎于酒吧间和咖啡馆,和一群玩世不恭的文学青年结交。继父为了改变他的生活,决定让他出游。1841年,波德莱尔从波尔出发,开始旅程,但不久又返回巴黎。1842年,继父去世,给他留下约10万金法郎的遗产,波德莱尔开始起了挥金如土的浪荡生活。他处处标新立异,藐视资产阶级传统观念和道德价值。这时,他认识了在一家小剧场跑龙套的女子冉娜·杜瓦

尔,并且关系亲密,她对波德莱尔今后的生活和创作有很大影响。波德莱尔的挥霍使家庭对他进行了严格的经济管制,定期发给他少量的生活费。从此,波德莱尔就在债主的追索下生活。1845年,波德莱尔发表了画评《1845年的沙龙》,以其新颖的观点震动了评论界,第二年,《1846年的沙龙》更以一套相当完整的文艺观,奠定了他的艺术评论家的地位。从1847年开始,波德莱尔对美国作家爱伦·坡产生了浓厚的兴趣,并着手翻译他的作品。

1848年革命使波德莱尔对资产阶级社会的愤怒和反抗找到了喷火口。他也登上街垒,参加战斗,但是他并不理解这次革命的意义。

1852年以后,波德莱尔的创作进入高潮,到1857年《恶之花》出版前,他先后发表了20多首诗、10余篇评论以及大量译作。1857年6月25日,《恶之花》出版后,立即遭到第二帝国的卫道士们的攻击和诽谤,同时也得到了包括雨果在内的许多著名作家的赞誉。4年后,第二版问世,获得成功。之后波德莱尔先后出版了《1859年的沙龙》、《人造天堂》以及不少散文诗,巩固了他在文坛的地位,并成为魏尔仑、马拉美等一代青年诗人的精神领袖。

但是与此同时,波德莱尔的处境仍然艰难。他不仅要同债主们周旋,向母亲讨钱,照顾病中的冉娜·杜瓦尔,而且自己也病魔缠身。虽然他勤奋写作,但是终未摆脱贫困和疾病,直到1867年8月31日去世。参加他葬礼的只有他的母亲和一些老朋友,没有一个官方人士肯去和《恶之花》的作者作最后的告别。

YANSHEN YUEDU 延伸阅读

波德莱尔另一部重要的作品是散文诗集《巴黎的忧郁》,包括散文诗50首。作品主题与《恶之花》是一致的。诗人自称这些散文诗是要"描绘现代的生活,更确切地说,是一种现代的生活"。诗人在散文诗中表现了自己眼中的巴黎生活,欢乐与痛苦、豪华与贫困尖锐对立的生活。整个诗集自始至终贯穿着一种愤世嫉俗的情绪,弥漫着悲观主义的思想。《巴黎的忧郁》可以被看成是《恶之花》的补充。

* * *

保尔·瓦雷里被认为是20世纪法国最伟大的诗人,他的创作高峰作品《海滨墓园》被译成世界各大语种,广为传颂。这首长诗的主旨建立在"绝对"的静止和人生的变易这两个题旨的对立上,通过对自然的永存和人生的无常进行对比,表现出肯定现实、面对未来这样积极的主题。

萌　芽

艾米尔·左拉　Emile Zola（法国　1840 年－1902 年）

> 左拉在《萌芽》中并没有用低沉的调子来表现罢工的失败，而是对产业工人的成长壮大充满了希望，把《萌芽》写成了一部悲壮的史诗。《萌芽》不失为法国 19 世纪文学史上最重要的一部描写工人运动的杰作，一份献给无产阶级的厚礼。它作为一幅历史画卷，每每让我们驻足凝望；它作为一种时代强音，至今仍震撼着我们的心灵。
>
> ——《萌芽》译者　符锦勇

自然主义文学在 19 世纪后期具有头等重要的意义，是在新的历史条件下对现实主义文学传统的继续和发展。左拉在法国自然主义文学中享有经典大师的地位，他是巴尔扎克最伟大的继承者。他不仅是自然主义文学主要实绩的创造者和创作理论唯一的发言人，而且对 20 世纪现代派小说产生了深远的影响。他以巨大的文学成就成为推动文学前进的少数第一流巨人中的一员。法国作家亨利·巴比塞认为，"就认识的角度来说，左拉仍然获得了非常重大的成功：他所提供的资产阶级社会全盛时期各个阶层的广阔的生活画面，是我们在任何一国的文学中都找不到的。它们比得上巴尔扎克的《人间喜剧》这座巍峨的大厦"。

左拉的《卢贡－马卡尔家族》是继巴尔扎克《人间喜剧》之后又一座罕见的文学巨厦，充分实践了左拉的自然主义文学理论。《萌芽》是其中的名篇。它是法国文学史乃至世界文学史上第一部真实地再现了煤矿工人罢工斗争的整个过程，并第一次成功地在长篇小说中塑造了革命的无产者的形象，是左拉现实主义达到最高成就的一部杰作。

旷世杰作 KUANGSHI JIEZUO

19 世纪后期的法国工人运动开始与社会主义思潮相结合。左拉的《萌芽》是世界文学史上第一部正面描写工人形象和生活状况，并完整地表现工人罢工运动的长篇小说。

小说主人公艾蒂安·郎第耶在里

尔的铁路工厂里当机器匠，因为打了工头几个耳光而被驱赶出工厂。失业后，他来到了蒙苏煤矿，恰巧有一个推车女工死于心脏病，他被收留顶缺。在劳动生活中，他得到老矿工樊尚·马厄一家的照顾，并与马厄的大女儿卡特琳成为好朋友。由于他熟练掌握了劳动技能，作风正派，有文化，很快得到了大家的信任。

矿工每天都做着沉重的劳动，而公司方面却想尽办法进行残酷剥削，并且随着经济危机的尖锐，剥削越来越重。一方面降低工资，另一方面又增加罚金。面对这种状况，工人的愤怒情绪日益增长。与此同时，艾蒂安与国际工人协会的活动家普吕沙尔建立了通信联系，并在他的影响下，开始研读各种社会主义书刊，终于认识到"资本是剥削的结果，劳动者有权利和义务收回这笔被掠去的财富"，并产生和形成了革命的反抗思想。在艾蒂安的发动与组织下，伏安矿井的工人率先建立起互助基金会，为罢工斗争做了经济准备。这时，煤矿坑道倒塌，工人惨遭伤亡。于是，罢工终于爆发了。

公司方面在两次谈判中都拒绝了工人提出的增加工资的要求，这更加激怒了工人，罢工规模也扩大了。公司开始用饥饿来迫使工人让步，艾蒂安邀请普吕沙尔来到蒙苏发表演说，一万名蒙苏的矿工集体加入了"国际"，罢工得到了"国际"的经济支援。然而，有限的资金却不能解决矿工的饥饿状况，长期的对峙把矿工逼到了财尽粮绝的困境。一部分在资本家的

挑拨下到附近设备较好的矿井复工，伏安矿井的罢工矿工前去对复工者进行斗争，并捣毁设备、破坏机器，包围了公司经理的公馆，罢工变成群众性暴动。公司请来军警进行驱散。公司方面丝毫不让步，企图以饥饿拖垮罢工斗争。虽然矿工家庭面对饥饿、寒冷的挑战，而且已经有儿童被饿死、冻死，但是他们仍然团结一致，没有屈服。公司无奈之下又从比利时招来新工人，重新开始了生产。上万个罢工群众前往制止，又遭到军警的血腥镇压。罢工运动以失败告终。矿工们为生活所迫，又回到矿井干活。艾蒂安最终也不得不跟卡特琳下矿井。就在复工的那天，无政府主义者苏瓦林为了和艾蒂安争夺领导权，出于疯狂的破坏欲，故意损坏了矿井坑道的防水设置，导致水淹坑道，十几个矿工惨死井下。艾蒂安在井下被困十来天后，才被救出。而卡特琳却死在了他的怀中。

艾蒂安身体康复后，被公司解雇，在革命宣传中获得成功的普吕沙尔来信邀请他到巴黎去。于是，艾蒂安告别了蒙苏的矿工，走向了新的目的地。

 经典导读

希望的萌芽

《萌芽》不仅在法国文学史上，而且在世界文学史上也是第一部从正面描写煤矿工人罢工的作品。左拉在谈

到《萌芽》的重要意义时指出："我的小说描写工资劳动者的暴动，这是对社会的冲击，使它为之震动；一句话，是描写资本和劳动的斗争。这部小说的重要性就在于：我希望它预告未来，它提出的问题将是 20 世纪最重要的问题。"

《萌芽》英文版封面

译完《萌芽》，书中描写劳资双方你死我活的斗争场面历历在目，深深地为作者犀利的目光和遒劲的笔力所折服。纵观全书，劳资斗争这条主线贯穿始末，法国社会的历史和现状、罢工的原因、罢工的过程、结局，一环紧扣一环，一气呵成。

"那是个没有星辰的夜晚，阴沉漆黑。光秃秃的平原上，有个男子沿着从马谢讷到蒙苏的大路孤零零地走着……"小说的开篇就向我们展示了一幅黑暗悲凉的画面。这个独行者就是书中的主人公艾蒂安。随着主人公的足迹，作者逐渐地把我们带入一个连艾蒂安本人也不熟悉的环境——蒙苏煤矿。左拉通过艾蒂安在井下劳动的情节，详细描写了井下地狱般的景象。而老矿工樊尚·马厄一家是蒙苏一万名煤矿工人的缩影。马厄家族在 106 年中被矿层吸干了血汗，而股东格雷古瓦却靠着祖上当年在蒙苏投资的 1 万法郎，经过一个世纪，增值了 100 倍，变成了 100 万法郎，他饱食终日，过着不劳而获的舒适生活，并且指望子子孙孙也能荣华富贵，享用不尽。左拉满怀着对劳苦大众的同情，用写实的手法，以鲜明的对照和活生生的事实，表现了煤矿工人的衣食住行，展示了他们贫困生活的各个方面，并形象地把伏安矿井描写成食人肉的怪兽，把格雷古瓦这类人说成是靠煤矿工人的血肉"喂饱养肥的神祇"。这样，贫富的不均，社会的不公，资产阶级的残酷剥削是导致矿工罢工的直接原因，也就跃然纸上，昭示于天下了。

罢工斗争在小说里占了大部分篇幅，是小说的主要内容。随着矿工生活的日益贫困，愤怒仇恨的情绪不断增长。具有反抗精神的艾蒂安在体验了矿工的各种疾苦以后，开始为摆脱人间地狱寻找出路。他与国际工人协会的活动家普吕沙尔建立了通信联系，并在后者的影响下开始阅读一些宣传社会主义的书刊，逐渐成长为一位有阶级觉悟的工人领袖。艾蒂安虽然孤零零地来到蒙苏，最后又只身离开这块血与火的土地，但在左拉的笔下，此时的艾蒂安已经不是当初那个流浪者，他经过急风暴雨式的罢工斗争的洗礼，在政治上变得更加成熟，已从原先的具有反抗精神的失业者，成长为一位重上征途的、有阶级觉悟的工人领袖。

左拉在《萌芽》中并没有用低沉的调子来表现罢工的失败，而是对产业工人的成长壮大充满了希望，把《萌芽》写成了一部悲壮的史诗。作者在小说的最后写道："黑色的复仇大军正在田野里慢慢地成长，要在未来的世纪获得丰收。这支队伍的萌芽就要破土而出，活跃于世界之上。"历史证明，左拉的预言是正确的，无产阶级在20世纪的崛起，正是《萌芽》的最好续篇。

（符锦勇）

❀ 斗争的萌芽必将冲破大地

巧克力、葡萄酒，这些会让你想到什么，一定是法国。毫无疑问，罗曼蒂克之乡，爱情美酒的摇篮，法国给予我们的是朝花上的晨露。但谁又知道浪漫玫瑰后的血泪史。就如庄重的巴黎圣母院背后有一个敲钟人，而充满血腥的昂赞采煤区造就了一部伟大的作品。

19世纪后期，即大革命后，高利贷帝国法国发生了大罢工，其中就有昂赞采煤区。工人们在深如蚁穴的矿井中累断了脊背却挣不到糊口的面包，靠工人血肉供养的资本家却贪得无厌地压榨他们的工资。这一切深深感染

了这位自然主义作家，促使他创作了第一部描写工人阶级的作品《萌芽》成为继巴尔扎克后的又一大奇迹。

雨果光环下的左拉并没有重复弗洛伊德的手法，他用朴实无华的语言记录了那个时代的呻吟。主人公艾蒂安踽踽独行于原野上把我们带入一个粗犷野性又纯真的矿工的世界。他们长期受着资本家的压榨剥削只为了得到糊口的面包，而这一愿望也渐渐不能实现。在艾蒂安的号召下他们开始觉醒，举行了罢工。资本家招来军队开展了血腥镇压，同时矿井在无政府者的破坏下崩塌了，罢工失败了。整个矿井弥漫着不安与骚动，人们在一片萧条悲伤中却没有绝望，他们等待着会有阳光洒在矿井的那一天。而这也即是左拉的愿望。

拿破仑从第三次发动政变直至1870年法军在色当全军覆没后被俘虏使法国乃至整个欧洲发生了极大的动荡。因而也促成左拉的《卢贡－马卡尔家族》的第13部，它的艺术形式展示了这位伟大作家的天赋，即前所未有的自然主义特色。左拉在文中除了对于巴尔扎克的现实主义的师承外，更注重了将其与自然主义的完美结合。这些都源自他能鸟瞰全局，感悟理解生活，才使《萌芽》像达达派作品一样可以表现发人肺腑的呐喊。1884年，左拉来到罢工现场，仅八天后回到了巴黎。所以有人说《萌芽》的产生完全处于偶然，但就是这个偶然却惊动了整个世纪：19世纪的广阔的生活画面下，一个矿工以极大的悲愤控诉了资本家对工人的残酷无情。他的声音

沉稳有力，他义愤填膺；他反抗，他挣扎，他只是为了应得的面包！受压迫的人民的号叫和哀苦被淋漓尽致地刻画了，从而进一步肯定了左拉在创作方面的贡献。而更重要的在于《萌芽》开辟了早期工人作品的道路，成为无产阶级的一曲赞歌。它在法国乃至世界文学史上的地位都是无可争议的，从中可以看出当时资本主义社会振聋发聩的历史现象：无产阶级已登上了历史舞台，寡头政治终有一日会被代替！

罢工是失败了，但这是暂时的，工人阶级的愤懑最终会像一条绿色的藤蔓从岩石中，从腥风血雨中以他超自然的力量去挣破这黑暗的世界。"全世界无产者联合起来"，受压迫的人民像洪水一样涌入罢工运动中，胜利永远属于正义的斗争！人民的队伍在一天天壮大，黑色的复仇大军在田野里生长，要使未来的世纪获得丰收。在工人鲜血浸润的大地上，已经埋下了自由的种子，不久就会有新的斗争萌芽要冲破大地活跃在世界上了！（俞爱来）

D 大师传奇 DASHI CHUANQI

左拉是19世纪伟大的小说家，自然主义文学理论的创建者和实践者。法朗士在左拉墓前的演说中认为，在当时的世界文坛上只有列夫·托尔斯泰可以与之相比。

1840年4月2日，左拉生于巴黎。他的父亲是位很有才能的工程师，母亲是一个手工工人的女儿。他7岁丧父，随母亲在外祖父家过着贫困的生活，经常受到讨债人的追逐。左拉从中学时代就热爱文学并开始创作。1858年，他来到巴黎，靠助学金读完中学毕业后，投考大学落榜，19岁的左拉为生计所迫四处寻找工作。他生活非常贫困，做过低微的工作，在失业中到处流浪。充分体验了生活的艰辛，社会的冷漠、不公。然而，无论条件多么艰苦，左拉始终坚持创作，并且抱有"自由"、"和平"的幻想。1862年，左拉在阿谢特书局当打包工人，不久以诗作出众被提升为广告部主任。在此期间，他陆续在报刊上发表作品，显示出文学才华。

左 拉

1864至1865年，左拉的中篇小说集《给妮侬的故事》与第一部长篇小说《克洛德的忏悔》相继出版，接着又出版了长篇小说《一个女人的遗愿》（1866年）、《马赛的秘密》（1867年）。表现出对社会题材的浓厚兴趣和民主

青少年必知的文学经典 QINGSHAONIAN BIZHI DE WENXUE JINGDIAN

思想倾向。由于《克洛德的忏悔》描写一个女子的堕落和悔悟，被警方认为有伤风化，并发现左拉与共和派进步人士交往密切。因此，左拉被迫于1865年辞去书局职务。

左拉在当时法国科学技术和小说家龚古尔兄弟的影响下，开始探索新的创作方法。他参考了把社会看作生物学机体的孔德的实证主义哲学，提出他的自然主义文学理论，并写了两部长篇小说《黛莱丝·拉甘》（1867年）和《玛德莱娜·费拉》（1868年）来实践他的文学主张，然而受到冷遇。

1868年，左拉开始准备创作巨著《卢贡－马卡尔家族》。一直到53岁的时候，终于完成。它包括20部长篇小说，出场人物达1 000余人，题材几乎涉及法兰西第二帝国和第三共和国时期社会的各个方面，描写了各阶层的生活。其中《小酒店》、《娜娜》、《萌芽》、《土地》和《金钱》是最出色的代表。

继这部巨著之后，1893年左拉又写了长篇小说《三城市》，包括《卢尔德》（1894年）、《罗马》（1896年）和《巴黎》（1898年）三部作品。1894年发生了法国军方陷害犹太血统的军官德雷福斯的冤案。在左拉完成《三城市》后，即投入为德雷福斯申冤的斗争中，发表了一系列演说、文章，其中写给共和国总统的公开信《我控诉》有力地推动了斗争，同时也遭遇了迫害。左拉被迫逃亡英国一年。

在英国，左拉开始创作四部曲《四福音书》，先后写了《繁殖》（1899年）、《劳动》（1901年）、《真理》（1903年），而最后一部宣扬民族团结的《正义》还未来得及完成，左拉即于1902年9月29日去世。1908年，法兰西共和国政府以左拉生前对法国文学的卓越贡献，为他补行国葬，并使之进入先贤祠。

延伸阅读 YANSHEN YUEDU

《小酒店》是《卢贡－马卡尔家族》的第七部，也是左拉的成名作，无论是在思想上还是在艺术上都表现出左拉自然主义的小说风格特征，是法国文学史上奠定自然主义文学地位的重要作品。小说以19世纪50年代末至70年代初路易·波拿巴统治时期巴黎郊区工人的生活为题材，通过一个劳动妇女绮尔维丝的悲惨命运，真实细致地再现了当时工人们恶劣的生活环境与生存状况，表现了他们的沦落与不幸。值得一提的是，左拉在作品中塑造了具有优良品质的工人顾奢的形象，体现了作家对劳动和劳动者的歌颂。

*　　*　　*　　*

《娜娜》是《卢贡－马卡尔家族》中的第九部，是左拉作品中争议最为激烈的一部小说。女主人公娜娜是一个被遗弃的私生女，她长大后沦为娼妓。后来，她以裸体演出而成为巴黎著名的交际花。她受尽了有钱人的欺凌和玩弄，最后人老珠黄的她在穷困潦倒中孤独地死去。作者在这部作品中深刻地揭露了当时法国社会的黑暗、资产阶级和贵族的虚伪无耻，并对弱小者表现出深切的同情。

莫泊桑中短篇小说选

居伊·德·莫泊桑　Guy de Maupassant（法国　1850年—1893年）

> 莫泊桑的一生，他自己已经比喻过，如同天上的彩虹，虽然时间很短，却很明亮，很有光彩。虽然现在他已经长眠，但他的著作总是永远在世上醒着，我们和我们后来的人能够随时在他的著作里看见他的人……他的小说每篇都是一个令人顿觉醒悟的生活的窗口。
>
> ——法国文学家　左　拉

被誉为"短篇小说之王"的莫泊桑是法国19世纪末的著名小说家。他的母亲是福楼拜的朋友，因此使莫泊桑能够得到福楼拜的悉心指导。莫泊桑一方面接受了福楼拜的批判现实主义，另一方面又受到了自然主义的影响。莫泊桑一生短暂，年仅43岁就因病离开人世。从1880年开始，在短短的10年之中，他发表了300多篇中短篇小说，6部长篇小说，3部抒情游记，1部诗集，还有若干戏剧和相当数量的评论文章，直到1891年告别文坛。

莫泊桑在文学史上的重要地位主要是由他的中短篇小说的成就所奠定的。他善于从一般人视而不见的凡人小事中发掘带有本质意义和美学价值的内容，他用这些平淡无奇的生活素材，给读者提供了一幅幅丰满生动的社会风俗画，特别是出色地勾画了这个社会中为数众多的小人物群像。而且，他在语言艺术上达到了很高的境界，被视为法语的典范。他的代表作《羊脂球》、《项链》、《我的叔叔于勒》等都是最好的证明，其布局构思精巧，别具一格，以叙述的小事显示出非凡的意义，给人以滴水见海的艺术感受。

旷世杰作 KUANGSHI JIEZUO

莫泊桑，世界著名的短篇小说作家。他继承了福楼拜、巴尔扎克、司汤达等现实主义大师的写实传统，同时又追随左拉等自然主义先驱人物，在不到10年的时间里，创作了300多篇脍炙人口的短篇小说，其中数十篇成为流芳百世的传世之作，是世界文学史上最著名的短篇小说大师之一。莫

青少年必知的文学经典　QINGSHAONIAN BIZHI DE WENXUE JINGDIAN

泊桑用传神之笔刻画了法国上下各阶层的人物，每一个人物都凝结着作者的心血，寄托着作者的渴望。法国文学家左拉在谈到莫泊桑的短篇小说时说："谁敢说获得不朽的不可能是一篇300行的小说，是未来世纪的小学生们当做无懈可击的完美的典范、口口相传的寓言或者故事呢?"他的预言今天已得到了验证。

莫泊桑短篇小说的主题大致可归纳为三个方面：第一是讽刺小资产阶级、小市民的虚荣心和拜金主义，如《项链》《我的叔叔于勒》；《项链》是莫泊桑举世闻名的短篇小说。故事讲述了巴黎一个小公务员的妻子，因为爱慕虚荣，为了参加一次舞会，向朋友借来一串钻石项链。结果项链不幸被弄丢了。为了赔偿这串项链，夫妻两人开始了10年艰辛的生活。当10年后，他们终于还清了所有借债时，才得知当初借来的那串项链是假的。小说在嘲讽中深含着作者对小人物的同情之心。《我的叔叔于勒》通过一对小资产阶级夫妇对亲兄弟的势利态度，表现了资产阶级人与人之间赤裸裸的金钱关系。

第二是对资产阶级上流社会的批判和讽刺。在很多篇章里，莫泊桑都揭露了所谓体面人物的丑态。如他的成名作《羊脂球》。这篇小说以普法战争为背景，讲述一个地位卑微却富有爱国主义精神的妓女为了解救同行的旅客，不得不忍受屈辱，但却遭到那些旅客的蔑视。小说生动地再现了资产者和上流女人虚伪自私的面目，表现出那些道貌岸然的资产者肮脏的内心

世界。在《一个儿子》中，地位尊贵的上议员与法兰西学院院士竟厚颜无耻地说，"在18岁到40岁这段时期，如把那些短暂的遇合、一小时的接触计算在内，我们完全可以说，我们和两三百个女人有过亲密关系"。

第三是描写普法战争，反映法国人民的爱国情绪，这类作品在莫泊桑的短篇小说创作中占有重要地位。如《两个朋友》写了两个热衷垂钓的平民横遭普鲁士侵略军屠杀，而普鲁士军官却表现得"安详"、"平静"，以此抨击侵略战争。还有讴歌抗击侵略者的爱国主义精神的《米隆老爹》《决斗》《蛮大妈》等。

莫泊桑短篇小说布局结构的精巧。典型细节的选用、叙事抒情的手法以及行云流水般的自然文笔，都给后世作家提供了楷模。

经典导读 JINGDIAN DAODU

❀ 忧伤的故事里没有愤怒

莫泊桑的小说写得有情有致，尤其短篇——即便几千字的东西也自有丘壑。上手总是不紧不慢的铺叙，或着意渲染场面与氛围，从容之中显出张弛有度的格局。接下去自然跌宕起伏，命运蹇滞的主人公一不小心找上麻烦，只是万般危难亦如此娓娓表过，读来却有别样的意味。就像透过雕花窗棂的皎皎月色，伴着鸟啼和裙裾曳地的窸窣声，这情形多半叫人捉摸不透。

《莫泊桑短篇小说选》英文版封面

不错，人生总有麻烦。《项链》的女主人公卢瓦瑟尔太太因一夜风光付出十载艰辛，这令人欷歔不已的故事好像是说女人的虚荣毁了自己，然而这里仍有可以思忖的问题——以十载艰辛换来在福雷斯杰太太面前的一席豪迈，是不是也颇值得？见到有钱的女友，她至少不会像当初那么心态不平衡了。

以普法战争为背景的《羊脂球》是莫泊桑短篇小说中最有名的作品，也最容易被作为爱国主义文本来解读，要不就搭上对贵族和资产阶级的讽刺和批判。不过，从一个妓女的皮肉生涯讨论到法兰西的民族尊严，这意思本身有些不伦。莫泊桑的故事往往把两山不遇的事理兜在一起，让人作出某种似是而非的判识。当然，这个话

题是从被普鲁士军队扣留在托特镇的那辆马车上开始的，除了名叫羊脂球的妓女外，那车上麇集了贵族、商人、政客和修女，几乎是代表国家意志的各个阶层，其中包括君主立宪派、议会反对党和共和派人士。妓女和国家既然被安排成如此同舟共济的关系，无助的羊脂球必定陷入一种众意难违的局面。正是一车人的集体意志决定了羊脂球是否应当委身于普鲁士军官的问题，而先拒后纳的理由都被荒谬地提升到国家利益的高度。莫泊桑对风云骤变时期的社会公意似乎怀有深切的恐惧，因为那种翻覆不定的特性中隐含着被操纵的可能，自1789年大革命以来的历史足以证明这一点。实际上《羊脂球》不但揭示了这种公意的荒谬，甚至还追诘到类如鲁迅所说的国民性问题，这里包含着被许多评论者所忽略的话语关系。

尽管如此，莫泊桑的东西仍然可以说是一种相当写实的文本。没有隐喻和寓言性质，初看清澈如水，只是水月镜花更具玄意。也许奥秘在于那种不紧不慢不愠不火的叙述策略，在莫泊桑的许多作品里，叙述的体态和语式有其特殊功能，由于故事本身与叙述层面传达的感受存在着某种反差，这就决定了解读的歧叉。很难说叙述的背后是一种拈花微笑的心态，还是不无忧虑的苟且。

按通常文学史的定位，师从福楼拜的莫泊桑当属19世纪中叶以后崛起的自然主义流派。然而值得注意的是，莫泊桑这儿并没有一般自然主义小说的冷酷和刚戾，表现悲惨人生也

好，揭露世间恶行也好，那副温婉优雅的笔墨似乎有意拉开了对象的距离，至于玩世般的嘲讽则像是饱阅沧桑的大彻大悟。他的文字里让人觉不出叙述者的愤怒。先前福楼拜不是这样，跟他同辈分的左拉也不这样。也许，经历过普法战争和巴黎公社的动荡岁月，他更向往心灵的安谧。带着怀疑与感伤的眼光审视人生，要说不跟犬儒主义发生精神共鸣也难。（李庆西）

再读莫泊桑：使哀苦无告者说话

莫泊桑的小说大都短小精致，你会吃惊，在仅仅几页的篇幅里，他就能给你展现一个精彩的故事或者人物，就像他的一生，也是短而精致，他只活了43岁，但给我们留下了6部长篇小说，306篇中短篇小说和3部游记。

莫泊桑写到一个弃婴，他十几岁的时候被一辆大车碾断了双腿，从此就只能拄着双拐求乞，而且除了周围的三四个村庄，他不敢走远。他害怕外面陌生的世界，尤其害怕大路上成队走着的宪兵。于是他老是在周围这几个村庄乞讨，人们已经厌烦他了。12月的一天，天气阴冷，大家的心情都不好，他已经两天没有讨到任何食物下肚，又奔波了许久，再也走不动了，就出溜到一个农家院子的一角，像是要等候一种神秘的援助。但什么也没有。突然，他看见了一群鸡，他的手还很灵活，丢出一块石头打死了一只。他想用火来烤，这时被鸡的主人发现了，于是被众人一顿殴打。他流着血，

饿得要命，而宪兵也被叫来了，把他带到镇上。他一句话也不说，因为他已经弄不清楚发生了什么事，思想已经混乱，况且已经有那么多年没跟人说过话了。他被丢到牢里，第二天当宪兵要来审讯他时，看见他已经死了。"多么出人意料啊"——谁都没有想到他也要吃东西。

莫泊桑还写到一个瞎子，他是一个乡下人，父母在世时，还有人照看他，可两老一去世，尽管他姐夫把他那份遗产夺到自己手里，却连汤也舍不得给他多喝。他是不是有智力、有思想、甚至有感觉，是不是对自己的生活有清醒的认识？谁也没想过这样的问题。凡是他的失明使人想到的残忍的恶作剧都被想出来了，尤其是在他吃东西的时候，人们把小猫、小狗放到他的食盆边来捉弄他，和他抢食，或者故意给他塞瓶塞子、木屑、树叶甚至垃圾，然后在一边哈哈大笑。

还是在一个冬天，下着大雪，他姐夫一早把他带到很远很远的一条大路上去求乞，这一天他再也没有像往常一样自己回来。到初春解冻的时候，人们发现一大群乌鸦在平原上空不停地盘旋，然后时而像一阵阵雨点集中落在同一个地方，人们在那里发现了瞎子残缺不全的尸体。

这是一些最弱势者，一些哀苦无告者，他们甚至已经发不出自己的声音。我们在莫泊桑的笔下感到了对这些最弱势者最强烈的同情，他使他们留下了自己的足迹，还有恰恰也是短篇小说名家的契诃夫、欧·亨利也是如此。我们要感谢这些使喑哑者"说

话"的作者。

莫泊桑的故事是发生在他生活的19世纪下半叶，离提出"自由、平等、博爱"的口号的法国大革命已近百年。这样的悲剧发生有普遍穷困的问题，也有导致冷漠甚至残忍的观念问题。无论如何，莫泊桑的小说提醒我们：还需要更仔细地聆听那很容易被喧闹和欢乐声盖过的微弱的悲惨之声。（何怀宏）

《D 大师传奇 DASHI CHUANQI

莫泊桑是19世纪后半期法国优秀的批判现实主义作家。他短暂的一生正如他深刻隽永的短篇小说一样，是浓缩的精华。

莫泊桑

1850年8月5日，莫泊桑出生在法国西北部诺曼底省狄埃卜城附近一个没落的贵族家庭。他的祖辈都是贵族，但到他父亲这一代时没落了，父亲做了交易所的经纪人。他的母亲出身于书香门第，爱好文学，经常对文学作品发表议论，见解独到。莫泊桑出生不久，他的父母由于经常闹矛盾而分居了，他和母亲住在海边的一个别墅里。幼年时的莫泊桑喜欢在苹果园里游玩，在草原观看打猎，喜欢和农民、渔夫、船夫、猎人在一起聊天、干活，这些经历使莫泊桑从小就熟悉了农村生活。从童年时代起，母亲就培养他写诗，到儿子成为著名作家时，她仍然是莫泊桑的文学顾问、批评者和助手，所以他的母亲是他走上文学创作道路的第一位老师。另一位为莫泊桑走上文学道路打下基础的是他13岁在卢昂中学学习时的文学教师路易·布耶。路易·布耶是一个著名的巴那派诗人，他经常指导莫泊桑进行多种体裁的文学创作。

1870年，莫泊桑中学毕业后到巴黎入大学学习法律。这一年普法战争爆发，他应征入伍。在军队中，他亲眼目睹了危难中的祖国和在血泊中呻吟的兵士，心里十分难过，他要把自己的所见所闻写下来，以激发人们的爱国热情。1871年，战争结束后，莫泊桑退役回到巴黎。1878年，他在教育部工作之余开始从事写作。那时，莫泊桑的母亲和当时著名作家福楼拜是好朋友。19世纪70年代，莫泊桑就开始师从福楼拜学习写作。大文学家福楼拜成为莫泊桑文学上的导师，他们两人结下了亲如父子的师徒关系。福楼拜决心把自己创作的经验传授给莫泊桑。莫泊桑非常尊重严师的教诲，每篇习作都要送给福楼拜审阅。福楼拜

一丝不苟地为他修改习作,对莫泊桑的不少作品表示赞赏,但劝他不要急于发表。因此,在这段时期里,莫泊桑的著述很多,但发表的却很少,这是他文学创作的准备阶段。

1879年,以左拉为首的6位标榜自然主义的文人在梅塘别墅聚会,商定每个人都写一篇以普法战争为背景的中短篇小说,会集成小说集《梅塘晚会》(1880年)。莫泊桑以《羊脂球》一举成名,从此开始了文学创作。从1880年到1890年是他辉煌而短暂的创作生涯,在这10年时间里,他写成中短篇小说300篇,长篇小说6部,游记3部,还有许多关于文学和时政的评论文章。

除《羊脂球》外,莫泊桑还有许多优秀的短篇小说是以普法战争为背景的,比如《两个朋友》(1883年)、《米隆老爹》(1883年)、《蛮大妈》(1884年);还有一些小说讽刺揭露了资产阶级上层社会的腐朽和道德风尚的丑恶,如《一家人》(1881年)、《我的叔叔于勒》(1883年)、《项链》(1884年);莫泊桑还生动刻画了一些下层小市民的生活状态和卑劣心理,如《勋章到手了!》(1885年)、《雨伞》(1884年)等。同时,莫泊桑对作品中的小人物寄予了深切的同情。

莫泊桑不仅在短篇小说领域成就卓著,而且在长篇小说创作中也有出色的表现。《一生》(1883年)和《漂亮朋友》(1885年)都是成就很高的经典之作。

从20世纪70年代起,莫泊桑就为多种病魔所困扰,20世纪80年代视力开始衰退,心脏病和神经痛也接踵而来,但他一直坚持创作。1891年之后,他病情加重,已经无法将创作继续下去了。

1893年7月6日莫泊桑去世时,年仅43岁。他为世界文学宝库做出了突出的贡献,他在写作技巧方面取得了杰出的成就,不仅在法国文学史上占有重要地位而且对后来的欧洲及中国作家都产生了很大的影响。

延伸阅读 YANSHEN YUEDU

莫泊桑的第一部长篇小说《一生》的主人公霞娜是一个向往纯真爱情和幸福生活的贵族少女,然而她的丈夫却是个卑鄙无耻之徒。无奈之下,霞娜把希望寄托在儿子身上,但儿子也让她失望了。最后,她在女仆的救助下苟延残生。她的幻想最终破灭了。小说反映了在资本主义经济关系和资产阶级风尚的冲击下地主贵族生活方式的必然瓦解。

* * * *

《漂亮朋友》是莫泊桑最具现实主义魅力的长篇小说。一个退职的下级军官杜洛阿在报馆就业,依靠招摇撞骗,特别是勾引上流社会的女子,走上了飞黄腾达的道路。最后竟然娶了报馆老板的女儿为妻。莫泊桑通过这个小说揭示了资产阶级民主政治的虚伪和资本主义政权扩张的本质。

青少年必知的文学经典

约翰·克利斯朵夫

罗曼·罗兰 Romain Rolland(法国 1866年—1944年)

> 在罗曼·罗兰前期的文学活动中,小说巨著《约翰·克利斯朵夫》无疑要算是他最为杰出的成就,不论是从它沉甸的分量、它丰厚的现实内容、它高远脱俗的灵性、它高昂的人道主义精神力量,还是从它巨大的艺术规模、它广阔生动的图景、它鲜明的人物形象、它动人的艺术魅力,都堪称文学史中的巨制鸿篇。
>
> ——《法国文学史》

罗曼·罗兰是法国杰出的现代作家,20世纪最伟大的人道主义者,是一个有着广泛国际影响的作家。荷兰作家望·蔼覃曾说:"法国曾经产生过许多大诗人、大作家、大小说家,但是法国最大的荣誉,却在于那些性格不动摇,精神自由和自豪的人,他们有纯粹的人道特点,对于人类来说,这些特定的价值超于艺术和文学的才能。维克多·雨果曾经是这样的人。雨果之后,我不知道谁比罗曼·罗兰更近似雨果。"1916年,罗曼·罗兰因为"他的文学作品中的高度理想主义,以及描写各种人物典型时的充满同情的正确性"而获得1915年度的诺贝尔文学奖,并牢固地建立起他在20世纪早期文坛的声望。

《约翰·克利斯朵夫》是罗兰的杰作,也是法国文学史上里程碑式的巨著。作品以诗意的艺术魅力被誉为20世纪第一部最伟大的小说,先后被翻译成20多种外国语言。作品中所表达的对虚伪卑鄙的极端厌恶,对忠诚友谊和纯洁爱情的真诚歌颂,以及对光明、正义、艺术的执著追求和奋斗精神,感动并鼓励了无数读者。正如作者所希望的,《约翰·克利斯朵夫》"直接接触到那些生活在文学之外的孤寂的灵魂和真诚的心"。

K 旷世杰作 KUANGSHI JIEZUO

1915年,罗曼·罗兰因其在巨著《约翰·克利斯朵夫》中所颂扬的崇高理想,以及他在这部小说中借着对真理的同情与热爱描绘了种种不同的人

青少年必知的文学经典
QINGSHAONIAN BIZHI DE WENXUE JINGDIAN

类典型而获得了诺贝尔文学奖。主人公约翰·克利斯朵夫成长的历程和与命运顽强抗争的一生赢得了无数读者的崇敬。爱德蒙·高斯称《约翰·克利斯朵夫》为 20 世纪最高贵的小说作品。

约翰·克利斯朵夫出生于比较贫穷的市民阶层，他的父亲与祖父都是宫廷乐师。他们在克利斯朵夫 3 岁时发现了他非凡的音乐天赋，从此想将他训练成音乐家。父亲的严厉管教使克利斯朵夫形成了叛逆的性格，而祖父的谆谆教诲又使他懂得了音乐的真正含义。还不到 13 岁，克利斯朵夫就已在宫廷管弦乐队里当上了第二小提琴手。由于父亲嗜酒如命，他成了家庭经济的主要支柱。不久，祖父中风去世了。后来，父亲在一次醉酒后死去。克利斯朵夫在给有钱人家当家庭教师时，遭遇了一场悲剧式的恋爱。后来，他爱上了寡妇萨皮纳，可萨皮纳得病死去，给克利斯朵夫沉重的打击。克利斯朵夫逐渐看到了德国艺术的虚伪性，决心演奏表露自己真诚的作品。他的行为惹怒了公爵，失去了宫廷这个靠山。他下决心要离开德国。

一天傍晚，他为了保护一个农村姑娘，打死了一个喝醉的士兵并因此被通缉。克利斯朵夫只好逃往巴黎。法国是克利斯朵夫一向极为向往的国家，但现实的巴黎并非如他所想象。他开始指责法国艺术界的虚伪。他过着困苦又孤独的生活，所作的曲子虽然并不普遍受到欢迎，不过却引起了注意。他在史丹芬家受到了很好的接待，他们那个喜欢卖弄的女儿高兰德

和她的表妹葛拉齐亚是他的学生。

有一天晚上，人们介绍给他一个腼腆的年轻文学家——奥里维，他是克利斯朵夫音乐的崇拜者。克利斯朵夫感到奥里维异常面熟，原来奥里维就是安多纳德的弟弟。安多纳德是克利斯朵夫曾经偶遇的一位姑娘，在他离开德国之前，在戏院门厅里看到一个法国家庭女教师正在为买不到票发愁，就邀请她一起进去了。这姑娘的主人却认为自己受到怠慢，为此十分恼怒，就把她辞退了。安多纳德为了供奥里维考取高等师范学校耗尽了精力，在他被录取的时候，她却因肺结核死去了。

克利斯朵夫和奥里维是真正的朋友，共住在一所公寓里。虽然贫穷，但他们在精神上是和谐愉快的。奥里维帮助克利斯朵夫深入了解法国社会，并写评论文章帮他树立声望。与此同时，还有一个人在暗中支持他。不出几年，他发现自己已是在新音乐方面最重要的作曲家。

后来，奥里维与肤浅的雅葛丽纳的婚姻把这两个朋友拆散了。同时，克利斯朵夫终于找到了那个匿名的恩人，那就是葛拉齐亚。这时她已嫁给了奥地利大使馆的随员。雅葛丽纳离开奥里维出走了，奥里维与克利斯朵夫开始对工团主义运动感兴趣。他们参加了一个五一节的庆祝会，结果庆祝会变成一场暴动。奥里维被刺伤致死。克利斯朵夫杀死一个士兵后也逃离了这个国家。他在瑞士流亡期间与朋友的妻子发生了不愉快的恋爱，内疚暂时压抑了他的天才。但是已经媚

青少年必知的文学经典

居的葛拉齐亚帮助克利斯朵夫在瑞士度过了 10 年硕果累累的生活。在他返回法国时，已成了追求和欢呼的对象。

葛拉齐亚死在埃及，远离她所爱的克利斯朵夫。克利斯朵夫晚年教奥里维的儿子和葛拉齐亚的女儿音乐，把全部的爱给了他们。当他们在罗马举行婚礼时，克利斯朵夫得了肺炎，最后死在巴黎。他至死都坚定不妥协，因为他是真正的艺术家。

《约翰·克利斯朵夫》是一部有深广文化内涵的书。它不但成为主人翁克利斯朵夫的历险记，并且是一部音乐的史诗，反映出 20 世纪初期那一代的斗争与热情，融合德、法、意三大民族精神的理想，用罗曼·罗兰自己的话说，仿佛是一个时代的"精神的遗嘱"。书中的主人公不仅是音乐家，也是思想探索者、文化研究者，他既上升到当代思想的顶峰作过巡礼，又在巴黎的文化集市上作过考察，他的经历本身就像一条思想文化的长廊，包容了当代的哲学、历史、社会学、文学艺术等各个领域的现状与课题以及对它们的见解与思考，这使小说居于高品位的层次，具有严肃深邃的风貌。读这本书，可以增添学识，有益心智。

人类心灵的史诗

真正的光明绝不是永没有黑暗的时间，只是永不被黑暗所掩蔽罢了。

真正的英雄绝不是没有卑下的情操，只是永不被卑下的情操所屈服罢了。

所以在你要战胜外来的敌人之前，先得战胜你内在的敌人；你不必害怕沉沦堕落，只消你能不断的自拔与更新。

《约翰·克利斯朵夫》不是一部小说，——应当说：不止是一部小说，而是人类一部伟大的史诗。它所描绘歌咏的不是人类在物质方面而是在精神方面所经历的艰险，不是征服外界而是征服内界的战绩。它是千万生灵的一面镜子，是古今中外英雄圣哲的一部历险记，是贝多芬的一阕大交响乐。愿读者以虔敬的心情来打开这部宝典！

战士啊，当你知道世界上受苦的不止你一个时，你定会减少痛楚，而你的希望也将永远在绝望中再生了罢！
（傅　雷）

约翰·克利斯朵夫的个性悲剧

《约翰·克利斯朵夫》是罗曼·罗兰的长篇小说代表作，20 世纪前期欧洲著名的"长河小说"之一。在近代法国小说史上占有特殊地位，它的特殊价值一是作为社会小说对欧洲现代文明腐朽衰落的现实作出了有力的批判，二是作为观念小说以一种新的人道主义思想对一代人产生了深远的影响。

小说描述音乐家约翰·克利斯朵夫·克拉夫脱的一生，塑造了这个集道德理想、行动热情和英雄精神于一身的新人形象,并以他的经历为线索,展现了战前欧洲广阔的社会生活。

约翰·克利斯朵夫是一个有着丰富性格内涵的复杂形象。他并不从个人对社会的伦理关系去批判资产阶级,而同时又保持着对它的某种依恋性,因而没有表面化的苍白的思想特征。不过,在展望未来社会的远景时,他也不自觉地为某种宽泛的博爱理想所困扰,导致他那强悍个性的畸变和悲剧性终结。

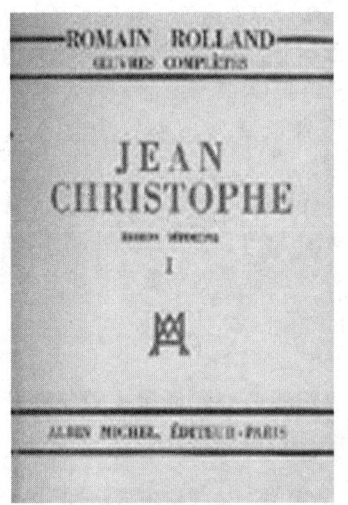

《约翰·克利斯朵夫》英文版封面

罗曼·罗兰并未赋予这一小说人物以过多的政治色彩,但他那被作家有意突出的普遍人性由于不断地处在尖锐的社会矛盾之中,因而往往被历史化和具体化了。这也是小说家努力的方向,他想使这一人物成为有血有肉的人的形象,不排除身上的弱点和盲目性,而突出他的英雄性格和反抗精神;不使他脱离社会和政治斗争,却又让他保持着思想上的绝对自由;不窒息他身上一定程度的野性和强悍个性,同时赋予他以人情味和真诚的同情心。总而言之,这既是一个具有丰富人性特征的人物形象,又是一个在社会里挣扎、谋生、创作、反抗、探索的实实在在的艺术家。从小说美学的观点来看,这是一个在现实性的基础上加以理想化的形象。

但是,审美理想化并没有妨碍小说家把他的人物的个性根植于现实的土壤。约翰·克利斯朵夫的性格发展不停滞于单纯的人性层面,譬如凝聚的"英雄个性"的层面。在小说的前半部,主人公的活动表现出个人干预社会的倾向。然而这种个人干预社会进程的可能性非常有限。但主人公性格的发展在小说后半部突破了这一点,他逐渐使自己的生存目的由单纯反抗变为一种明确而自觉的民主主义理想,即投身于人类的进步事业。在战前的历史条件下,这种转变的根本标志就是与劳工结合。但是,在政治问题上,他却感受着矛盾,一方面他作为艺术家不能为政治空谈而浪费他的时间,另一方面又感到政治是不可逃避的东西,面对贫富悬殊的不公平的社会现实,他"良心上不能不拥护劳工的政党"。罗曼·罗兰的人物是一代优秀分子,他们对劳工的事业充满同情和希望,但在历史潮流中仅仅看到工团主义的神话,因而未能真正地找到历史的出路,小说的悲剧性就在于此。

罗曼·罗兰在小说末卷出版序里,已向读者言明小说结局的悲剧意味。他无意于讴歌约翰·克利斯朵夫的宽容与慈悲,只是以冷静的痛苦的怀悔意识写出这一个时代的悲剧：

我写下了快要消亡的一代的悲剧。我毫不隐蔽地暴露了它的缺陷与德性，它的沉重的悲哀，它的混混沌沌的骄傲，它的英勇的努力，以及它在重新缔造一个世界、一种道德、一种美学、一种信仰、一个新的人类这一超人使命的重负之下感到的沮丧。——这便是我们过去的历史。

这是一段超人精神的沮丧的历史。在1914年大战临近的历史进程中，这段试图超越老旧的欧洲的可歌可泣的历史，已经接近尾声。所以在深思熟虑之后，不得不匆匆结束他的主人公的行程。

尽管小说的结局带有悲剧色彩，还是不能把它的基本精神作为悲剧意识来理解，因为小说主题的侧重点是欧洲新一代民主主义者的"超人使命"，他们不仅要重新缔造一种文化，而且要重新缔造一个新的人类。罗曼·罗兰在小说中正是试图通过他的人物来设想一种全新的文化和一个全新的人类社会，从而开拓了欧洲人道主义文学的广阔前景，正是在这个意义上，阿拉贡认为"这部小说打开了20世纪的门户"。

罗曼·罗兰在小说中明确提出了铲除"贫乏的个人主义"的主张，这标志着欧洲人道主义的一个新的方向。但罗曼·罗兰并不要求取消个性，相反的，他主张个性获得全面的发展，只是不赞成以个性的发展来拒绝个人的社会义务。个人与社会，个性的发展与社会的义务，这就是《约翰·克利斯朵夫》的中心内容。小说正是围绕这一中心内容来表现"生与爱"，或英雄主义与博爱的主题。生命力，或英雄主义，体现了强有力的个性特征，爱则是一种道德天职和人类义务。

约翰·克利斯朵夫身上集中了当代思想的这两个方面。作者在塑造这个艺术形象的过程中，做了一个大胆的尝试，把尼采的超人精神同托尔斯泰的道德使命结合起来，并以新的历史精神处理个人命运同周围世界的现实关系。这样，读者便看到了小说主人公的个性及其社会存在犹如一条生命的巨流自由地奔泻。与这种粗犷强悍的个性同时存在着的，是对人类的巨大同情心，它以真诚的爱维系着人类的精神联系，并试图克服冷酷无情的人际关系。围绕主人公形成的友爱世界，体现了作者的这一审美理想。但这一理想只是一个未来的远景，当作家让他的人物把这一远景乌托邦地搬移到现实中来的时候，便导致了小说结尾的思想悲剧。（柳鸣九）

DASHI CHUANQI 大师传奇

罗曼·罗兰在《回忆录》中写道："一切的生命都是信仰的行为。"罗曼·罗兰一生就是为了捍卫自己人道主义信仰奋斗的一生，他用自己的创作点亮了人类崇高的精神境界。

1866年1月29日罗曼·罗兰出生于法国涅夫勒省克拉姆西镇一个小资产阶级家庭。父亲是银行职员，母亲热爱音乐，对年幼的罗兰起到了很好的启迪作用。1880年全家移居到巴黎，罗兰于1886年考入巴黎高等师范

青少年必知的文学经典

QINGSHAONIAN BIZHI DE WENXUE JINGDIAN

罗曼·罗兰

学校，学了一年哲学之后改修历史，为后来的文学创作奠定了坚实的基础。毕业后，又通过考试取得了中学教师终身职位的资格。1890年，他利用在罗马研究史学课题的机会漫游意大利，收集素材开始创作。《奥西诺》等几个未曾发表的早期剧本是他的第一批作品。1891年回到巴黎，第二年与巴黎名教授勃莱亚的女儿结婚。婚后和夫人一起去了罗马，写了一篇关于意大利歌剧起源史的论文。回国后获得博士学位，在巴黎高等师范学校和巴黎大学讲授艺术史，并从事文学创作，兼写音乐评论。在这个时期，他写了十多部剧本，主要有以《信仰悲剧》为总题的三个剧本：《圣路易》（1897年）、《艾尔特》（1898年）和《理性的胜利》（1911年），表达了爱国主义情感和民族振兴的愿望；剧本《群狼》（1898

年）影射了当时的德雷福斯事件。而在家庭生活方面，罗曼·罗兰与热衷上流社会社交生活的妻子思想隔阂越来越深，最终于1901年离婚。

1898至1903年间，罗曼·罗兰参加了"人民戏剧"运动。1900年起，他为创建中的人民剧院写了《丹东》（1900年）和《七月十四日》（1902年）等大革命题材剧本，并把撰写的关于人民戏剧问题的论文结集为《人民戏剧》，于1903年出版。但是罗兰的戏剧作品并没有产生巨大的影响，他开始尝试其他体裁的创作。1903年发表了《贝多芬传》，受到关注。同时，从1904年至1912年，罗兰过着深居简出的生活，创作了10卷长篇小说《约翰·克利斯朵夫》，一举成名。虽然它为作家带来巨大声誉，但是因为它抨击了法德社会的颓废文化界而引起资产阶级腐朽文化卫道士的围攻。

不久，第一次世界大战爆发了。罗曼·罗兰侨居中立国瑞士，他坚持人道主义，反对战争。1914年在《日内瓦日报》上发表反战政论《超乎混战之上》，在西方世界反响强烈。他的反战立场激怒了法国民族沙文主义者，包括他过去的一些朋友和知识界同行，他们把他说成是"民族公敌"。但罗兰毫不退却，他继续坚持人道主义立场，呼吁和平。1916年，瑞典皇家学院把1915年度的诺贝尔文学奖授予罗曼·罗兰，罗曼·罗兰把奖金全部赠给日内瓦国际红十字会和几个救济战争难民的民间组织。

从20世纪30年代起，罗曼·罗兰不止一次公开声明支持苏联，并应

青少年必知的文学经典

高尔基的邀请于1936年访问了苏联。20世纪30年代后期,他与法国进步作家一道参加反对法西斯、反对侵略战争的国际性群众运动。在文学创作上,有小说《克莱伦勃》(1920年)与《母与子》(1922年-1933年)问世。1938年,罗曼·罗兰返回法国定居。二战期间,他在沦陷的法国闭门著作,写了回忆录《贝玑》(1944年)、《贝多芬的伟大创作时期》(1928年-1934年)等,直到1944年12月30日在维兹莱小镇的住所里与世长辞。

延伸阅读 YANSHEN YUEDU

小说《母与子》(又译《欣悦的灵魂》)是罗曼·罗兰小说的另一部代表作。小说的主人公安乃德是大资产阶级家庭出身的知识分子。20多岁时继承了父母的遗产,生活富裕。后来她的全部家财被替她经管财产的公证人作为赌注输得精光。于是安乃德成了赤贫之人,靠教家馆勉强维持生活。她曾与同学洛瑞恋爱订婚,后又取消婚约,过独身生活,并抚养她的非婚生的儿子。小说的后半部以两次世界大战之间的法国为背景,反映了法西斯势力猖獗和人民群众的反法西斯斗争。安乃德的儿子那时已经是20多岁的青年,在反法西斯的斗争中被法西斯暴徒所暗杀。两鬓斑白的安乃德踏着儿子的血迹,继续前进,走上了反法西斯斗争的第一线。

* * * *

阿纳托尔·法朗士是19世纪末20世纪初法国最负盛名的作家和社会活动家。代表作《诸神渴了》真实再现了18世纪末法国资产阶级大革命时期社会的各个层面,尖锐地指出资产阶级的丑恶和腐朽以及他们所宣扬的资产阶级民主的虚伪。与此同时,小说还歌颂了法国人民的爱国主义精神,并塑造了主人公甘墨兰这个爱国主义者的形象。1921年他以这部杰作所表现出的"高贵的风格、深厚的人类同情以及优雅和真正高卢人的气质"而荣获了当年的诺贝尔文学奖。

安徒生童话全集

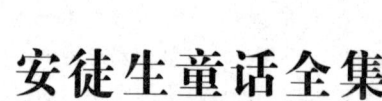

汉斯·克里斯蒂安·安徒生 Hans Christian Andersen
（丹麦 1805年－1875年）

如果有人5岁了，还没有倾听过安徒生，那么他的童年少了一段温馨；

如果有人15岁了，还没有阅读过安徒生，那么他的少年少了一道银灿；

如果有人25岁了，还没有细味过安徒生，那么他的青年少了一片辉碧；

如果有人35岁了，还没有了解过安徒生，那么他的壮年少了一片丰饶；

如果有人45岁了，还没有思索过安徒生，那么他的中年少了一点沉郁；

如果有人55岁了，还没有复习过安徒生，那么他的晚年少了一份悠远。

——著名散文家 张晓风

安徒生是19世纪丹麦浪漫主义文学的代表人物，全世界首屈一指的童话大师，他被誉为丹麦的名片，丹麦也因他而被称为"童话国度"。他的作品已经被翻译成近150种语言，广受全世界读者的喜爱。1954年国际儿童读书联盟第三次大会上，设立了以安徒生的名字命名的世界儿童文学大奖——国际安徒生奖，这个奖项至今仍是儿童文学界最高的荣誉。

从1835年春天发表第一部《讲给孩子们听的故事》起，至1872年，安徒生共创作了童话和故事168篇。他首次将"童话"从简单粗糙的民间传说与故事，发展成为优美的、饱含作者内心情感的文学作品。他立足于现实生活，运用浪漫主义的手法，表达了人类对美好未来的向往。这些故事优美而隽永，具有独特的艺术风格，可以说，安徒生把丹麦文学的黄金时代推向了高峰。

1835年，安徒生在创作了诗歌、小说、剧本，并受到了社会承认之后，他开始认真思考一个问题：谁最需要他写作呢？他感到最需要他写作的人莫过于丹麦的孩子，特别是穷苦的孩子。他们是多么寂寞，不但没有上学机会，没有玩具，甚至没有朋友。为了使这些孩子凄惨的生活有一点温暖，安徒生决定要为他们写些美丽的作品，使他们热爱生活、热爱美和真理。他认为最能表达他的这个思想的文学形式就是童话了。此后，童话成了安徒生的主要创作活动。他花费40载光阴所创作的童话故事，充满丰富的想象力与浓厚的诗情及哲理，不仅受到孩子们的喜爱，也适合任何年龄层。安徒生的诞生，本身就是这个世界最令人惊奇的童话。他的100多篇作品，以深邃的思想、博大的爱心、独特的个性和高超的艺术，赢得了全世界的尊敬与喜爱，成为人类阅读史上的一个奇迹。《安徒生童话全集》记录着安徒生的伟大童话和不朽生命的永恒节奏，温暖了儿童的纯真世界，更直抵成人心灵深处。

安徒生童话具有独特的艺术风格，即诗意的优美和喜剧性的幽默；前者为主导风格，多体现在歌颂性的童话中，后者多体现在讽刺性的童话中。他的创作可以分为早、中、晚三个时期：早期童话充满了绮丽的幻想和乐观精神，体现了现实主义和浪漫主义相结合的特点。代表作有《打火匣》、《小意达的花儿》、《拇指姑娘》、《海的女儿》、《野天鹅》、《丑小鸭》等。中期童话现实成分相对增强，在鞭挞丑恶、歌颂善良中，表现了对美好生活的执著追求，也带着缺乏信心的忧郁情绪。代表作有《卖火柴的小女孩》、《白雪皇后》、《影子》、《一滴水》、《母亲的故事》、《演木偶戏的人》等。晚期童话比中期更加面对现实，着力描写底层民众的悲苦命运，揭露社会生活的阴冷、黑暗和人间的不平，流露出抑郁低沉的色彩。代表作有《柳树下的梦》、《她是一个废物》、《单身汉的睡帽》、《幸运的贝儿》等。

安徒生的童话深情而动人，他笔下的许多形象都成为世界文学史上不朽的经典，《海的女儿》就是其中最著名的篇章之一。生活在海底的小美人鱼从惊涛骇浪中救起一位英俊的王子，她深深地爱上了他，并希望得到他的爱情，从他身上分得一个只属于人类的不灭的灵魂。为了去掉身上的鱼尾，她答应了女巫的苛刻条件——离开了深爱的父母姐妹，舍弃了300年的生命，交出了最美丽的声音，忍受着无休止的剧痛，终于来到了王子身边。然而王子对她所做的一切竟一无所知，将另一位公主误认为自己的救命恩人，即将娶她做自己的新娘。小美人鱼的心碎了，但她却拒绝了刺死王子的提议，在太阳即将升起时投入海中，化为泡沫，用生命换取了爱人的幸福。

在丹麦的哥本哈根港口有小美人鱼的雕像，半个世纪以来一直静静坐

在礁石上，面向大海。她已经成为丹麦的标志，也象征着安徒生童话中追求爱与理想的永恒精神。《安徒生童话全集》充分展现出丹麦原著里的浓厚诗情、丰富内涵、盎然生命以及如诗般的文字。如今在安徒生博物馆的图书室里，收藏着百国以上的安徒生童话故事译本，非常壮观！安徒生的童话是可以跨越文化的藩篱、超越年龄限制，他的童话全集堪称一部老少咸宜的"不朽的传世经典"，值得每一个人细细品味。

安徒生的童话世界

说起童话，就不能不提到安徒生。在他生活的时代，拿破仑以武力征服欧洲；贝多芬以音乐征服世界；而安徒生则敞开他的心灵，帮助所有的孩子和大人们去发现世界的真、善、美……

在丹麦，你可以随意的批评政府，甚至开王室的玩笑，但倘若你有一点点轻慢安徒生的言谈，立时会招来众多的怒目相向！安徒生是"丹麦的儿子"（这样说的时候我有多么嫉妒丹麦人啊），在丹麦人的心目中，他的地位仅次于上帝。但是安徒生更是全世界的，在他以前，童话仅仅是民间的口耳相传，或是哪位作家闲来之笔，是安徒生以他毕生的精力孜孜耕耘，使童话达到了与其他文学品种同等的高度，成为汇入文学海洋的一支异常美丽的河流。可以说，安徒生为童话确立了

典范，在他之后，越来越多的作家走入童话领域，为我们献上一朵又一朵芬芳动人的鲜花。

安徒生的童话世界，"天真而热烈，深刻而朴素，温柔而恬静"，纤尘不染而又包罗万象，闪耀着感人至深的人性的光辉。读他的童话，我每每想象作家在执笔的时候，内心一定是很温柔、很温柔的，完全是爱意与包容。所以读他的童话，我们的心也都简单纯净。在写童话之前，安徒生是写过诗的，因而他的语言充满了诗意，仿佛流动着闪闪发光的音符似的，使读者在被主人公打动以前，先沉醉于他的文字所构筑的意境之美中。例如那篇极有名的《海的女儿》开头：

在海的远处，水是那么蓝，像最美丽的矢车菊花瓣，同时又是那么清，像最明亮的玻璃。然而它是很深的，深得任何铁锚都达不到底……

他的笔调柔情而不滥情，幽默而不尖刻，全然一片天真烂漫之气，即使是丑角（或说为反面角色），那愚蠢是讨喜的愚蠢，奸诈是可笑的奸诈，所以受到惩罚，大家舒心一笑，而非必欲除之以后快。更多的时候，安徒生是在歌颂人性的美德：善良、谦恭、温柔、真诚以及感恩。在他的童话里安徒生传达着他的爱和希望：丑小鸭"只要别的鸭儿准许他跟他们生活在一起，他就已经很满意了"；美丽的歌唱的夜莺因为国王的泪珠就获得极大的满足；艾丽莎忍受痛苦委屈，甚至要丧失生命，是为了让她的哥哥们恢复人形；而海的女儿为了爱情连生命都可以牺牲；就连那位当众出丑的皇帝，他的心愿

不过是让自己更好看些……都是极为简单的心思，却正因着各种各色的欲望为现代人所忽略、抛弃。所以看童话，就是为了提醒我们好好保护自己的心灵。

死亡是人生最重大的命题，对此安徒生有着独特的见解。他在童话里不但不回避死亡，而且一而再，再而三的重复。他作品里的平民主人公所经历的苦难，多是现实生活的反映。安徒生以满怀同情的笔触刻画他们，可是他给他所深爱的主人公们施加的快乐魔法，仅仅是让他们温顺的承受折磨，始终保持内心的宁静和对上帝的虔诚恭敬，最后在幻想的幸福图画中恬然地逝去。如《卖火柴的小女孩》、《柳树下的梦》、《沙丘的故事》等。曾经我很不能接受这样的故事，而忽视了作者对人生观的阐述。现在看来，安徒生所要表达的意思是，当命运以他强大的力量加诸于人的时候，个人应当（也只能）保持灵魂的清净，坚守种种美德，即人性永不堕落，就是幸福的真谛。这也是安徒生作品的伟大之处。（流　光）

重读安徒生

安徒生的童话好像是世界儿童的普及读物一样，每一个孩子从小都沐浴在他童话的光辉里。然而，安徒生远不是一个纯粹的儿童文学作家，我们对他的认识始终是不全面的，或者说是在不恰当的意义上来理解安徒生。他是一个用生命写作的作家。巴尔扎克当年想用手中的笔征服欧洲，安徒生却想用手中的笔征服世界。正如太阳每一天从东方升起一样，安徒生征服世界的征途是从孩子这里开始的。他的外表是丑陋的，但心灵是高贵的。从《丑小鸭》开始，我们就知道了这个秘密。毫无疑问，一个社会和整个世界的美好需要从孩子这里做起，所以他选择了孩子。宽容、仁慈、同情、公平、公正、善良、正义、勇敢……每一种健康、健全的理念都蕴藏在他的作品之中。

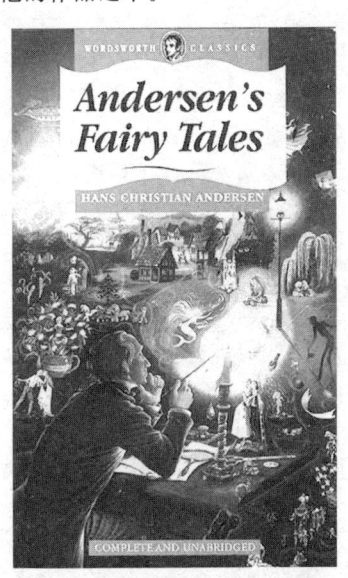

《安徒生童话全集》英文版封面

任何一种艺术，只要它能给人一对向着太阳飞翔的翅膀，那么它就是美的、善的、真的。这是一个真实的世界，因为它给了人们一种理想和信念。哪怕是一个可怜、贫困、就要走向死亡的小女孩，安徒生也不愿让她孤独绝望地走完人生的最后几秒钟。《卖火柴的小女孩》中的小女孩是温暖、幸福、满怀希望地离开人世的。这种惊人的结局倒不是依赖才华完成的，而是安徒生伟大人格的自然流露。人性温暖的闪光，在他许多作品中都有完美的体现。

在世界儿童文学作家之中，安徒生是一个例外，他是唯一一个需要附加条件进行解读的作家。如果我们不读他的传记，不了解他的生平事迹，那么我们就不可能理解他作品中深刻的内涵，更不会知道他是一个用生命进行写作的作家。他的童话中，有他人生太多的泪水和欢乐，也有他人生真实的写照。他终身未娶，倒不是他羞怯的个性所致，而是他把爱情当成了童话，他又把童话当成了爱情。否则，安徒生的爱情童话《海的女儿》就不会那么美妙绝伦了。

安徒生一生都在漂泊。列夫·托尔斯泰花费了10年的时间解读安徒生的作品，他只读出了两个字：孤独。孤独是一种力量，正因为安徒生的作品中具有强大的孤独，才使他的童话变得深刻而又丰富。对于别的经典作家来说，可能仅仅指一个作家的写作状态，但对于安徒生，则是一种生存状态。其实，他的童话不是儿童的童话，而是成人的童话。我从小读他的第一篇童话既不是《丑小鸭》、《皇帝的新装》，也不是《卖火柴的小女孩》，而是那篇我们很少提及或者说不愿意提起的《老单身汉的睡帽》。那是一篇使人潸然泪下的作品。能使人如此感伤的童话确实是罕见的。

安徒生的伟大，在于他把自己的生命和童话连接在了一起；安徒生的天才，在于他利用童话这种文体展现了人生的多重层面。他给童话提供了一种无限的可能性，最大限度地诠释了童话的精神。我更愿意在哲学的意义上膜拜安徒生。

安徒生的童话总在暗示我们：他是一个诗人，一个旅行家，一个牧师，一个道德家，一个美学家，一个哲学家……一个绝好的朋友。无论在哪一个意义上，安徒生都是不可取代的，不可超越的。（小　安）

D 大师传奇 DASHI CHUANQI

1805年，安徒生出生于丹麦小城欧登塞的贫民窟。他的父亲是一名鞋匠，但受过良好的教育。他的母亲是一名洗衣妇，虽然没受过教育并且迷信，却引导安徒生进入了民间传说的世界。在母亲的鼓励下，安徒生开始创作自己的童话故事，并安排演出木偶戏。

安徒生

青少年必知的文学经典

安徒生 11 岁时,父亲去世,母亲也不久后改嫁。3 年之后,他来到哥本哈根寻找工作,先后做过歌手、舞蹈演员和演员。经过 8 年奋斗,终于在诗剧《阿尔芙索尔》的剧作中展露才华。因此,被皇家艺术剧院送进斯拉格尔塞文法学校和赫尔辛欧学校免费就读,历时 5 年。1828 年,安徒生获准进入哥本哈根大学,在那里完成了他的文化教育。随后几年,他写了一系列令人印象深刻的阿拉伯风格散文、剧本和小说。24 岁时,出版了长篇幻想游记《阿马格岛漫游记》,第一版便销售一空,原本在饥饿中挣扎的安徒生从此脱离了贫穷的阴影。1835 年,他又完成了以意大利为背景的小说《即兴诗人》,这是一个自传体式的故事,在国际上大获成功。

然而,安徒生却是由于他在 1835 至 1872 年间创作的《安徒生童话故事》而享有不朽的声誉。1837 年他出版了第一部童话故事集,包括《海的女儿》和《皇帝的新装》,面世即受到一致的好评。38 岁那年是安徒生事业的转折点,他创作的一部戏剧在哥本哈根上演,被观众喝倒彩,又受到评论家的恶劣批评。这次大失败使他回心转意,决定把全部心血放在童话故事写作上,每年圣诞节必有一本童话出版。从此,安徒生声誉日上,名噪一时。他的故事盛行于欧洲,成年人与孩子们都爱不释手。欧洲的上层社会更把他当做宠儿看待:丹麦的贵族富人纷纷请安徒生到他们的宫堡去做客居住;当他在欧洲各国旅行时,各国的王公贵族和豪富之家争相邀请他;丹麦和德国普鲁士皇帝都授予他勋章和头衔。安徒生来到英国时,大文豪狄更斯也专程前来拜访。

1867 年,安徒生离开故乡欧登塞即将 50 年,欧登塞城正式请他回去召开庆祝活动。12 月里一个寒冷的冬天,离家多年的安徒生终于荣归故里。当日全城的学校为他放假一天,城里的主教陪着安徒生坐马车前往市政厅,市民们一路上夹道欢呼,家家户户都挂起了红白两色的丹麦国旗。市政厅里全城的重要人物盛装聚集一堂,接待这位从前穷鞋匠的儿子。盛宴结束后,市长请安徒生站到一扇打开的长窗前。安徒生发现外面是一城火光,每间屋子都点亮了灯笼和蜡烛;人们拿着火把在街上游行,到市政厅前向他献歌致敬。然而,在这种无上的荣光中,安徒生依然是个羞涩而孤独的人。他一生没有成家,于 1875 年 8 月 4 日病逝于朋友——商人麦尔乔家中。在晚年的自传里,安徒生这样描述自己的一生:"人生就是一个童话。我的人生也是一个童话。这个童话充满了流浪的艰辛和执著追求的曲折。我的一生居无定所,我的心灵漂泊无依,童话是我流浪一生的阿拉丁神灯!我所走过的每一个城市就是我生命旅程中的一个个驿站,记录着一个个丰富多彩、变化多端的故事。我体验过什么是贫苦与孤独,后来又经历过豪华大厅中的生活。我知道什么叫做被奚落与受尊重,我曾在冰冷的暗夜中独自流泪,承受失落爱情的苦痛;也曾在如潮的赞语中体味收获成功的快乐和幸福;也曾与国王驾车流连于阳光和煦的阿尔卑斯山中……这是我一生历史的一个个篇章。"

《格林童话》是欧洲编写最早，篇幅最多，系统性最强的一部童话集，其搜集者是德国的雅科布·格林和威廉·格林兄弟。这些童话故事情节曲折但不离奇；叙述朴素而不单调；许多故事的语言富于诗意。《灰姑娘》、《白雪公主》等家喻户晓，堪称经典的故事，都出自这部童话集。

＊　＊　＊　＊

法国作家王尔德以戏剧家、小说家和诗人而闻名，但令这个名字最早响彻文坛的却是他的童话集。《快乐王子》、《夜莺和玫瑰》、《自私的巨人》等名篇问世之后，立刻轰动一时，英国《典雅》杂志将他和安徒生相提并论。

《王尔德童话》的风格纯净优美，是世界童话宝库中不可错过的佳作。

＊　＊　＊　＊

拉格洛夫是一位在北欧与安徒生齐名的瑞典女作家，因创作长篇童话《骑鹅旅行记》获得1909年度诺贝尔文学奖。《骑鹅旅行记》写一个名叫尼尔斯的顽皮男孩，因为嘲笑狐仙而受到惩罚，变成了一个拇指大的小人儿。他乘坐在家鹅茅真的背上和雁群一起飞上天空，开始了在瑞典的旅行。在这次奇异之旅中，尼尔斯逐渐明白了善恶是非，成了一个善良勇敢，诚实守信的孩子，最后与茅真一起回到家乡并恢复了人形。《骑鹅旅行记》文字优美，情节动人，把童话与现实生活有机地结合在故事之中，使瑞典的历史和自然风光通过叙述得到了全面的介绍，问世之后广受欢迎。

玩 偶 之 家

亨利克·易卜生　Henrik Ibsen(挪威　1828 年－1906 年)

　　《玩偶之家》戳穿了资产阶级在道德、法律、宗教、教育和家庭关系上的假象，揭露了在"幸福"、"美满"等表面现象掩盖下的资本主义社会的虚伪本质，并提出了妇女解放这样一个尖锐的社会问题。它是一篇抨击资产阶级男权中心思想的控诉书，是一篇妇女解放的宣言书。

——《外国文学史》

　　如果按照席勒所说"我们如果拥有一个民族的戏剧，我们才能成为一个民族"，那么挪威就是因为有了亨利克·易卜生才得以成为一个民族的。易卜生是挪威历史上最伟大的文学家，他通过自己独具特色的"易卜生式"社会问题戏剧真实地反映了挪威社会，不仅创造了挪威文学的繁荣而且推动了社会的发展。他在艺术方面所进行的革新使欧洲现实主义题材的戏剧创作得到振兴，对近代欧洲戏剧的发展具有开拓性意义，被誉为"现代戏剧之父"。后来的英国作家高尔斯华绥、爱尔兰作家詹姆斯·乔伊斯以及戏剧大师萧伯纳的创作都深受他的影响。

　　易卜生在中国有着特殊的意义，他的作品一直鼓励着中国人民进行反帝反封建的斗争。尤其是易卜生最杰出的戏剧之一——《玩偶之家》，早在 1914 年就被翻译成汉语并搬上舞台，在"五四"时期曾在全国各地上演，剧中女主人公娜拉不甘做丈夫的玩偶，追求个性解放的光辉形象对我国妇女解放运动起到了积极的作用。除主题思想突出、人物形象鲜明外，《玩偶之家》还是一部结构严谨，在艺术上有很高成就的戏剧。易卜生的独特的创作手法对后来的现实主义戏剧产生了很大的影响，并奠定了他作为一个戏剧艺术大师的牢固地位。

K 旷世杰作 KUANGSHI JIEZUO

　　社会问题剧《玩偶之家》是世界名剧，从问世以来就受到世界各国观众

的热烈欢迎，经久不衰。直到今天，虽然它所反映的内容已经众所周知，它的批判现实意义也随着时代的变迁减弱了，但这些都没有影响到它仍然是许多剧团的保留剧目。

《玩偶之家》是三幕剧，故事发生在圣诞节前夜。女主人公娜拉上街购物归来，书房中的丈夫海尔茂热情地迎接着她，他亲昵地喊她"我的小松鼠"、"我的小鸟"。正当他们高兴地谈论着过年的事情时，娜拉的女友林丹太太来拜访她。林丹太太的丈夫三年前就去世了，他没给她留下什么财产。所以在她得知海尔茂当上了银行的经理后，就想请娜拉帮忙给自己在海尔茂手下谋份职业。娜拉毫不犹豫地答应了她，并趁着兴头，对女友讲述了自己的秘密。

原来，海尔茂婚后曾经得过重病，医生建议他去意大利的海岛疗养。但是当时他们没有这么多钱，而且海尔茂坚决不同意借贷。无奈之下，为了丈夫能够康复，娜拉偷偷地以父亲的名义向暗中做高利贷生意的柯洛克斯泰借了1 200块钱，并对丈夫谎称是父亲资助他们的。海尔茂经过一年的休养，终于痊愈了。而娜拉一直没将真相告诉海尔茂，她独自承担起了还债的责任。为了还债，娜拉节衣缩食，还在家里做零活。让娜拉感到欣慰的是，这笔钱马上就要还完了。

没想到正在这时，柯洛克斯泰来到娜拉家要账。当他看到林丹太太的时候，感到林丹太太很可能会取代他在银行的位置。因为他同海尔茂的关系一直很紧张。当他的这种感觉得到证实后，他蛮横地要求娜拉阻止这件事发生。遭到拒绝后，他又指出，他有足够的证据证明当年娜拉是伪造父亲的签名向他借钱的，而这样做的后果是将受到法律的惩罚。娜拉为了丈夫和孩子，不得不答应柯洛克斯泰为他求情。娜拉并没告诉丈夫事情的真相，因此她为柯洛克斯泰求情遭到了丈夫的拒绝。另一方面，柯洛克斯泰看到娜拉仍然在犹豫，便将事情真相写出来扔进了她家的信箱，并在信中对海尔茂进行威胁。海尔茂回家后，娜拉为了阻止他打开信箱看信，她给他表演了舞蹈，然后拉他去参加舞会。她甚至绝望地想到了死。

林丹太太得知了娜拉的不幸，为了帮助娜拉，她决定放弃银行的职位，并且为了挽救在困境中的柯洛克斯泰，林丹太太向这个她并不爱的男人表示了"爱情"。柯洛克斯泰为了回报林丹太太，他决定再写一封信退还借据，放弃对娜拉和海尔茂的起诉。

海尔茂最终还是打开了信箱。他先看到柯洛克斯泰的第一封信。看后，海尔茂大发雷霆。他辱骂娜拉是"坏东西"、"下贱的女人"，谴责她葬送了他一生的幸福。娜拉则向海尔茂表明了愿以死来解脱他的决心。

这时，柯洛克斯泰的另一封信到了。海尔茂得知柯洛克斯泰已经不追究这件事了，他顿时"快活地跳了起来"，并烧毁了借据。他反复对娜拉说："我已经饶恕你了。"而这时的娜拉反而变得冷静了，她从这件事看出了海尔茂的虚伪及她作为玩偶的地位。

青少年必知的文学经典

最后，娜拉拒绝了海尔茂的苦苦挽留，毅然走出了家门。

易卜生在《玩偶之家》中通过层层剥笋的手法展开故事情节，分析人物心理，展示人物性格。第一幕开始时，娜拉给观众的印象是个美丽、活泼、无忧无虑的家庭主妇。

她对女友林丹太太谈到她为拯救丈夫而自我牺牲的往事，使观众立即感到娜拉是个善良而坚强的女性，为了丈夫和家庭不惜忍辱负重，甚至准备牺牲自己的名誉。随着同海尔茂、柯洛克斯泰的谈话，娜拉的性格和思想层层揭示出来，一个头脑清醒、渴望独立自由、愿为真理而奋斗的高尚的女性形象活生生地站立在观众面前。

剧中的次要人物林丹太太同娜拉一样高尚。她自食其力，富有牺牲精神。为了维护生病的母亲和年幼的弟弟的生活，她嫁给了一个有钱但她不喜欢的男人。丈夫死后，她开小铺、办小学，为母亲养老送终，抚养几个弟弟自立，最后剩下她孤单一人仍在为寻找工作到处奔波。易卜生笔下的这两位妇女形象栩栩如生，给人留下了深刻印象，充分显示出易卜生对妇女命运的深切同情。

易卜生善于把复杂的生活矛盾集中为精练的情节，他常常把剧情安排在矛盾发展的高潮时，然后运用回溯手法，把前情逐步交代出来，使得矛盾的发展既合情合理，又有条不紊，这种独特的创作手法使《玩偶之家》成为一部不朽的经典。

娜拉的典型意义与《玩偶之家》的戏剧革新

舞台上，一声门响从楼下传到楼上。它告知蒙着脸倒在沙发里的丈夫，也告知观众，一个女性离家出走了。这一声门响，越出了剧场，传遍了欧洲，后来还震撼了世界。它所引起的社会反响，为人类有戏剧以来之空前。

DOVER · THRIFT · EDITIONS

Henrík Ibsen
A DOLL'S HOUSE
UNABRIDGED

《玩偶之家》英文版封面

这一形象于1914年走进中国，不仅推动了中国戏剧与文学的革命，而且成为社会女性追求新生的理想偶像。阿英当时写道：新的人没有一个不狂热地喜爱他的作品，也几乎没有

一种报刊不谈论他,在中国妇女中出现了不少的娜拉。茅盾回忆道:(20世纪)20年代,易卜生这个名字,萦绕于青年的胸中,传达于青年的口头,不亚于今日之下的马克思和列宁。一时间,中国进步舞台上,名角争演、观众竞看的形象莫过于这位弃家出走的女性。她就是《玩偶之家》中的娜拉。

《玩偶之家》是易卜生的代表作。玩偶,就是通常所说的娃娃。所谓"玩偶之家",并非"娃娃的家",也非"家中的娃娃"之意,而是指剧中女主人公娜拉在家中的地位,如同玩具,处于无足轻重的地位。所以,这部戏在中国初译时,被冠以《傀儡之家》之名。

娜拉是19世纪欧洲文学中具有资产阶级民主倾向的妇女典型。她达观、勤奋、勇于吃苦、乐于助人。在借据一事暴露前,她性格的最突出特点是天真。这表现为她对丈夫、对社会、尤其对自己在家中实际地位的理想化的理解。这反映了资本主义社会及资产阶级家庭所带有的欺骗性。海尔茂暴露出的自私本性,唤醒了娜拉的觉悟。娜拉的性格从这时起显示出新特点,即敢于追求彻底独立的人格。这显示出她性格的成熟。她是以资本主义宗教、法律、教育及道德的批判者的姿态迈出家门的。尽管她走进的仍是黑暗,但这种挑战颇具力量。

娜拉的出走是展示其性格最有力度的一环。尽管她的出走带有一定的盲目性,观众也有理由为她走进黑暗而担心,但娜拉还是能以其出走表明,她已迈向了新生活。她的出走并非社会改造的理想出路,但能预示不平等

社会中的妇女自我解放意识的增强。

海尔茂并非漫画式的形象。他品正行端,堪称模范公民及出色丈夫。但在个人利益与家庭危机的考验面前,他暴露出自私的本性及男权主义思想本质。事实表明,不管娜拉怎样爱他,只要这爱与他的切身利益发生冲突,他都会毫不犹豫地给予否定。易卜生通过揭示海尔茂这个正人君子形象所掩盖的本质特征,以新的角度及深度,揭示了资本主义社会的本质。

《玩偶之家》这部作品的艺术特点也是十分鲜明的。

易卜生是戏剧革新家。这种革新首先表现在戏剧题材上。当时欧洲舞台时兴纯粹的娱乐剧。易卜生将令观众生厌的乔装、谋杀、决斗撵出剧场,代之以深刻社会问题的提出和激烈不已的争论。剧场因此成为有公众参与的社会论坛,文学也因此大大增强了参与社会变革的功能。

易卜生对戏剧艺术的革新还体现在剧情结构的创新上。为避免"社会问题剧"的情节非戏剧化,他将问题与情节高度融合,使讨论与剧情一体化。易卜生是设置戏剧冲突的高手。他使全剧人物都围绕借据这一中心活动。娜拉与女友、女友与柯洛克斯泰、柯洛克斯泰与海尔茂、海尔茂与娜拉,这是一个环环相息、首尾相扣的行为链,驱动这"链条"的事件就是借据的着落。

但与一般的情节剧不同,易卜生在事件冲突的表层下埋伏了性格冲突的主线。围绕借据得失展开的事件,最终只是引出人物性格冲突的铺垫。当在其他剧作中已成为高潮的借据风

波平息后,这戏真正的冲突才拉开序幕。本来已松弛了情绪的观众意外地再度调动情感,进入难得的欣赏佳境。正是由于和谐地处理了讨论与观剧的关系,易卜生才能够用大众关注的热点问题增强戏剧性,以论战性强化情节,以情节性使论战艺术化,从而吸引了观众。

动用追溯手段强化剧情,也是易卜生的结构艺术。剧幕拉开后,构成冲突的事件业已发生。剧情实际是依托在对这一事件的回顾上。但作者不是和盘托出,而是以抽丝剥茧的方式渐进顾及,从而造成悬念不断,扣人心弦的效果。

少用独白、旁白,多用对白。这是《玩偶之家》语言上的特点。这使人物的语言颇具个性化,话锋犀利,警句精辟。(刘 铁)

《玩偶之家》:无声的回响

美国学者哈罗德·克勒曼这样写道:"娜拉告别丈夫的关门声在全世界回响着——这是高度的戏剧技巧,因为在演出过程中,我们并没有听到房门开关的声音。"这句话是很令人深思的。与一般的"社会问题剧"不同,《玩偶之家》并不是要用那些外在的言辞和表面的冲突让人们"明白"什么,而恰恰是用一种听不见的声响让人们在沉默之中反思自己"不明白"的是什么?娜拉并不"明白",她以一种相当朦胧的心绪来企盼自己毫无所知的生活方式,追求自己并不清晰的价值理想。她把爱情看得高于一切,超过了法律条文、社会舆论、乃至宗教信仰。然而她终于发现,她在爱情中只不过是一种消遣,她在家庭中只不过是一具玩偶,她迷惘了,破灭了,于是便出走了。"娜拉走后怎么办"?这在她本人,也许都是一件并不清楚的事情。同娜拉一样,海尔茂也不"明白",他不明白自己那个活泼可爱的"小鸟儿"、"小松鼠"怎么突然之间会离他出走?他不明白,自己那番维护社会正义、法律尊严的训斥有什么不对?那不正是教育自己的妻子如何正确地对待人生吗?他甚至以一种相当恳切、相当真诚的态度对她说:"你只要一心一意依赖我,我会指点你,教导你;要不然我还算什么男子汉大丈夫?一个女人没有人帮助是怪叫人心痛的事。"因此,我们切不可以将海尔茂视为一个简单的"反面人物",用克勒曼的话来说,"他不是个小人,只是个小资产阶级而已"。因此,《玩偶之家》所反映的并不仅仅是某些个别人的悲剧,而是一个阶级、一个时代的悲剧。"如果不带先入为主的偏见去读《玩偶之家》的话,它的深刻含意是不言自明的,即:除非妇女同样是自由的,否则男人也不能成为'自由'的(或真正的)人。"抛开那既布局严谨又游刃有余的戏剧结构不谈,抛开那既自然生动又富有潜台词的舞台语言不讲,仅是这一主题,就已在欧洲、乃至整个世界回响了一百年!

一百年后的今天,当人们在饶有兴致地建设着自己的小家庭、装饰着自己的安乐窝的时候,请当心娜拉的关门声!(张艳华)

大师传奇

亨利克·易卜生是一位著名的戏剧大师。他的一生和戏剧事业紧密相连,剧本的创作和剧院的经营凝聚了他毕生心血。他不仅为挪威的戏剧事业做出了卓越的贡献,更为世界戏剧的发展建立起崭新的里程碑。

易卜生

易卜生1828年3月20日出生于挪威南部希恩镇的一个木材商人家庭。6岁时,父亲破产。全家迁往文斯塔普村居住。16岁开始,他在格里姆斯塔镇一家药材店当了6年学徒,艰苦的生活磨炼了他的意志。在此期间,他阅读了莎士比亚、歌德、拜伦的经典著作,并且尝试了诗歌创作。1850年,易卜生参加了医科大学入学考试,却因成绩不佳而落榜。这时正是欧洲各国资产阶级革命蓬勃发展时期,易卜生受他经历影响,站在了劳动人民的立场上。易卜生结交了文艺界一些有进步思想倾向的朋友,积极地为《工人协会报》等刊物撰稿,还亲自参加了由社会主义者领导的工人运动。同时,他创作了一些有进步意义的文学作品,如诗歌《觉醒吧,斯堪的纳维亚人》(1850年)、历史剧《卡提利那》(1850年)。1851年,他认识了卑尔根剧院的创办人、著名小提琴手奥莱·布尔,奥莱·布尔对他的才华十分欣赏,聘他为剧院的剧作家兼编导。1852年,他被派往丹麦和德国各地剧院参观。此后,他以每年一部的速度为卑尔根剧院先后创作了《仲夏之夜》(1853年)、《勇士之墓》(1854年)、《埃斯特罗的英格夫人》(1855年)、《索尔豪格的宴会》(1856年)和《奥拉夫·利列克朗》(1857年),并且他还参加编导了100多部剧本,积累了丰富的戏剧创作和演出的经验。

1857年,易卜生转到首都剧院担任编导。他创作了带有爱国主义精神和民主精神的浪漫主义历史剧《海尔格兰的海盗》(1858年)、《觊觎王位的人》(1863年)和提出恋爱自由的《爱的喜剧》(1862年)等等。后来剧院破产,易卜生的生活也陷入了靠借债度日的境地。1864年,挪威政府在普鲁士与丹麦战争中背叛北欧各国整体利益,这引起了易卜生对国民和政客鄙俗的强烈不满。他离开了挪威,此后的27年中,他只在挪威作过短暂的逗留。他先来到意大利罗马,后来又到德累斯顿、慕尼黑等地。虽然生活窘迫,但是他仍然坚持戏剧创作,《布兰德》(1866年)和《彼尔·英特》(1867年)

都体现出他的精神反叛意识。而 1877 年的《社会支柱》、1879 年的《玩偶之家》、1881 年的《群鬼》和 1882 年的《人民公敌》是易卜生现实批判性最强的社会问题剧，也是他最成功的作品。这些作品为他赢得了广泛的声誉。

1891 年，易卜生回到挪威。他创作了两部自传性质的作品《建筑师》（1892 年）和《当我们死而复醒时》（1899 年）。1900 年患中风后长期卧床不起。1906 年 5 月 23 日，易卜生去世。

YANSHEN YUEDU 延伸阅读

英国著名戏剧家萧伯纳是深受易卜生影响的一位剧作家。他反对"为艺术而艺术"的观点，继承了易卜生戏剧创作的现实主义风格，创作了大量社会问题剧，为世界戏剧发展做出了突出的贡献。他的代表作《华伦夫人的职业》是最早反映妇女问题的作品之一。主人公薇薇是一位受过高等教育的女子，她出身中产阶级家庭，清高自傲，是一位强调自强自立的新女性。

她一心钻研法律，为将来去法律事务所独立工作做准备。在她得知母亲过去出身贫寒，曾被迫为娼的不幸经历后，她明白错的是社会，而不是母亲，并对母亲表示了谅解。但最后，她还是同母亲隔断了经济关系，离开家去伦敦谋生。

* * * *

《巴巴拉少校》是萧伯纳另一部具有深刻现实意义的杰出剧作。主人公巴巴拉是救世军的少校，她是大军火商安德鲁·安德谢夫的女儿。因为安德谢夫坚持军火工业的继承人必须是一个弃儿，所以和安德谢夫夫人产生了矛盾而分居。巴巴拉是一个虔诚的基督教徒，她相信基督的美德而不相信金钱的力量。因此她不赞成救世军接受造酒商和军火商的捐款。然而，残酷的现实使巴巴拉最终接受了父亲的实用主义思想，并让未婚夫装作一个弃儿，做父亲军火工业的继承人。作者通过这部戏剧揭示了在当时社会，宗教事业、军火工业和资产阶级政治制度的矛盾，并对其进行无情的批判。

艾 凡 赫

瓦尔特·司各特　Walter Scott(英国　1771 年－1832 年)

　　瓦尔特·司各特的《艾凡赫》的主要魅力在于，它们使我们熟悉了过去的时代，不是通过历史的庄严堂皇，而是以现时感、家常的方式，使我们熟悉过去的时代。

——俄国文学家　普希金

　　瓦尔特·司各特是 19 世纪初英国最重要的小说家,也是整个 19 世纪英国小说黄金时代的开创者。他以一系列取材于欧洲历史的小说闻名于世,被誉为"欧洲历史小说之父"。《剑桥英国文学史》评价说,"司各特具有突出的品质,那就是集幽默大师和传奇作家于一身,集老于世故的人和热爱大自然和崇拜历史的人于一身。对他来说,传奇主要不是爱情传奇,而是人生传奇,世人及其活动的传奇,特别是历史上的战争和历险的传奇。"司各特在历史小说创作中所取得的巨大成就,对后来许多著名作家都产生了深刻的影响,不仅英国的狄更斯、萨克雷和斯蒂文森,而且法国的巴尔扎克、大仲马、雨果和梅里美、意大利的曼佐尼,甚至俄国的普希金、美国的库柏都曾从中受益匪浅。

　　《艾凡赫》是司各特的代表作,以12 世纪的英国历史为背景,叙述了骑士艾凡赫为囚禁在外的英王理查回国重新执政而建功立业的故事。作者采用现实主义和浪漫主义并存的方法,将真实的历史和极具想象力的人物形象、斗争场面有机地结合在一起,生动地再现了当时的社会图景,揭示了社会尖锐的矛盾和人民生活的苦难并表现出对被压迫人民的同情。在宏伟的历史画面构成的大背景下,血与火的战场、骑士与美女传奇式的爱情得到栩栩如生的演绎。

K 旷世杰作

KUANGSHI JIEZUO

　　司各特的历史小说在他所处的那个时代是极具创新性的。他首先运用了现实主义和浪漫主义相融合的方式,将历史和传奇较好地结合起来,开欧洲历史小说之先河。司各特一共创作出27部历史小说，《艾凡赫》就是其中最杰出的一部。

故事发生在12世纪末。当时的英国在诺曼征服者的统治下，国王"狮心"理查发起十字军东征，却在归途中被奥地利大公囚禁。因此国内由他的弟弟约翰亲王摄政。

一天傍晚，诺曼贵族圣殿骑士团统领布里昂和他的几个手下来到罗泽伍德的撒克逊贵族塞得利克家投宿。晚饭时，布里昂被塞得利克的养女罗文娜的美貌迷住了。这时，犹太人艾萨克也来到塞得利克家，请求留宿。在谈话中，一位在座的游方僧人讲述了骑士艾凡赫打败圣殿骑士的事情，布里昂曾被艾凡赫打败过，他发誓要在比武大会上向他挑战。第二天早晨，游方僧人听到圣殿骑士密谋要把艾萨克绑架到诺曼贵族的堡垒里，他就帮助艾萨克逃走了。艾萨克知道游方僧人要去参加比武，就送给了他最好的马和马具。

约翰亲王为了继承王位，他一边勾结理查的死敌法兰西国王菲力，怂恿奥地利大公延长他哥哥的羁押期，一边在国内扩充自己的势力。为了争取人心，他宣布举行盛大的比武会。他希望依附于他的圣殿骑士和圣约翰派骑士获胜，结果一个自称为"被剥夺了继承权的人"的骑士五战五胜，让全场拥护国王理查的观众为之欢呼不已。约翰也不得不把一匹战马赏赐给这位不愿显露自己面孔的骑士，并让他选择一个自己喜欢的人作为"美和爱的皇后"。这位骑士将皇后王冠放在了罗文娜小姐的脚边。第二天，"被剥夺了继承权的骑士"和圣殿骑士布里昂比武，布里昂带着两个手下一起上场了。在"被剥夺了继承权的骑士"陷入困境时，一个"黑甲骑士"帮助了他，然后不等封赏就走了。于是，"被剥夺了继承权的骑士"又一次当上了冠军。当他摘下头盔的时候，塞得利克发现竟是自己的儿子艾凡赫。原来，塞得利克希望罗文娜和阿泽尔斯坦公爵结婚，因此他反对艾凡赫和她相爱并把儿子赶出了家门。紧接着是射箭比赛。洛克司雷赢得了这场比赛并拒绝了约翰亲王的拉拢，他表示要为国王理查服务。洛克司雷就是绿林豪杰罗宾汉。

艾萨克和女儿蕊贝卡救出了受伤的艾凡赫，恰巧在树林里遇见塞得利克、阿泽尔斯坦和罗文娜。结果他们不幸被布里昂的手下绑架了。艾凡赫在懂得医术的蕊贝卡的护理下得到康复。"黑甲骑士"和罗宾汉聚集几百人营救他们。其实，"黑甲骑士"就是回国的理查王。他们战胜了布里昂等人，救出了罗文娜、艾凡赫还有塞得利克、艾萨克。阿泽尔斯坦死了。蕊贝卡也被垂涎她美貌的布里昂带走了。

艾萨克为了救出自己的女儿找到骑士院的总枢机。结果总枢机限蕊贝卡三天之内找一个代理壮士和布里昂比武，如果失败，她将被处死。最后，艾凡赫作为她的代理人取得了胜利。这时，理查王带领人马赶到。他宣布了约翰亲王的叛逆行为，并告诉总枢机，英格兰皇家旗帜已经代替了他们圣殿的旌旗。

撒克逊人塞得利克归顺了理查

王,理查王还化解了他和儿子的矛盾并亲自参加了艾凡赫和罗文娜的婚礼。约翰亲王得到了哥哥的宽恕。蕊贝卡感谢艾凡赫并流露出不愿透露的感情。她即将到格兰纳达去,决定终身不嫁,献身慈善事业。

经典导读

欧洲中世纪的历史画卷

《艾凡赫》是司各特最出名的小说,也是他描写中世纪生活的历史小说中最优秀的一部。它的卓越成就在于它真实而生动地再现了12世纪末英国封建主义全盛时期的历史,比较全面而深刻地反映了当时社会中复杂的矛盾。自从1066年诺曼的威廉公爵征服英国后,英国的益格鲁·撒克逊民族受到异族的压迫,广大的农民沦为农奴,原撒克逊封建地主也受到诺曼封建贵族的欺凌。当时的统治阶级主要由两个阶层所组成:封建贵族和僧侣。封建贵族中还建立了各级骑士的食邑制度。在12世纪末,封建主们经过100多年的休养生息,在各自领地上的统治已比较巩固,日趋骄横自满,有的相互兼并,有的公然反叛国王。他们为了满足自己骄奢淫逸的生活需求,不断加重对农民的剥削和压迫,迫使部分农民铤而走险。当时的教会则自成一股势力,直接归罗马教廷管辖,拥有全国1/3的土地。一些有势力的教派如本书中的圣殿骑士派,甚至敢于跟王室对抗。这些尖锐、复杂的社会矛盾,在小说中都有生动的描写和反映。

作者在小说中再现中世纪英格兰生活的时候,虽然描绘了一些富于浪漫色彩的比武、决斗等场面,但并没有把中世纪社会美化,而是用生动的文笔,揭露了封建贵族和僧侣们的腐化堕落,并在书中意味深长地指出:"小说里的描述,还未将那一时代中黑暗悲惨的实况完全揭露出来。"

小说对被压迫的撒克逊农民充满同情,不仅写出了他们深重的苦难,而且在某种程度上反映了他们的斗争。书中的农奴葛尔兹、小丑汪巴,都刻画得血肉丰满,尤其是自由农罗宾汉和他手下的绿林豪杰们的形象,更是跃然纸上,生动有神,是司各特塑造得最成功的农民英雄群像。罗宾汉原是民间歌谣里的传奇人物,作者将民间传说的材料加以提炼,用自己的想象力加以补充,塑造出一个富于传奇色彩的叛逆者英雄形象。作者从各个方面突出了他那叛逆者的鲜明性格,表现了他与诺曼封建主势不两立的阶级立场。这一形象始终写得虎虎如生,富于叱咤风云、疾恶如仇的英雄本色。然而在小说结尾部分,他忽然莫名其妙地替诺曼王室效起忠来,随后又悄悄退出小说的叙述范围之外,不知去向。从这里可以看出作者的政治偏见给他艺术形象所带来的损害。

小说对受歧视的犹太民族也表示了深切的同情。小说中的犹太女子蕊贝卡,是司各特笔下最成功的正面人物形象之一。这一形象的真实动人之处,在于作者一反前人和同时代人对

青少年必知的文学经典

犹太民族所持的偏见和鄙薄心理,以充满同情的笔触细致入微地刻画出一个柔中带刚的可爱的女性形象。作者一方面在她身上反映了封建社会中弱女子的悲惨遭遇,一方面又通过她的一系列行动,逐步展示出她那种不畏强暴、不向恶势力低头、敢于以自己的方式进行反抗的鲜明性格,因此这一形象是有较大的社会意义和典型意义的。

司各特的历史小说对欧洲文学的发展是有很大的贡献的。俄国的进步文艺批评家别林斯基认为司各特"给最新的欧洲文艺指出了历史的和社会的方向"。欧洲的不少大作家如法国的巴尔扎克和司汤达、德国的歌德、意大利的孟佐尼、俄国的普希金,都很推崇司各特的历史小说,肯定他在探索一种新的文学体裁方面所取得的巨大成就。恩格斯在《家庭、私有制和国家的起源》中谈到苏格兰氏族制度的克兰时说:"在瓦尔特·司各特的小说中,我们可以看到关于苏格兰高地的这种克兰的生动描写。"据马克思的女儿爱琳娜·艾威琳·马克思和她姐夫拉法格回忆,马克思是很喜欢司各特的优秀历史小说的,不仅经常阅读,而且给予很高的评价。(施咸荣)

IVANHOE
SIR WALTER SCOTT

A disinherited knight fights to restore his name...and the crown of England

《艾凡赫》英文版封面

司各特:用艺术之笔再现历史真实

《艾凡赫》是司各特最著名的一部作品,在他的历史小说中占有一个特殊的位置。首先,这是他第一次跨出苏格兰题材的范围,从而为他今后扩大创作视野奠定了基础。其次,他的苏格兰小说虽然称为历史小说,实际它们反映的时代都离司各特所生活的社会不远,有的甚至涉及了他的童年,以至青年时期。可是在《英雄艾凡赫》(以下称《艾凡赫》)中,他却把他的故事一下子推前了几百年,把中世纪中叶的英国作为历史背景。这样,可以说,随着《艾凡赫》的问世,司各特才真正成了名副其实的历史小说家。第三,司各特作为一个浪漫主义作家,富有传奇色彩的中世纪正是最适合他的创作才能发挥长处的时期。因此,正如他在本书的导言中所说,它"获得了极大的成功,可以说,自从作者得以在英国和苏格兰小说中运用他的虚构才智以来，他这才真正在这方面取得了游刃有余的支配能力"。毫不奇怪，巴尔扎克正是在读了《艾凡赫》之后，才对司各特的历史小说发出了由衷的赞美；也毫不奇怪，小说发表后立即不胫而走，成了司各特最畅销的一本书，人们谈到司各特时，都会把《艾凡赫》与他联系在一起，它理所当然地成了他的代表作品。

司各特是浪漫主义作家，他的创作方法归根结底一句话，便是历史真实与大胆想象的结合。他的小说并不拘泥于历史事实，尽管他有时不惜用大量的繁琐考证，说明他所写的一切似乎都凿凿有据，然而在更多的场合，在人物塑造和情节处理上，他却是靠大胆的想象取胜的。为了说明自己在历史小说创作上的一些观点，他还专门虚构了一个考古学家德赖斯达斯特博士，让他作为自己的观点的对立面，出现在他的一些小说的导言中，本书也是这样。在第二篇导言（致德赖斯达斯特博士的致敬信）中，他明确说明历史小说不是考古学著作，重要的不是细节上的真实，而是展示历史的风貌。他提出了"虚构和真实相结合"的原则，认为他这么做没有超出"一部虚构小说的作者所理应享有的特权"。这篇导言对我们理解司各特的创作是十分重要的。可以说，司各特在本书中，用淋漓酣畅的笔墨描绘了中世纪一个风云变幻的时代，他在真实的历史氛围中为我们塑造了大量虚构的人物，这些人物尽管出自虚构，却栩栩如生，真实地反映了历史的进程，他的成功主要便来源于此。因此英国19世纪著名思想

家和文学家托马斯·卡莱尔在谈到司各特的历史小说时指出，它们让我们看到的"不是历史书和文件记录中的那种抽象的人"，而是"真正生活在过去的时代中的活生生的人物"。正是在这个意义上，司各特才被公认为西方历史小说的创始人。（佚　名）

大师传奇

瓦尔特·司各特是英国具有世界影响的历史小说家，也是一位诗人。他是英国文学史上最多产的文学家之一，不仅勤奋地创作，而且写作速度之快甚至让巴尔扎克目瞪口呆。因此，司各特才得以为世人留下这笔巨大的精神财富。

司各特

1771年8月15日，司各特出生于爱丁堡的苏格兰没落的贵族家庭，父亲是一位律师。他因幼时患病而被送往祖父的农庄养病，祖母和姑姑给他讲了许多充满传奇色彩的苏格兰历史故事和民间歌谣，给他留下了深刻的印象，也培养了他对苏格兰历史的

136

浓厚兴趣。1783年,他第一次进入爱丁堡大学读书。在读书期间,他经常参加一些学者和教授组织的集会,并在集会上见到了著名诗人彭斯。1786年,司各特在父亲的律师事务所当见习生。由于办案的原因,他接触过一些下层民众,还听他们讲起过关于苏格兰侠盗红酋罗伯队伍和1745年詹姆士党起义的故事,为今后的创作积累了素材。

1789年,司各特第二次走进爱丁堡大学学习法律。在苏格兰法课程中,他对苏格兰社会风俗习惯的历史有了深入的了解。1792年,司各特大学毕业,成为律师。1799年被任命为塞尔扣克郡副郡长,并开始了文学活动。1802年和1803年,他连续搜集整理出版了两本《苏格兰边区歌谣集》。1805年,司各特创作了第一部叙事长诗《末代歌者之歌》,这部浪漫主义长诗表现了16世纪苏格兰两个古老家族的生活和恩怨,给作者带来了广泛的声誉。1806年,他被任命为爱丁堡高等民事法庭庭长。1808年,他出版了他最优秀的长诗《玛密恩》,它讲述了在1513年英格兰和苏格兰的弗洛登战役中,残忍的英国贵族玛密恩最后阴谋败露,丧命战场的故事。1810年,他的第三部长诗《湖上夫人》问世,受到热烈欢迎。一直到1813年为止,司各特共创作了8部长诗,成为著名的诗人。英国王室甚至想要授予他"桂冠诗人"的称号,被司各特婉言谢绝了。

从1814年开始,司各特转向了历史小说的创作。1814年,他匿名发表

了第一部历史小说《威弗利》,描写了1745年苏格兰詹姆士党人的起义经过。这部小说轰动一时,在6个月内重印了3次。此后,司各特的创作进入了旺盛期。他先后创作了27部历史小说,还有一些中短篇小说,主要表现的是苏格兰、英格兰以及欧洲一些国家的历史事件。主要作品有:《清教徒》(1816年)、《罗伯·罗伊》(1818年)、《密德洛西恩监狱》(1818年)、《艾凡赫》(1819年)、《肯尼沃斯城堡》(1821年)、《昆丁·达沃德》(1823年)、《十字军英雄记》(1825年)等等。同时,司各特还创作了一些传记,如《小说家列传》(1821年-1824年)、《拿破仑传》(1827年)等。1820年,司各特曾被英王授予从男爵的称号。

1825年,英国发生了经济危机。1826年,司各特的出版公司合股人破产,司各特为了偿还巨额债务而拼命创作,这使他的后期创作显得草率。过度的紧张写作也严重地损害了他的健康,1832年9月21日,他因中风病逝于家乡阿伯茨福德。

延伸阅读

和历史小说家司各特处于同一个时代而创作风格截然不同的女作家简·奥斯汀把目光投向了普通人的日常生活。她以女性的敏锐视角关注着周围小小的世界,以轻松、细腻的笔触生动地再现了恬静舒适的田园生活和其中绅士淑女的爱情、婚姻。她的代表作《傲慢与偏见》通过傲慢的男主人公达西和心存偏见的女主人公伊丽莎白有

情人终成眷属的喜剧故事,反映了作者对资产阶级的婚姻关系、人与人之间的金钱关系深刻的讽刺和揭露。小说语言简洁明快,对人物形象的塑造栩栩如生,给读者留下难以忘怀的印象。

*　　*　　*　　*

乔治·桑是 19 世纪法国著名的女小说家。《安吉堡的磨工》是她的代表作。小说讲述了玛塞尔男爵夫人是一位有着崇高社会理想的贵族女人,她厌恶腐化堕落的上流社会生活,毅然放弃了荣华富贵,和机械工人列莫尔结合。主人公磨工格南·路易是个正直善良、勤劳勇敢的年轻人,他赞成用劳动去获得财富。路易和有钱人的女儿罗斯真心相爱,但是却因为贫穷而被罗斯的父母拒绝。最后经过一番努力,路易不仅得到了金钱而且获得了爱情。

青少年必知的文学经典

名 利 场

威廉·萨克雷　William Thackeray（英国　1811 年－1863 年）

> 萨克雷的作品在英国文学史上一直占有非常重要的地位,他的这部《名利场》和狄更斯的《大卫·科波菲尔》并称为 19 世纪英国文学的两块瑰宝。不同于狄更斯批判社会的强烈和直接,萨克雷喜欢用另外一种挪揄的态度来揭露现实。这部小说已先后被 6 次拍成电影(在默片时代有 4 次),其影响力可见一斑。
>
> ——《英国小说研究》

萨克雷是一位可以与狄更斯齐名的小说家,这不仅是因为他们生活在同一个时代、又同为现实主义小说家,更是因为萨克雷在创作中所显示出的与狄更斯迥异的对现实社会冷嘲热讽的创作风格所取得的非凡成就,并且他和狄更斯一样享有着世界声誉,后来英国的乔治·艾略特、美国的霍桑、豪威尔斯,甚至法国的普鲁斯特的创作都曾受其影响。正如前苏联著名文艺评论家车尔尼雪夫斯基所说:"萨克雷观察细微,对人生和人类的心灵了解深刻,富有幽默感,刻画人物非常精确,叙述故事非常动人……在当代欧洲作家里,萨克雷是第一流的大天才。"

《名利场》是萨克雷最优秀的作品,是他的成名作。小说发表后立即引起轰动,被认为是英国文学的一个里程碑,也正是这部杰作奠定了他在文学史上的地位。萨克雷以现实主义的笔触真实地再现了 19 世纪英国资产阶级上升时期的社会状况,并塑造了具有不同特点的、刻有新时代烙印的典型人物形象。而且,这部小说还展示出作者已经成熟了的幽默讽刺风格。

K 旷世杰作
KUANGSHI JIEZUO

萨克雷认为,"小说的艺术是表现本质,即尽可能强烈地表达真实的情感。"他的这种理论主张在他的成名作《名利场》中得到了极好的体现。

故事发生在 19 世纪初。爱米丽亚·赛特立是个善良热情的女孩子,

青少年必知的文学经典
QINGSHAONIAN BIZHI DE WENXUE JINGDIAN

她的父亲在伦敦做买卖,家境富裕。她的好朋友利蓓加·夏泼父母早逝,无依无靠。她们一起离开了女子学校,利蓓加打算先在爱米丽亚家里住几天,然后去毕脱·克劳莱爵士家当家庭教师。

利蓓加在爱米丽亚家里认识了她的哥哥乔斯。乔斯在印度当收税官,现在回国度假。利蓓加决定嫁给这个花花公子。但是,乔斯却始终没能向利蓓加求婚。

利蓓加辞别爱米丽亚,去了毕脱·克劳莱爵士家。毕脱爵士是个吝啬、狡猾、自私的老头儿。他的同父异母的姐姐克劳莱小姐是个老处女。毕脱爵士为了得到姐姐的财产,处处讨她的欢心。克劳莱小姐喜欢毕脱的次子,纨袴子弟罗登·克劳莱。利蓓加很快成了毕脱爵士的亲信,还被罗登爱慕,就连克劳莱小姐也离不开她了。不久,毕脱夫人得病去世了。毕脱爵士竟然向利蓓加求婚。利蓓加拒绝了他,并告诉他,她已经和他的儿子罗登结婚了。毕脱爵士和克劳莱小姐都非常生气,将他们撵出了家门。他们在外面靠赊账过上了舒服的日子。

这时,爱米丽亚的父亲破产了。乔治·奥斯本的父亲命令乔治断绝和爱米丽亚的来往,这让乔治很为难。乔治的好朋友都宾上尉一直暗恋着爱米丽亚,他不忍心看到爱米丽亚伤心,就说服了乔治和她结婚。奥斯本不仅不承认这门亲事,而且还剥夺了乔治的继承权。

欧洲各国正准备围攻拿破仑,乔治和都宾的部队也奉命到了布鲁塞尔。在这里,乔治夫妇遇到了乔斯和罗登夫妇。乔治迷上了活泼聪明的利蓓加,他甚至在舞会上给利蓓加传纸条,约她一起私奔。但是,乔治很快就去了前线,并死在了战场。悲痛欲绝的爱米丽亚生下了儿子乔杰。都宾始终都在帮助着爱米丽亚,但他觉得爱米丽亚的心里没有他的地盘,于是去了印度。

利蓓加和罗登战后去了巴黎,他们靠借债过着奢靡的日子。利蓓加经常出入上流社会。她也生了一个儿子,但是她对儿子漠不关心,并把他交给乡下奶妈抚养。克劳莱小姐去世之后,他们回到伦敦。不久,毕脱爵士也去世了,利蓓加正式进了克劳莱家门,成了主人。后来,罗登的哥哥克劳莱从男爵一家也迁到了伦敦。克劳莱从男爵也被利蓓加迷住了。

利蓓加认识了斯丹恩勋爵,勋爵也成了利蓓加的追求者。他经常给她钱,后来为了和利蓓加单独在一起而以欠债为理由将罗登逮捕入狱。克劳莱从男爵把他救出了监狱,他回到家,发现自己的妻子正和斯丹恩勋爵寻欢作乐。于是,罗登把儿子托付给哥哥,然后抛下利蓓加去了海外。斯丹恩勋爵也和利蓓加一刀两断了。利蓓加走投无路,只得又开始了流浪生活。

奥斯本先生看到孙子乔杰很可爱,就提出把他接到自己家抚养。爱米丽亚为了儿子的前途只得答应了。

这时,都宾从印度回来了,爱米丽亚十分高兴,但是她想到丈夫乔治对自己的感情,又一次拒绝了都宾。乔斯回到英国之后,他将爱米丽亚接到自己的家中过上了舒适的生活。奥斯本最终原谅了爱米丽亚,死前留给她一笔财产。

爱米丽亚他们旅游时遇见了穷困潦倒的利蓓加。好心的爱米丽亚不顾都宾的反对,收留了她。都宾得不到爱米丽亚的爱,他又决定离开了。利蓓加敬佩都宾的为人,她决心帮助他。她将当年乔治给她的纸条拿出来,让爱米丽亚认识了乔治的真面目。爱米丽亚把都宾追了回去,他们结婚了。

乔斯被利蓓加迷上了,但不久就因病去世。利蓓加的儿子给了她丰厚的生活费,却拒绝同她见面。罗登也因黄热病死去了。利蓓加孤独地生活着,她开始热心于宗教事业和慈善事业。

《名利场》在英国文学史上有重要的地位。萨克雷用许许多多真实的细节,具体描摹出一个社会的横切面和一个时代的片断,他为了描写真实,在写《名利场》时打破了许多写小说的常规。这部小说,可以说在英国现实主义小说的发展史上开辟了新的天地。

经典导读

❀ 现实主义与艺术真实

在写出《名利场》以前的十余年对于萨克雷来说基本上是一个准备阶段,在此期间萨克雷对社会上各式各样"上等人"的观察越来越深入细致,艺术手法也日益成熟。《名利场》便是在这个基础上完成的现实主义的杰作。《名利场》里创造了比较丰满的人物形象,描写了社会生活的广阔画面,并通过人物命运的交织而对生活做了总的评价。

《名利场》英文版封面

《名利场》通过情节的安排企图说明"一切都是浮名浮利",标题本身出自《天路历程》。他揭开了资本主义社会五光十色的繁荣外表,让人们看到它的本质。萨克雷自己说过,他在《名利场》里要写"一群极端愚蠢自私的人,不顾一切地为非作歹而又热烈追求浮名浮利",同时,他又说,书中所描写的"全是死亡、争吵、金钱和病痛"。

《名利场》并没有严密的故事结构,故事的内容基本上是由两个女主人公利蓓加与爱米丽亚的生活道路串联起来的。爱米丽亚是一位资产阶级小姐,而利蓓加则是个一无所有、在资本主义社会里浑水摸鱼的女人,通过这两个主人公的命运，萨克雷描绘出了当时上流社会中形形色色的众生相。

利蓓加是个一无所有，靠姿色和诡计混世的女骗子。她走的道路，她的种种活动方式都曲折地反映出当时社会的道德习俗，揭露了统治阶级的思想面貌。她的一生，像一面镜子，通过她的伪装而把那个时代社会道德习俗的真情都清晰地反映出来，其中还特别突出地表现了"上等人"是怎样用假正经、假道德的外貌掩饰着自己的隐私丑行。《名利场》的现实主义成就正在于它通过典型的人物和真实的情节把当时社会在特定历史时期的具体面貌呈现出来，其中的人物性格和风俗习惯、人情世故的描写无不打上了鲜明的历史、社会和民族的印记，做了萨克雷对小说所要求的"比真历史更有趣、更逼真、更自然"。

19世纪英国的现实主义小说在创作方法上往往带有浓厚的浪漫色彩，如狄更斯、勃朗特姐妹便是。在小说创作上严格遵守现实主义描写原则的要以萨克雷为首，此外还有特罗洛普、盖斯凯尔等。萨克雷从来就反对浪漫情调，他强调小说创作要求"自然与真实"，他的杰作《名利场》便是在这个原则指导下写作的。萨克雷在《名利场》中依照他自己所提出的原则在小说的结构、情节和细节的安排上都参照"自然与真实"，刻意追求平易，使读者感到好像真的被作者牵着手在那个浮名浮利的角逐场里游览了一番。

《名利场》在人物创造方面更是生动逼真。萨克雷同时代的作家安东

尼·特罗洛普就说过，萨克雷的人物"以一种任何时代里任何英国作家所达不到的力量与真实性像活人一样地站起来"。萨克雷善于抓住富有典型意义的动作来突出人物性格，给人以鲜明的印象。有的批判文章说萨克雷"把人物放在我们随时可能碰到的生活境况中，以绘出生活的样子，尽量不沾带想象的色彩"，还说，"在使小说返回自然与真实这点上，萨克雷是英国小说家当中影响最大的一位"。这些评语虽然指萨克雷的整个创作而言，然而却是特别适合于《名利场》，因为在这里他的现实主义艺术得到了最高度的发挥。（朱　虹）

一部没有英雄的小说

《名利场》描摹真实的方法是一种新的尝试。萨克雷觉得时俗所欣赏的许多小说里，人物、故事和情感都不够真实。所以他曾把当时风行的几部小说模仿取笑。《名利场》的写法不同一般，他刻意求真实，在许多地方打破了写小说的常规滥调。

《名利场》里没有"英雄"，这部小说的副题是《没有英雄的小说》，这也是最初的书名。对于这个副题有两种解释。一说是"没有主角的小说"，因为不以一个主角为中心；这部小说在《笨拙》杂志上发表时，副题是"英国社会的速写"，也表明了这一点。另一说是"没有英雄的小说"，英雄是超群绝伦的人物，能改换社会环境，这部小说的角色都身受环境和时代宰制的普通

人。两说并不矛盾，可以统一。萨克雷在《名利场》里不拿一个出类拔萃的英雄做主角。他在开卷第一章就说，这部小说写的是琐碎庸俗的事，如果读者只钦慕伟大的英雄事迹，奉劝他趁早别看这部书。萨克雷以为理想的人物和崇高的情感属于悲剧和诗歌的领域，小说应该实事求是地反映真实，尽力写出真实的情感。他写的是沉浮在时代浪潮里的一群小人物，像破产的赛特立，发财的奥斯本，战死的乔治等；甚至像利蓓加，尽管她不肯向环境屈服，但又始终没有克服她的环境。他们的悲苦的命运不是悲剧，只是人生的讽刺。

一般小说里总有些令人向往的人物，《名利场》里不仅没有英雄，连正面人物也很少，而且都有很大的缺点。萨克雷说都宾是傻瓜，爱米丽亚很自私。他说，他不准备写完美的人或近乎完美的人，这部小说里除了都宾以外，个个人的面貌都很丑恶。传统小说里往往有个令人惬意的公道：好人有好报，恶人自食恶果。萨克雷以为这又不合事实，这个世界上何尝有这等公道。荣辱成败好比彩票的中奖和不中奖，全是偶然，全靠运气。温和、善良、聪明的人往往穷困不得志，自私、愚笨、凶恶的人倒常常一帆风顺。这样看来，成功得意有什么价值呢？况且也只是过眼云烟，几年之后，这些小人物的命运在历史上难道还留下什么痕迹？因此他反对小说家用成功得意来酬报他的英雄。《名利场》里的都宾和爱米丽亚等驯良的人在社会上并不得意，并不成功；丑恶的斯丹恩勋爵

到死有钱有势；利蓓加不择手段，终于捞到一笔钱，冒充体面人物。《名利场》上的名位利禄并不是按着每个人的才能品德来分配的。一般小说又往往把主角结婚作为故事的收场。萨克雷也不以为然。他批评这种写法，好像人生的忧虑和苦恼到结婚就都结束了，这也不合真实，人生的忧患到结婚方才开始。所以我们两位女主角都在故事前半部就结婚了。

萨克雷避免了一般写小说的常规，他写《名利场》另有自己的手法。

他描写人物力求客观，无论是他喜爱赞美的，或是憎恶笑骂的，总把他们的好处坏处面面写到，决不因为自己的爱憎而把他们写成单纯的正面或反面人物。当时有人说他写的人物不是妖魔，不是天使，是有呼吸的活人。萨克雷称赞菲尔丁能把真实的人性全部描写出来：写好的一面，也写坏的一面。他自己也总是"看到真相的正反两面"。譬如爱米丽亚是驯良和顺的女人，是个贤妻良母。她是萨克雷喜爱的角色。萨克雷写到她所忍受的苦痛，对她非常同情。可是他又毫不留情地写她自私、没有识见、没有才能、没有趣味等等。利蓓加是萨克雷所唾骂的那种没有信仰、没有希望、没有仁爱的人。她志趣卑下，心地刻薄，一味自私自利，不择手段。可是她的才能机智讨人喜欢，她对环境从不屈服，碰到困难从不懊丧，能有这种精神也不容易；她出身孤苦，不得不步步挣扎，这一点也使人同情。萨克雷把她这许多方面都写了出来。又如都宾是他赞扬的好人，罗登是所谓的"乌鸦"——

他所痛恨的人，他也是把他们正反两面都写到。萨克雷的早年作品里很多单纯的反面角色，远不像《名利场》里的人物那么复杂多面。

萨克雷善于叙事，写来生动有趣，富于幽默。他的对话口角宛然，恰配身份。他文笔轻快，好像写来全不费劲，其实却经过细心琢磨。因此即使在小说不甚精警的部分，读者也能很流利的阅读下去。《名利场》很能引人入胜。但是读毕这部小说，读者往往觉得郁闷、失望。这恰是作者的意图。他说：我要故事在结束时叫每个人都不满意、不快活——我们对于自己的故事以及一切故事都应当这样感觉。他要我们正视真实的情况而感到不满，这样来启人深思、促人改善。（杨绛）

 大师传奇

萨克雷是英国的天才小说家，他以比狄更斯更冷静客观的笔触创作了更为纯粹的现实主义作品，成为可以和狄更斯并列的小说家。

萨克雷

威廉·萨克雷于 1811 年 7 月 18

日出生在印度加尔各答附近的阿里帕。他的父亲是东印度公司的税务官兼地方行政官。4 岁时，父亲去世，两年后，母亲改嫁。于是，6 岁的萨克雷被送回英国契斯威克的姑母家上学。1829 年，萨克雷在查特豪斯公学毕业，进入剑桥大学三一学院学习。1830年，他没有获得学位就去了德国魏玛，在米德尔坦普尔法学院攻读法律。1833 年主办《国旗》周刊，同年 10 月到巴黎学习绘画。1836 年，他从巴黎回到伦敦，同伊莎贝拉·肖结婚。婚后 4年，妻子患病，精神失常。萨克雷从1833 年开始就一直靠为报刊撰稿、画画维持生计。他用了各种笔名发表了很多文章，主要有：《巴黎特写集》（1840 年）、《爱尔兰特写集》（1843年）、《巴利·林顿的遭遇》（1844 年）、《从康奈尔到开罗旅游札记》（1846 年）和《英国的势利者》（1846 年－1847年）。但是直到 1847 年至 1848 年在幽默画杂志《弗雷泽》上用真名连载了长篇小说《名利场》之后，他才成为公认的天才小说家。这部小说的发表引起了轰动，许多评论家和作家都认为这是英国文学的一个里程碑。为了保障妻子和两个女儿的生活，他一部接着一部地写作，并自绘插图，在杂志上连载。同时，他还在邮局工作，后来又为了进入政界到英国各地和美国去演讲。他的演讲后来收录在《英国幽默作家》（1853 年）和《四位乔治王》（1860年）两个文集中。繁忙的公务使他不能一心创作，他总是在仓促中完成当日需要在杂志上连载的那一部分。这也影响了他的小说质量。

在《名利场》之后,他又创作了反映现实生活的《名作家的小说》(1847年)、《潘登尼斯》(1848年—1850年)和《纽科姆一家》(1852年—1854年),还有历史小说《亨利·埃斯蒙德》(1852年)和其续篇《弗吉尼亚人》(1857年—1859年)。

1859年,萨克雷担任新创刊的《康奈尔》杂志主编。他在这本杂志上连载了长篇小说《鳏夫罗威尔》(1860年)和《菲利普历险记》(1861年—1862年)以及尚未完成的历史小说《丹尼斯·杜瓦尔》(1863年)。

1863年圣诞节前夕,萨克雷因心脏病发作在伦敦病逝。

萨克雷还有一些散文集,比较有名的是《势利人脸谱》(1847年)和《转弯抹角的随笔》(1863年)。他的诗集有《歌谣集》(1849年)。

延伸阅读 YANSHEN YUEDU

在萨克雷生活的时代,英国文坛上还出现了好几位才华出众的女作家,勃朗特三姐妹——夏洛蒂·勃朗特、艾米莉·勃朗特和安妮·勃朗特就是其中的杰出代表。她们都从女性的角度描写身边的生活,特别关注女性的命运和内心世界。她们在1847年都出版了自己的代表作,夏洛蒂·勃朗特的《简·爱》、艾米莉·勃朗特的《呼啸山庄》、安妮·勃朗特的《艾格妮丝·格雷》。

《简·爱》成功塑造了一个勇于反抗、敢于追求女性自身人格尊严和独立性的新型女性简·爱的形象。夏洛蒂·勃朗特在其他作品《教师》、《谢利》和《维莱特》中也同样表现了女性的呼声。因此她的作品被视为"现代女性小说"的楷模。

艾米莉·勃朗特只写了一部小说,就是《呼啸山庄》,但这足以使她位于英国经典小说家之列。《呼啸山庄》是三姐妹的作品中在艺术上最具独创性、最具浪漫风格的作品。小说描写了18世纪末英国北部约克郡偏僻地区弃儿出身的主人公希刺克厉夫被恩肖家收养后的辛酸生活和因身世、地位而遭遇的爱情失败,以及他长大成人后的报复经历。离奇的故事情节和独特的叙述手法使整个小说都焕发着奇异的光芒。

比较而言,安妮·勃朗特的《艾格妮丝·格雷》风格更趋于平实。她希望自己的小说能够给人以"有益的教诲",因此题材和人物更真实地再现了生活。

双　城　记

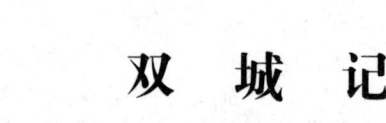

查尔斯·狄更斯　Charles Dickens（英国　1812 年－1870 年）

《双城记》是以 18 世纪的法国大革命为背景的历史小说，故事中将巴黎、伦敦两个大城市联结起来，叙述曼内特医生一家充满了爱与冒险的遭遇，中间穿插了贵族的残暴、人民的愤怒、审判间谍等等。狄更斯用他的生花妙笔写来，历历如在眼前。尤其写到对人生感到绝望的青年律师卡尔顿，最后发挥"爱即牺牲"的精神，代人受刑的经过，给予读者难忘的感触。

——《双城记》译者

19 世纪是英国小说走向成熟与繁荣的时期，当时的英国小说不仅取代了诗歌和戏剧在文坛独占鳌头，而且已经成为欧洲文化景观中璀璨的一页。狄更斯是 19 世纪英国现实主义文学的杰出代表，英国小说在他的笔下达到了灿烂辉煌的高峰。他以妙趣横生的幽默、细致入微的心理分析，以及现实主义描写与浪漫主义气氛的有机结合而著称。他在道德寓言、流浪汉小说、个人成长小说、历史小说乃至当时少有人涉及的悬念小说等广泛的艺术领域都有很高的成就。不仅内容丰富、深刻，而且以其艺术上的创新对欧洲现实主义小说的发展做出了独特贡献，马克思把他和萨克雷等称誉为英国的"一批杰出的小说家"。

《双城记》是狄更斯后期创作的重要作品之一，以波澜壮阔的法国大革命为背景；全书结构严谨，情节错综复杂，真实传达了大革命时期的恐怖，也对于"集体意志"加诸自由的戕害有着深刻的体认。这部作品是狄更斯诸多鸿篇巨制中最短、最精练，然而故事情节最扣人心弦、惊心动魄的小说。

K旷世杰作
KUANGSHI JIEZUO

英国文学批评家、历史学家汤玛士·卡莱尔的《法国革命》是狄更斯写《双城记》的重要参考书。书里引用了一份在攻陷巴士底狱后从牢房中发现的秘藏手稿，作者是个叫格瑞·德默里的囚徒。其中有一段说："若是大人为了上帝和最神圣的三位一体的缘故而给我安慰，把我亲爱的妻子的下落告诉了我——哪怕只是用一张卡片写上她的名字、通知我她还活着——那也是我所能得到的最大安慰，我也要永远祝福大人的伟大。"这一段话虽不多，却以其冤苦扣人心弦。这个可怜的人显然是叫人秘密囚禁了，否则为什么连他妻子的消息也不告诉他？可他却还要"永远祝福大人的伟大"，可见威胁着德默里的那位大人有多么大的权势！

这个情节恰好是《双城记》的核心情节。一个被人秘密囚禁10年的囚徒在狱中含血带泪写出了自己不幸的遭遇，并要求向仇人清算，而十多年后这封控诉书恰好控诉了自己无辜的女婿。围绕这个情节，作者写出了一个涵盖了那个时代的社会风云的波澜壮阔的故事。这就是《双城记》。

1859年问世的《双城记》以风起云涌的法国大革命为背景，直接反映了革命前后尖锐复杂的阶级斗争，表现了作者对待暴力革命的矛盾态度。无论从反映作家思想的发展，概括社会生活的广度、深度，还是从表现生活的艺术技巧来看，都是狄更斯后期创作中首屈一指的杰作。

1775年12月的一个月夜，寓居巴黎的年轻医生曼内特散步时，突然被埃佛瑞蒙德侯爵兄弟强迫出诊。在侯爵府第中，他目睹一个发狂的绝色农妇和一个身受剑伤的少年饮恨而死的惨状，并获悉侯爵兄弟为了片刻淫乐杀害他们全家的内情。他拒绝侯爵兄弟的重金贿赂，写信向朝廷告发。不料控告信落到被告人手中，医生被关进巴士底狱，从此与世隔绝，杳无音讯。两年后，妻子伤心过度而死。幼小的孤女露西被好友罗瑞医生接到伦敦，在善良的女仆普洛丝的抚养下长大成人。

后来，曼内特医生获释。这位精神失常的白发老人被巴黎圣安东尼区的一名酒贩、他旧日的仆人德伐日收留。这时，女儿露西找到了父亲，专程接他去英国居住。旅途上，他们邂逅了法国青年查尔斯·达尔内，受到他的细心照料。

原来达尔内就是埃佛瑞蒙德侯爵的儿子。他憎恨自己家族的罪恶，毅然放弃财产的继承权和贵族的姓氏，移居伦敦，当了一名法语教师。在与曼内特父女的交往中，他深深地爱上了美丽善良的露西。为了女儿的幸福，曼内特决定埋葬过去，欣然同意了他们的婚事。

在法国，达尔内的父母相继去世，叔父埃佛瑞蒙德侯爵继续为所欲为。他放纵自己的马车疯狂飞驰，若无其事地轧死了一个农民的孩子，终于被孩子的父亲持刀杀死。法国的土地上，一场革命的风暴正在酝酿之中，德伐日的酒店就是革命活动的联络点。达尔内的妻子不停地把贵族的暴行和联络的事项编织成不同的花纹，记录在围巾上，渴望复仇。

1789年，法国大革命的风暴终于袭来。巴黎人民攻占了巴士底狱，昔日的贵族一个个被推上断头台。远在伦敦的达尔内为了营救家中的老管事，冒险回国，一到巴黎就被捕入狱。曼内特父女闻讯后星夜赶到。曼内特医生出庭作证，使达尔内回到妻子身边。可是短短几小时后，达尔内再次被逮捕。在法庭上，德伐日宣读了当年医生在狱中写下的血书——向苍天和大地控告埃佛瑞蒙德家族的最后一个人！法庭当庭宣判：判处达尔内死刑。

就在这时，一直暗暗爱慕露西的律师助手西德尼·卡尔顿来到巴黎。他买通狱卒，混进了监狱。他的面貌和达尔内十分相似，于是顶替了昏迷中的达尔内，把他替换出了监狱。曼内特父女早已准备就绪，带上达尔内立即出发，一行人顺利地离开法国。

德伐日太太在达尔内被判决后，又到曼内特医生的住所搜捕露西和她的幼女，在与普洛丝的争斗中，因为枪支走火而毙命。而卡尔顿安详地走向断头台，从容献身。

小说以真实而又形象的描绘告诉我们：革命是必然的，是正义的。而这种结论的得出缘于作者对当时法国社会的深刻刻画和对劳动人民苦难生活的生动描述。作为现实主义的历史小说，该书在狄更斯的作品中占有着独特的位置，它集中而全面地反映了作者思想的发展过程，同时它又具有巨大而又神奇的概括能力。《双城记》在反映社会历史现实的广度和深度上是其他同类描写法国革命的小说无法比拟的。

经典导读 JINGDIAN DAODU

狄更斯《双城记》赏析

《双城记》是狄更斯最重要的代表作之一。早在创作《双城记》之前很久，狄更斯就对法国大革命极为关注，反复研读英国历史学家卡莱尔的《法国革命史》和其他学者的有关著作。他对法国大革命的浓厚兴趣发端于对当时英国潜伏着的严重的社会危机的担忧。1854年底，他说："我相信，不满情绪像这样冒烟比火烧起来还要坏得多，这特别像法国在第一次革命爆发前的公众心理，这就有危险，由于千百种原因——如收成不好、贵族阶级的专横与无能把已经紧张的局面最后一次加紧、海外战争的失利、国内偶发事件等——变成那次从未见过的一场可怕的大火。"可见，《双城记》这部历史小说的创作动机在于借古讽今，以法国大革命的历史经验为借鉴，给英国统治阶级敲响警钟；同时，通过对革命恐怖的极端描写，也对心怀愤懑、希图以暴力对抗暴政的人民群众提出警告，幻想为社会矛盾日益加深的英国现状寻找一条出路。

《双城记》英文版封面

从这个目的出发，小说深刻地揭露了法国大革命前深深激化了的社会矛盾，强烈地抨击贵族阶级的荒淫残暴，并深切地同情下层人民的苦难。作品尖锐地指出，人民群众的忍耐是有限度的，在贵族阶级的残暴统治下，人民群众迫于生计，必然奋起反抗。这种反抗是正义的。小说还描绘了起义人民攻击巴士底狱等壮观场景，表现了人民群众的伟大力量。然而，作者站在资产阶级人道主义的立场上，即反对残酷压迫人民的暴政，也反对革命人民反抗暴政的暴力。在狄更斯笔下，整个革命被描写成一场毁灭一切的巨大灾难，它无情地惩罚罪恶的贵族阶级，也盲目地杀害无辜的人们。

这部小说塑造了三类人物。一类是以埃佛瑞蒙德侯爵兄弟为代表的封建贵族，他们"唯一不可动摇的哲学就是压迫人"，是作者痛加鞭挞的对象。另一类是德伐日夫妇等革命群众。必须指出的是，他们的形象是被扭曲的。例如德伐日的妻子狄安娜，她出生于被侮辱、被迫害的农家，对封建贵族怀着深仇大恨，作者深切地同情她的悲惨遭遇，革命爆发前后很赞赏她坚强的性格、卓越的才智和非凡的组织领导能力；但当革命进一步深入时，就笔锋一转，把她贬斥为一个冷酷、凶狠、狭隘的复仇者。尤其是当她到医生住所搜捕露西和小露西时，更被表现为嗜血成性的狂人。最后，作者让她死在自己的枪口之下，明确地表示了否定的态度。第三类是理想化人物，是作者心目中以人道主义解决社会矛盾、以博爱战胜仇恨的榜样，包括曼内特父女、达尔内、劳雷和卡尔登等。曼内特医生被侯爵兄弟害得家破人亡，对侯爵兄弟怀有深仇大恨，但是为了女儿的爱，可以摒弃宿仇旧恨；达尔内是侯爵兄弟的子侄，他大彻大悟，谴责自己家族的罪恶，抛弃爵位和财产，决心以自己的行动来"赎罪"。这对互相辉映的人物，一个是贵族暴政的受害者，宽容为怀；一个是贵族侯爵的继承人，主张仁爱。他们中间，更有作为女儿和妻子的露西。在爱的纽带的维系下，他们组成一个互相谅解、感情融洽的幸福家庭。这显然是作者设想的一条与暴力革命截然相反的解决社会矛盾的出路，是不切实际的。

《双城记》有其不同于一般历史小说的地方，它的人物和主要情节都是虚构的。在法国大革命广阔的真实背景下，作者以虚构人物曼内特医生的经历为主线索，把冤狱、爱情与复仇三个互相独立而又互相关联的故事交织在一起，情节错综，头绪纷繁。作者采取倒叙、插叙、伏笔、铺垫等手法，使小说结构完整严密，情节曲折紧张而富有戏剧性，表现了卓越的艺术技巧。

（徐人望）

阅读狄更斯

80多年前，弗吉尼亚·伍尔夫就提到当年英国读者中有一种误解：有人在读莎士比亚，有人在读司各特，奇怪的是我们很少碰到这种时刻：有人在读狄更斯。

同样的误解也发生在30年前的

中国读者中。在封闭了几十年后，有外国文学学者访问英国，回来告诉国人说：狄更斯已经死了。这话在当时有一定的道理，因为此前我们能够读到的英国文学，只有马克思肯定过的批判现实主义作家如狄更斯等，对20世纪以来的作家知之甚少。

英国现在还有多少人在读狄更斯，我不清楚。但日本作家村上春树在20世纪80年代曾去伦敦住过一个月，白天足不出户，在公寓里写他的小说，晚上有时去看场电影或去听音乐会。他去看了狄更斯小说《小杜丽》改编的电影，发现观众很多是亲子档，"英国人大概是把这当做一种成长必要的仪式般，让小孩去看狄更斯的电影，而且看完后可能又好好地把原作拿给小孩读。可见英国人和狄更斯的文学之间，就像这样俨然拥有如此顽强的长期关系"。我敢说，这位日本作家的观察要比我们的专家所发现的要准确些。

三年前我去伦敦时，有位英国朋友问我为什么喜欢英国。我说，可能是从小读狄更斯的缘故吧。那位英国朋友说："你读了狄更斯，怎么还会喜欢英国？"确实，狄更斯笔下的英国"充满了各种各样冲突和不和谐、怪癖、压抑"，他笔下的伦敦更是道路泥泞、雾气弥漫，充斥着阴暗、肮脏、疾病、残忍、腐化、精神异常……但与此同时，他创造了最善良、朴实、幽默、充满生命力的人物，即使在艰难时刻的荒凉山庄，狄更斯从来没有放弃希望，就像《大卫·科波菲尔》里的密考伯先生。在伦敦狄更斯故居里，我看到来自世界各地参观者的留言，一位荷兰游客在留言簿中写道："对有史以来最伟大作家的朝圣。"一个美国人说："这下我必须读完所有他的作品。"

我一直在断断续续地读狄更斯，这次是《双城记》，读得兴趣盎然，妙趣横生，但读完却发现书尾有我自己的笔迹：十年前就已经读过。狄更斯是值得反复阅读的。（柳　叶）

✹ 伟大的文化总是在激荡中生成的

狄更斯被称为伟大的英国写实主义作家。他早年生活非常穷困，并没有进过什么学校，完全靠自修习得学问。不过，这种困苦的生活，使他能够与最下层的社会接触，则是他后来把这种经验写进他的小说里的好机会，作家的生活经验的确是他的灵感的最佳土壤。

《双城记》是以法国大革命为背景所写成的小说。透过一个个鲜活生动的人物，再现了19世纪初叶，欧洲各国的社会生活、政治风暴和历史风貌。小说里描写了贵族如何败坏、如何残害百姓，人民心中积压了对贵族的刻骨仇恨，导致了不可避免的法国大革命。全书的巧妙之处可以分两点来说：情节结构、人物刻画。

情节结构方面，如果理性地看整体故事情节，其实安排得有些夸大和巧合，然而因为狄更斯的处理技巧十分高明，因此读者也就不会发现其中值得质疑的地方，而是陶醉在那引人入胜的情节中，随着故事的发展节奏而起伏激荡,仿佛此事是发生在己身,有着无比的真实感和感动。

人物刻画方面,十分生动而准确地表现出每个人物的特性,这也许就是为什么故事情节格外地具有说服力。例如德伐日的热心、德伐日夫人就相对地显得冷漠,罗瑞先生忠实认真的态度,露西的坚强和卡尔顿的智慧与勇敢,都令人如见其人、如闻其声地留下深刻的印象,同时也发挥了巧妙的功能,让故事情节环环相扣地发展下去,又不失真实感,从这些人物上,处处可见作者精心独到的刻画天才。

本书以文学的方法呈现出一个伟大而动荡的时代。贵族与教会的横征暴敛、奢侈荒诞,而相对于此的,是农民和一般下层人民的生活困苦、备受压迫。于是,在人民的忍耐到达极限后,法国大革命就是这无数民众的怨气的爆发。"自由、平等、博爱"是革命的理想,人人皆怀抱着伟大的抱负,以对未来无限的憧憬,和对自由无比的渴望,为期待一个全新时代的降临而激昂雀跃。然而,令人始料未及的,是它所带来的剧烈的动荡与不安,以及随之而至的恐怖统治,让民众陷入了恐慌、惶惑及黑暗。一时之间,对与错、正义与邪恶、光明与黑暗,全混杂在这难分难解的时代,也混杂在千千万万的人心中。这种强烈的对比恰与《双城记》这个书名形成了呼应。假如以此种角度来看,"双城"除了在实际故事中指伦敦与巴黎,又何尝不是指这一个混杂了光明与黑暗、正义与邪恶及许许多多原本对立分明的事物的城市呢?

在真实的人生中,我们也常遇见这样充满矛盾与冲突的时刻。然而历史证明,伟大的文化总是在激荡中生成的,是数不清的血汗交织成的。我们只要怀抱着那股进取的勇气,相信人人都能挣出自己的一片天,证明自己独一无二的价值。(佚 名)

大师传奇

查尔斯·狄更斯于1812年2月7日出生在兰德波特的一个海军小职员家庭,家境一直较为困窘。狄更斯10岁时全家被迫迁入负债者监狱,11岁就承担起繁重的家务劳动。他曾在皮鞋作坊当学徒,16岁时在律师事务所当缮写员,后担任报社采访记者。狄更斯只上过几年学,全靠刻苦自学和艰辛劳动成为知名作家。

狄更斯

青少年必知的文学经典
QINGSHAONIAN BIZHI DE WENXUE JINGDIAN

19世纪30年代初,狄更斯以"波兹"为笔名,发表了许多描写伦敦风土人情,城市风貌和各种人物的特写,后收集为《波兹特写集》(1836年)。这些作品受到广大市民的欢迎,更坚定了狄更斯的信心,决定专门从事文学创作。不久,他的第一部长篇小说《匹克威克外传》(1837年)以画配字的形式出版,并使他一举成名。从此摆脱了贫困的生活,专门从事文学创作。他写新戏,演老戏,四处旅行,结交新的朋友,创作新的小说,在英国和美国的听众面前朗读自己的作品。他买下了盖兹山大厦,住进了父亲在童年时曾对他描述过的那座"宫殿"。他在那里接待了更多的宾朋好友,但和妻子的矛盾却开始激化,在他们结婚22年之后终于分居。

狄更斯对自己的写作有充分的自信,1869年他在遗嘱中写道:"我恳请我的朋友们绝不要为我建立纪念碑、纪念堂或设立奖金,我的作品将足以使我的同胞记得我",他还强烈要求"把我的丧事办得简单、朴素,不事声张,不要宣布下葬的时间和地点……",第二年,也就是1870年6月8日,狄更斯疲倦地合上了双眼。

狄更斯一生共创作了14部长篇小说,许多中、短篇小说和杂文、游记、戏剧、小品。纵观自己一生丰厚的著述,狄更斯最满意的作品是写于1859年的《双城记》,也许《双城记》充分地表明了狄更斯恪守终生的信念:世上确有历尽磨难而依然傲然不屈的人。

狄更斯的其他作品包括《奥列佛·退斯特》(又译《雾都孤儿》,1838年),讲述了孤儿的苦难和伦敦贼窟的黑暗;《老古玩店》(1841年)描写了小资产者屈兰特老汉从古玩店老板到乡村流浪者的悲惨命运;进入40年代,他写了一系列小说揭发崇拜金钱的罪恶后果,其中《董贝父子》(1848年)尤为深刻;《大卫·科波菲尔》(1850年)是一部充满人世沧桑之感的自传体作品;接下来的《荒凉山庄》(1853年)、《艰难时世》(1854年)与《小杜丽》(1857年)则更见阴郁;《远大前程》(1861年)又译为《孤星血泪》,是一部具有深刻的社会意义和强烈的艺术感染力的小说;而《我们共同的朋友》(1865年)则用巨大的垃圾堆来作为英国社会的象征。

延伸阅读 YANSHEN YUEDU

《匹克威克外传》是狄更斯第一部长篇小说,叙述商人匹克威克先生和他的朋友们到英国各地游历的故事,以幽默和讽刺的手法勾画了讼师、法官、法庭、议会选举、穷学生、女学校、债务人监狱、酗酒的牧师等。书中的田园生活带有浪漫色彩,和充满欺诈的城镇生活形成对照。

* * * *

《雾都孤儿》讲述了孤儿奥列佛·退斯特的经历,他出生在济贫院,曾经在棺材店当学徒,逃到伦敦后,不慎陷入贼窟之中。他历尽艰险,却一直保持着善良的秉性,得到老绅士布朗劳先生的保护,最终发现了自己的身世和亲人。这部小说的题材和结构紧凑而集中,描述了济贫院、贫民区的生活,对教区小吏等反面人物作了漫画式的讽刺,深受各国青少年的喜爱。

＊　＊　＊　＊

长篇小说《大卫·科波菲尔》具有自传的性质。通过一个孤儿的遭遇,对儿童教育、腐败的司法界和好利者的丑恶面貌作了广泛的描述,塑造了一系列生动的人物形象。小说的中心故事以及支线故事,构成了一幅维多利亚时代英国社会的生活图卷,触及人的命运、前途、爱情、婚姻以及教育、法律、政治等许多社会重大问题。狄更斯曾经说:"在我心底深处有一个孩子最为我宠爱,他的名字就叫大卫·科波菲尔。"